倉橋由美子

聖少女

•

성소녀

창비세계문학 37

성소녀

초판 1쇄 발행/2014년 10월 20일
초판 3쇄 발행/2021년 8월 31일

지은이/쿠라하시 유미꼬
옮긴이/서은혜
펴낸이/강일우
책임편집/권은경
펴낸곳/(주)창비
등록/1986년 8월 5일 제85호
주소/10881 경기도 파주시 회동길 184
전화/031-955-3333
팩시밀리/영업 031-955-3399 편집 031-955-3400
홈페이지/www.changbi.com
전자우편/lit@changbi.com

ISBN 978-89-364-6437-0 03830

* 책값은 뒤표지에 표시되어 있습니다.

창비세계문학

37

•

성소녀

•

쿠라하시 유미꼬

서은혜 옮김

창비

차례

•

일러두기

1. 이 책은 倉橋由美子『聖少女』(新潮社 2011)를 번역 저본으로 삼았다.
2. 이 책의 외국어 표기 및 문장부호 사용은 원문을 최대한 따랐다.
3. 본문 중의 각주는 옮긴이의 것이다.
4. 외국어는 가급적 현지 발음에 준하여 표기하되, 일부 우리말로 굳어진 것은 관용을 따랐다.

I

내가 미키를 처음 만난 것은 어느 가을 토요일 석양 무렵, 토라노몬 근처 길 위에서였다. 그때 나는 친구 셋과 차로 달리고 있었다. (이 친구들, 나 자신, 이날 우리가 결행하여 성공했던 모험, 이런 것들에 관해서는 언젠가 이야기할 기회가 있을 것이다.) 아니, 정확히 말하자면 그때 우리는 차로 서행하면서 이마를 맞대고 꾸깃꾸깃한 지폐를 세고 있었다. 눈을 들었을 때, 나는 희뿌연 무언가가 살랑살랑 다가오는 것을 깨닫고 차를 세웠다. 미키였다. 나는 창을 열고 머리를 내밀며,

"타려는 거야?"

"태워줘."

"어디까지?"

“어디까지든.”

“너 뭐야?” 하며 ‘에스키모’(친구 중 하나다)는 허둥지둥 지폐 뭉치를 움켜쥐더니 주머니에 구겨박았다. 하얀 고양이 같은 이 틈입자에게 우리는 일제히 경계의 눈빛을 보냈지만 그녀는 조수석을 독차지하더니—거기 앉아 있던 ‘후작’은 공중제비를 넘어 뒷자리로 옮겨갔다—태연히 다리를 꼬고 앉았다.

“이름은?”

“미키. 아직이라는 미未에 실사 변 키紀.”

나는 이때의 미키 얼굴이 생각나지 않는다. 의지라든가 감정이 들어 있지 않은 새하얀 타원형 얼굴, 혹은 달덩이만큼이나 크고 반짝이던 검은 눈동자의 기억이 있을 뿐이다. 미키의 용모라든가 몸매, 복장을 묘사하는 것이 무슨 의미가 있을까? 미키에게 수많은 언어를 붙여 독자 앞으로 끌어내려는 소설가에게 저주 있으라. 나는 차라리 미키를 투명하게 만들어 독자 앞에서 지워버리기 위해 언어를 사용하고 싶다. 어쨌든 미키는 보이지 않아도 좋다. 그곳에 존재하고 있었다는 사실만 믿어주면 되는 거다. 하지만 최소한의 의무로서 미키를 스케치해두자. 이날 미키는 하얀 니트 외투를 입고 있었던 것 같다. 두꺼운 털실로 조오몬 토기 무늬 같은 것을 넣은, 품이 넉넉한 외투에 같은 털실로 된 스톨. 이 외투 아래에는 은백색 비단 중국옷. 그리고 그 아래 (내가 상상하기로는) 검은 속옷으로 애처롭게 감겨 있는 알몸. 이 소녀만은 어째서 검은 속옷이 더없는 애처로움을 암시하는 걸까? 그것이 숨기고 있는 것은 끔찍하게 도려내놓은 듯한 암흑이 아니었을까? 이미 그때부터 미키의 육체에 대한 나의 완강한 신비화는 시작되고 있었다. 그날 미키는 우리와 함께 요꼬하마까지 갔다. 우리는 우리 식으로 놀았고 아침이 되었을 때 미키의 모습은 보이지 않았다.

이렇게 미키를 알게 되고 나서 벌써 몇해가 지났다. 그동안, 바로 얼마 전까지 미키와 만날 수 있는 횟수는 셀 수 있을 정도였다. 그것도 이 대도시가 나에게 베푼 행운 덕분이었다. 내 생활의 궤도는 미키와는 완전히 무연한 방향으로 뻗어 있었다. 고교 2학년이 끝날 무렵 나는 어떤 사건 때문에 퇴학을 당했고, 용케 대학은 들어갔지만 그후엔 '전학련'[1], '안보'[2], 국회 난입, 도주, 체포…… 이런 것들은 미키의 삶과는 아무런 관계도 없다. 미키는 그동안 어떤 식으로 살았을까? 내 상상력의 양탄자는 미키를 찾아 올올이 곤두서고 나는 그 안에 감싸여 꼼짝도 할 수가 없었다. 그런 어느 겨울에, 예를 들어 1월에는 보기 드문, 거의 수직으로 내리쏟아지는 폭우 속에서 무릎까지 젖어 미키를 놓쳐버린 적도 있다. 황토색 궤짝 같은 토덴[3]이 언제나 몇대씩 발착하고 있는 츠노하즈의 노면은 그때 물줄기에 휩싸여 포구처럼 보였다. 택시는 흉포한 신음과 물보라를 일으키며 어뢰함처럼 달리고 있었다. 그 사이를 젖은 다리

1 전일본학생자치연합(全日本学生自治連合). 1948년에 결성된 학생단체. 일본공산당의 영향하에 있었으나 1955년 이후 공산당 비판 세력이 주를 이루었고, 1960~70년대에 안보투쟁 등을 주도함.

2 안보투쟁(安保闘争). 1960년대 미일 상호방위조약 개정 문제로 촉발된 대규모 평화운동. 이후 1968년 토오꾜오 대학 사건과 더불어 학생운동이 가라앉는 한 분기점이 되었음.

3 都電. 토오꾜오 도에서 운영하는 전차.

로 뛰어다니며 나는 흰색 장화의 다리, 젊은 여신의 허리를 찾아헤맸다. 또 어느날 마침내 나는 미키가 적어준 번호로 전화를 걸어본 적도 있다. (긴급하고 중대한 사건 아니면 절대로 걸지 마, 하고 그녀는 말했었다.) 그러자 사무적이지만 활기찬 남자의 음성이, 네, ○○ 경찰서입니다, 했다……

내가 미키에게 다가가 그 손과 머리카락을 만질 수 있게 된 것은 몇달 전에 일어난 한 사건 덕분이었다. 모든 사건이 그러하듯이 이 사건의 외양 역시, 신문기사 속에서 찾아볼 수 있다. A지에 의하면,

승용차 속 모녀 사상

〔요꼬하마〕 7일 오후 8시경 요꼬하마 시 카나자와 구 토미오까 쪼오 1925 요꼬스까 도로에서 토오꾜오 도 미나또 구 아까사까 아오야마 미나미 쪼오의 대학생 미야시따 미키 씨(22)가 운전하던 승용차가 토찌기 현 시모쯔가 군 구와기누 쪼오 ○○ 운전수(46)가 몰던, 오오야이시[4]를 가득 실은 대형 트럭과 충돌, 승용차가 대파되어 함께 타고 있던 미키 씨의 어머니 미사오 씨(43)는 머리를 다쳐 즉사, 미키 씨는 머리 등에 전치 2개월의 중상을 입었다. 원인은 미키 씨의 과속과 전방 부주의.

또다른 신문기사 제목은 여대생의 폭주 사고라고 되어 있다. 기사

4 응회암의 일종. 토찌기 현 오오야 시 일대에서 채굴됨. 부드럽고 가공하기 쉬워서 예부터 외벽 등에 많이 사용됨.

내용은 대동소이하다. 요컨대 이것은 흔해빠진 교통사고에 불과하다. 그리고 머리를 다친 미키가 이 사고 이전의 기억 가운데 일부를 잃어버린 것 역시 교통사고에서 자주 동반되는 기질성 앰네지아(기억상실증)의 일례에 지나지 않는다,고도 말할 수 있다. 나는 서둘러 병원으로 미키를 찾아갔다. 두꺼운 붕대로 머리를 감고 있는 미키는 미지의 혹성에서 지상으로 추락해온 인간인 듯한 인상을 주었다. 무엇보다 놀란 점은 그녀가 한동안은 말도 하지 못하고 간단한 동작조차 할 수 없을 정도로 완전히 망가져 있었다는 것이다. 마치 부서진 자동인형 같았다. 미키는 단순히 과거의 기억을 잃어버린 것뿐 아니라 언어, 따라서 그것이 만들고 있던 '자아'라고 하는 것을 파괴당했던 것이다. 나는 거의 매일같이 병원을 찾아가 (물론 미키는 나를 알아보지 못했지만) 미키의 회복 과정을 지켜보았다. 그리하여 미키가 직립보행을 배우기 시작한 원숭이처럼 걷기 시작하고, 다시 언어를 사용하기 시작함에 따라, 나와 미키 사이에는 기묘하게 추상적인, 하지만 충분히 안정된 우정이 자라나고 있었다. 미키는 예전의 나에 대해서도 자신에 대해서도 기억하지 못했기에, 나는 그녀 앞에서는 그 사고 이후에만 존재하는 인간이었고 우리는 하반신이 없는 두개의 또르소처럼 과거가 없는 육체로서 서로를 받아들이고 있었던 셈이다.

미키는 기억이 돌아오지 않은 채 퇴원했다. 그 전후 며칠 동안 나는 미키를 만나러 갈 수 없었다. 왜냐하면 (맨 앞에 말해뒀어야 하는데) 나는 이해 여름, 캘리포니아 대학에 유학을 가기로 되어 있었다. 그리고 도항일은 원래 그 전달 말이었지만 나의 경우, 비자

문제를 둘러싼 트러블이 있었던 까닭에 나는 여전히 공중에 매달린 어정쩡한 상태였던 것이다. 동아줄이 끊겨 미국 유학의 희망이 보기 좋게 사라져버릴 가능성도 있었다. 왜냐하면 며칠 전, 뜬금없이 '미대'(일찍이 시위하며 그 문을 흔들어댔던 미국대사관을 우리는 그렇게 불렀다)에서 불러내더니 과거에 코뮤니스트였던 적이 있는지를 물어온 것이다. 나는 태연히, 노,라고 대답했지만 '미대'는 그에 대해 철저히 인베스티게이션을 하겠노라고 했다…… 그런 곡절로 나는 미키를 만나지 못하고 있었다. 하지만 어느날 오후, 전화가 걸려왔다. 관리실 앞의 수화기를 집어들었을 때, 들려온 것은 미키의 음성이었다. 그것은 막 퇴원한 병자에게 어울리는, 힘과 표정이 결핍된 다소 어색한 목소리였다.

"저예요, 미키예요."

"아아, '미대'에서 온 전화인가 했어."

"미대라뇨?"

"미국대사관. 트러블이 좀 있어서 비자가 안 나오네요. 완전히 핀치pinch야. 전과가 들통날 것 같아……"

"전과라니, 무슨 뜻?"

"낱말의 뜻을 모르겠어? 상세한 이야기는 만나서 하죠. 그보다 퇴원한 거지? 머릿속은 여전히 텅 빈 채?"

"예, 하지만 텅 빈 것과는 좀 다른 느낌인데. 뭐랄까, 까실까실한 모래 같은 게 머리에 차 있는 듯한. 하지만 그것이 저에겐 아무 상관도 없는 거죠. 부서진 모래시계……"

"……언제 만날 수 있죠?"

"모레, 아니면 그 다음날. 오후에 우리 집으로 오세요. 실은 오늘 아침 뭘 좀 보냈어요. 내 노트인데, 읽어주셨으면 해서. 죽어버린 쪽 미키가 쓴 노트 같은데요, 난 영문을 모르겠어서…… 마치 사막의 유적에서 파낸 이상한 비문처럼 당신이 해독을 좀 도와주셨으면 해요."

이 음성을 들었을 때, 나는 날카로운 흉기를 닮은 불안에 맞닥뜨린 듯했다. 솔직히 말하자면, 그것은 어떤 결정적인 의미를 지닌 유언장이며 그것을 개봉했을 때 나와 미키와의 관계가 명백해질 것이 분명하다, 나는 생각했던 것이다. 예컨대 과거의 미키가 나에 대해 어떤 의지를—나는 나 자신의 망상에 따라 이를 사랑이라 부르려 한다—표명한 것은 아닐까 싶었다. 그리고 동시에 그 노트를 읽는 것은 이런 식의 망상을 확실히 말살하는 짓임에 틀림없다고도 생각했다.

그 노트는 밤 8시쯤 속달로 왔다. 미키의 노트는 다음과 같이 시작되었고 나는 읽어가면서 무중력권을 떠다니는 듯한 곤혹에 빠졌다.

지금 피를 흘리고 있는 참이에요, 파파. 왜, 누구 때문에? 파파 때문에, 그리고 파파와 사랑을 나눴기 때문이지요, 물론. ……저는 파파에게 전화를 걸어 이런 식으로 말을 해볼까 생각했어요. 숨을 헐떡이며 열띤 음성으로. 하지만 할 수 있다면 직접 파파 귀에 입을 대고 말하는 것이 효과적이죠. 게다가 나는 파파의 귀 모양이 너무나 마음에 들어요. 그 귓속의 회랑은 남자답게 간결하고 손질도 깔끔하게 되어 있죠. 다음에 만나면 그렇게 말해줄게요. 귀에 관해, 그리고 피에 관해서도.

파파. 보통이라면 '아저씨'라고 불러야겠지만 '아저씨'는 싫어요. 그랬다간 그저 수상쩍은 신사와 불량 소녀의 조합이랑 다를 게 없으니 역시 파파라고 부를게요. 파파도 곧 이 호칭에 익숙해질 거예요. 적어도 어떤 종류의 젊은 여자들은, 파파 정도의, 다시 말해 자기보다 두배 이상 나이 먹은 남자를 종종 그렇게 부르고들 하니까 파파도, 나의 어리광과 심술이 살짝 섞인 이 호칭을 씁쓸한 얼굴로 받아들이면 되는 거예요.

지금 정말 피를 흘리고 있어요. 아프고도 멋진 기분. 언제부터더라? 그때는 피를 한방울도 못 보고 끝났었는데. 하지만 이건 확실치는 않아요. 파파의 무기에 아주 조금은 피를 발라놓고도 내가 몰랐던 것뿐일 수도 있으니까요…… 그것이 시작되던 순간, '장렬한 출혈'이라는 나 자신의 기대가 배반당했기에 저는 무척이나 당황했어요. 그 의식의 시작은 수도관이 파열되었을 때의 기세로 새빨간 것이 솟구쳐나와 파파의 얼굴을 더럽혀야만 하는 것이었죠. 이야말로 나의 할례 의식, 선의 포피를 잘라내고 악을 발가벗기는 의식에 어울리건만. 하지만 모든 것이 모호하게 진행되었죠. 물론 파파처럼 셀 수 없이 정사를 거듭해서 익숙해진 남자분에게는 미숙한 여자애와의, 희생이니 고통으로 피범벅이 된 계약 따위, 지겨웠을 것이 틀림없어요.

식당 전화를 응접실로 돌려놓고 파파에게 전화를 걸어보았죠.

"안녕, 파파…… 네. 그래도 저, 오늘은 귀신 같은 몰골이니 만나고 싶지 않아…… 아직 화장도 안했는데. 지금 막 일어난걸요…… 응, 잘 잤어요. 망가진 인형처럼 잤어요. 그후 내 방으로 귀환한 것이 새벽 4시. 엄마는 다행히 밤엔 마치 죽은 사람처럼 깊이 자니까 나는 아침에 돌아오는 고양이처럼 숨어들면 되는 거죠. 배가 엄청 고팠으니까 콘플레이크에 바나나를 잘라 넣고 캐슈너트를 섞어, 데운 우유를 부어 먹고, 그러고 나서 그 상처의 아픔을 배 속에 끌어안고 소라 껍데기 같은 모양의 잠 속으로 기어들어갔어요. 꿈도 꾸지 않고. 눈을 떠보니 한낮 1시. 그리고 피! ……파파, 아직 아파요. 파파가 톱으로 켜놓은 것 같은 상처를 남겼잖아요…… 상처가 아물면 전화드릴게요. 그럼 또 데려가줘…… 물론 B로 시작되는 곳이죠. 안녕."

거짓말이에요. 전화는 걸지 않았어요. 그 대신 저는 침대 속에서 쓰기 시작했던 거죠.

그건 그렇고 어젯밤 우리가 나눈 이야기.

"왜 그래? 아직도 무서운 거야?" 하고, 파파.

"아니. 이젠 안 무서워. 아팠던 것뿐이야. 파파는 어때?"

"텅 비었지. 가슴을 두드려봐. 우체통을 두드리는 것 같은 소리가 나."

"아, 정말이네. 이런 소리가 나다니 파파 쪽이 훨씬 슬픈 것 같아. 가슴속이 썰물이 지나간 해변처럼 황량하군요. 온갖 것들이 굴러다니고 있네요."

"어떤 것?"

"예를 들자면 수많은 여자들의 뼈다귀라든가……"

"여자와 헤어질 때, 뼈를 하나씩 받으니까. 묘비 대신으로 말이야. 갈비뼈를 하나 뽑아주는 여자도 있고, 다리뼈를 주는 여자, 머리 뚜껑을 쪼개서, 접시 대신 써줘요, 하는 여자, 골반을 가져가세요, 하는 통 큰 여자, 여러가지야. 모두 기꺼이 뼈를 주게 되어 있지."

"어쩐지 서글퍼서 뼈가 떨릴 듯한 이야기. 그래도 난 뼈는 안 드릴 거예요…… 졸려요?"

"아니, 안 졸려."

"자, 이야기를 더 해봐요. 파파는 여자들과 사랑을 나누고 나서 보통 어떤 이야기를 해요?"

"글쎄. 기억이 안 나는데. 아마 이야기 같은 건 안할걸. 처음부터 끝까지 입을 다물고 있는 경우도 있고. 남자라는 것이, 말을 안할 수만 있다면 안하고 싶은 동물이거든. 여자는 엄청 말이 많거나 전혀 없거나 하지. 넌 꽤나 수다스럽네."

"그냥 골골거리고 목을 울리면서 응석을 부리고 있을 뿐인데."

"담배 좀 줘."

"네, 파파. 나도 한개비."

"넌 몇살이었지?"

"벌써 잊어버렸어? 이번 여름이 지나면 스물이라니까." (하고 거짓말을 한다.)

"아아, 그렇다면 나더러 파파라고 해도 이상할 건 없는 나이네. 스무살을 넘기면 그러지 마. 그리고 담배는 끊는 게 좋겠어. 처음

키스했을 때 남자애랑 하는 것 같더라고."

"그런 소리 들으면 살짝 서운하죠. 그래도 담배도 안 피웠으면 저처럼 너무 어린 여자애랑 하는 키스는 분명 풋내 나는 채소 주스 맛이었을걸요. 파파야말로 담배를 끊으시죠? 내 품 안에서 굴뚝이 되어 있는 파파는 별로거든. 게다가 노래도 있잖아요, 「Don't smoke in bed」라고. 맞아, 파파랑 헤어질 때는 눈물을 글썽이며 이 노래를 불러줄게요."

나는 파파의 입에서 담배를 뺏고는 파파의 몸 위로 기어올라갔어요. 잘 봐두고 싶었거든요, 나의 파파를. 파파는 눈을 감고 있었습니다. 대왕생을 이룬 듯한 표정을 짓고. 하지만 잠이 들면 약간 코를 골기도 하고 입을 벌리거나 이를 갈거나 하며 좀더 거칠어질걸요. 나는 입술로 눈썹을 간질이고 코의 능선에 침을 바르고, 사포 같은 뺨의 사막을 횡단하여 담배 냄새 나는 입을 잠깐 핥고, 그리고 견고한 가슴의 평원으로 나아갔습니다. 그곳은 플레이보이답게 볕에 그을려 기분이 좋으니까, (다만 털이 약간 있어 웃기긴 해요) 잠깐 동안 제 배를 갖다대고 엎드려보았지요. 배의 갑판에 있는 듯한 느낌이었어요.

"있잖아, 나 맛있었어? 사후경직처럼 딱딱하고 맛없었어? 난 파파를 완전히 사랑을 하질 못했어. 그렇죠? 파파, 그 생각을 하면 절망적. 너무 슬퍼요. 멍청한 계집애. 파파를 근사하게 사랑을 해 보이리라, 오직 그것에 자존심을 걸고 여기까지 왔건만. 하지만 파파는 툭하면 무서운 신神처럼 무겁기도 했어. 마치 점토로 빚은 신. 어떻게 사랑을 하면 좋을지도 모르게 되어버렸지. 사랑을 나누고,

사랑을 나누고, 녹여버리자 싶어서, 죽을힘을 다해 온몸을 찢어발겨서라도 파파를 맞아들일 각오였건만…… 내가 아직 너무 어려서인가요? 어서 빨리 파파와 완전한 사랑을 나눌 수 있게 되고 싶어. 아아, 파파의 기둥을 달콤한 꿀로 녹여줄 수 있는 꽃이 되고 싶어…… 파파를 사랑해요."

마지막 말을 하면서 파파의 귓불을 꽉 물어줬어요. 모든 것이 부질없어요. 반은 취하고 반은 맨정신으로, 나는 수다를 떨어대고 있었어요.

여기서 주석을 달아둘게요. '사랑한다'〔あいする〕라고 내가 히라가나로 쓰는 것은 'make love'를 가리키는 것으로, 말하자면 내 몸으로 파파를 사로잡아버리는 것을 의미합니다. 한자로 '사랑한다'〔愛〕는 마음의 자유를 바친다는 것이니 이런 뜻이라면 내가 한 말은 거짓이에요.[5] (그 증거로 나는 파파의 귓불을 물어준 거죠) 나는 파파를 '사랑하지 않습니다'. 정확히 말하자면 사랑'해서는 안된다'이죠. 하지만 파파는 언젠가 나를 사랑해야만 합니다. 그것이 나의 목적이거든요.

나는 파파의 옆구리에 머리카락과 얼굴을 비벼가며 두서없이 헛소리를 지껄여댔어요.

"……파파, 눈 좀 떠봐. 죽은 척은 싫단 말이야. 있잖아, 나 사랑해? ……네에, 여자애들은 누구나 묻는 의미로요. 이런, 이상한 웃음이네. 스핑크스가 히죽 웃는 거 같아. 물론 파파는 날 사랑하지

5 원문에서 '사랑'을 히라가나로 표기한 부분은 '사랑을 하다' '사랑을 나누다'로 옮겼고, 그외 '사랑하다' 등으로 옮긴 것은 모두 한자로 표기된 것이다.

않지. 사랑하지 않아…… 파파는 어느 누구도 사랑할 수 없는 사람이니까. 파파의 마음은 진흙으로 되어 있어. 하지만, 그런데도, 바로 그 이유 때문에 나는 오히려 파파에게 빠져들어버리고…… 이집트 박물관 그림엽서에 무지하게 그로떼스끄한, 새까만 악마 상이 나온 걸 본 적이 있어. 그런 악마 상 앞에 서면 그 암흑덩어리한테 빨려들어가버릴 게 분명하다고 생각했는데 파파는 바로 그 악마 상이지…… 어째서 그런 눈으로 보는 거야? 나를 바보 취급하는 듯한 눈? 좋아, 얼마든지 바보라고 해. 나는 이미 파파의 것이니까 무슨 짓을 당해도 싸지. 나를 안아줘."

약간 수다가 지나쳤나봅니다. 그래도 이 정도 떠들어댄 덕분에 달콤한 슬픔이 솟아나서 내 눈은 얼굴에서 흘러넘칠 듯, 다시 말하자면 나는 커다란 눈물방울을 파파의 가슴이니 콧등에 뚝뚝 떨어뜨릴 수가 있었던 거죠. 파파가 깜짝 놀란 듯이 나를 바라보기에 무심결에 울다 웃는 얼굴이 되어 그 얼굴을 파파의 가슴에 묻고는 새된 소리로,

"해줘, 어서. 더, 더, 아프게 해줘."

그리고 그 일은 역시나, 엄청나게 아팠기 때문에 더욱 눈물이 쏟아졌고 그 짭짤한 바닷물 속에 나의 눈이 빠져 죽어버렸습니다.

지금은 오후 3시. 침대 위에 엎드려 여기까지 썼더니 허리가 아파오네요. 가슴을 치켜세우고 해적선처럼 뻗대고 있던 탓이지요. 일어나서 몸을 씻어야 해요.

욕실에서 거울과 대면. 대단한 얼굴. 도깨비. 껍질이 벗겨지고 도

로 공사하듯 파헤쳐진 얼굴. 깜짝 놀라 거울 속의 나를 손가락으로 문질러보았을 정도예요. 우아하고도 거칠어, 얼굴 반쪽은 짐승이고 반쪽은 성녀. 충족과 황폐. 왼쪽 눈이 약간 충혈되어 장밋빛 욕망의 미련처럼 빛나고 있습니다. 입술이 거칠어진 것은 어젯밤의 지나친 키스 탓. 이것이 처음으로 남자와 사랑을 나눈 여자가 지닌 전형적인 얼굴인 듯. 웃어보았어요. 죄를 범한 나와 화해하기 위한 주술적인 미소.

그러자 엄마가 들어와서 말했어요.

"어젯밤엔 M 씨 집에서 잔 거 아니야?" (그런 식으로 말해두었거든요.)

"'손님'이 계셔서 어젯밤 11시 좀 넘어 집에 왔어"라며 '손님'에 의미를 두듯 힘주어 말했더니 엄마는 천박한 하녀의 고백을 들은 백작 부인처럼 고개를 끄덕이는 것으로 종료. '손님'의 이중적 의미를 암시하는 것만으로도 이렇다니까요. 엄마는 조금이라도 성에 관련되는 낱말을 들으면 항상 이렇답니다. 아아, 그런 엄마가 다달이 오는 '손님'은커녕, 어젯밤 파파를 '손님'으로 맞아들인 것이 원인이 되어 피를 흘리고 있는 나를 알았다간! 어떻게 되느냐고요? 물론 미쳐버리겠죠. 그리고 맹렬한 색정광이 되어버릴 거예요. 엄마 안에 있는 완강한 억제 장치가 차마 볼 수 없을 만큼 무참히 부서져버렸을 때를 상상하는 것만으로도 난 살아가는 일이 즐거워진답니다. 그건 정말이지 기괴한 장치여서 중세의 어떤 성녀가 지녔던 성적 억압 메커니즘보다도 강력한 물건임이 분명해. 그런 엄마가 도대체 어떻게 나를 낳은 것일까? 그리고 '누구'와? 처녀 수태라도 믿고 있는 듯한 얼굴의 엄마가 어쩌다가 내 엄마가 되었는지, 흥미진진하기만 합니다. 엄마 말로는 여자가 아이를 낳는다고 하는 것은 두말할 것 없이 성스러운 영위營爲라고 합니다. 그런데 그에 선행되는 저 '징그러운' (그녀가 늘 쓰는 형용사) 행위에 관해 질문할라치면 돌연 엄마는 도깨비 할머니의 가면을 뒤집어쓰죠. 나아가 나를 낳기 위해 협력했던 아버지(이것은 N 공업사 사장인 법률상 '부친'이 아니라 추상명사화된 '아버지'입니다)에 관해 물으면 엄마는 반야般若의 가면을 씁니다. 아아 무서워. 나를 쏘아볼 때의 살기 어린 눈. 내 진짜 파파는 내가 태어나기 전, 혹은 아직 귀여운 네발 동물일 무렵에 죽은 걸까요? 어쨌든 그런 걸로 해두고, 저는 그렇게 믿고 싶습니다.

"너, 담배 냄새 난다!" 하고 엄마가 말했습니다.

아아, 그녀는 내 머리카락에 가까이 다가왔을 때, 경찰견보다도 날카로운 코로 냄새를 맡은 듯. 이런 말투엔 두가지 암묵적 비난이 담겨 있습니다. 하나는 내가 담배를 피우기 시작한 것에 대해, 또 하나는 아마도 내가 담배 냄새(그건 남자 냄새라는 거죠)를 머리카락에 담고 있을 정도의 관계를 남자와 맺고 있는 듯한 것에 대해. 어젯밤 그후에 샤워를 했으면 좋았을걸. 이런이런.

"나, 요즘 가끔 피워. 연구실에서 시미즈 선생님과 이야기하면서라든가. 선생님이, 너, 담배? 하고 권하시니까 그냥 받게 되어버리는 거죠."

"선생님들 앞에서는 삼가는 게 좋사옵니다."

"네네, 여자니까요."

"당연한 거 아냐?"

오늘은 미친 짓을 했네요. 파파에게 편지를 쓸까 싶었지만 끝내 한자도 쓰지 못하고 그 대신 새빨간 입술을 종이에 눌러 그것만 보냈습니다.

파파와 처음 만났을 때 이야기를 적어볼게요.

저는 열여섯살이었어요. 여름이었고요. 학교가 방학에 들어가고 나는 한주에 며칠인가, 마마(그 무렵엔 아직 엄마를 '마마'라고 불렀어요)가 하고 있던 타무라 쪼오의 '석류'에 놀러 가서 석류 빛깔의 기분 좋은 소파에 앉아 책을 읽거나 레코드판을 듣거나 하면서 한나절을 보내는 게 보통이었죠. 손님이 많아지면 이딸리아제 고급 에이프런을 두르고 영업용 미소를 지어가며 어서 오세요, 하며 냉수나 커피를 날랐습니다.

그날은 아침부터 이가 아파서, 그 통증을 눌러가며 빠스깔 흉내를 내어 해석기하학 문제를 풀고 있었는데, 점심 전에 점원 아이를 시켜 진통제라도 사오라고 할까 했더니 마마가, 얼른 치과에 다녀오렴, 하며 마마가 아는 분이 최근 다니고 있는 평판 좋은 의사가 토라노몬에 있다는 걸 기억해냈어요. 이름을 듣고 나는 너무 놀라 횡격막이 찢어질 지경이었죠. 그건 파파, 즉 마마의 옛 애인 이름이었답니다.

"A 씨 사모님께서 다니시는 곳인데, 틀니를 해넣었더니 아주 솜씨가 좋아서 편하고 분위기도 괜찮다고 하더라."

“아프지 않을까? 거칠게 막 하는 건 싫은데. 더구나 나는 피를 보면 바로 기절해버리잖아. 마마가 함께 가줘, 응?”

“그런 어린애 같은 소릴 하면 안되지. 난 가게 일이 있으니까 혼자서 다녀오렴. 여기서 바로 가깝잖아.”

‘마마’는 절대로 함께 가주지 않을 거야, 하고 저는 생각했습니다. 도대체 ‘마마’는 어쩔 셈인 걸까요? 내가 ‘파파’에 관해 자세히 조사해서 알고 있다는 것을, ‘마마’는 모르시는 듯. 하지만 그렇다면 무엇 때문에 나를 ‘파파의 클리닉’에 보내는 걸까?

“그럼 다녀올게요” 하고 나는 ‘석류’에서 나와 혼자서 토라노몬까지 걸어가서 파파네 클리닉 환자 중 하나가 된 것이었습니다. 가명을 써서—아마 성만 바꾸었을걸요, 이름까지는 귀찮아서 그냥 카따까나로 미키라고 해두었던 것 같아요. 그때까지 나는 파파의 얼굴을 본 적이 없었어요. 전혀 상상도 할 수 없었지요. 내가 좋아하던 제라르 필리쁘나 로사노 브라찌의 얼굴, 날마다 보느라 지겹던 담임선생의 얼굴, 이웃집 의사 선생 얼굴, 티브이에서 봤던 K대학 아무개 교수의 얼굴, 온갖 얼굴을 모아서 마흔살 전후 남성의 얼굴을 몽따주하려고 시도해보았지만 안되더라고요. 눈에 눈물이 가득 차 있을 때, 윤곽이 흔들려 흐릿하게 보이던 어떤 얼굴만 눈앞에서 하늘하늘할 뿐이었어요.

첫날 저를 맡아준 것은 파파가 아니라 젊고 어설퍼 보이는 덴티스트여서 저로 하여금 신경과민으로 엄청난 타액을 분비하게 만들 뿐이었습니다. 결국은 주사를 맞다 말고 저는 빈혈을 일으켰어요. 온 세상의 불이 꺼졌습니다. 저는 머리를 떨구고 별세계로 가라앉았습니다. 예상했던 일. '파파'는 어디에 있는 걸까? 치료는 일시 중단되었고 저는 파파 일행의 휴게실 겸 응접실로 옮겨졌습니다. 그러자 파파가 나타났어요. 마치 오래전부터 파파는 그곳에서 저를 기다리고 있었던 듯했지요. 제가 소파 위에 새파랗게 되어 있자니 파파가 차가운 와인을 들고 나타났답니다. 자아, 이걸 마셔봐, '주스'가 좋으면 '주스'를 가져다줄게. 어린아이에게 간식이라도 주는 투였지요. 어엿한 마드모아젤이라면 정중하게 'vous'라 불릴 것을, 저는 똘마니처럼 편하게 'tu'로 불리고 있다는 것이 약 올라 약간 뾰로통해 있었어요. 파파는 널찍한 등판을 보이며 방을 나갔습니다. 파파의 얼굴을 저는 어느새 받아들이고 있었습니다. 태어날 때부터 알고 있던 얼굴이라는 듯이, 저는 안심하고 햇볕에 그을린 날카로운 얼굴에 익숙해졌고, 큰 키와 거침없는 걸음걸이, 그리고 그 나이에 젊은 남자아이처럼 탄력 있는 엉덩이에 감탄하면서, 얄밉다는 생각도 맹렬히 했습니다. 그러고 나서 내가 와인을 들이켠 뒤 세면실에서 머리카락을 손질하고 목이니 팔을 식히고 있으려니까 파파는 다시 찾아와서,

"뜨거운 물로 샤워를 하면 어때? 기분이 좋아질 거야."

"됐습니다" 하고 저는 말했고 다만 샌들을 신고 와서 먼지투성이가 된 발을 씻고 싶었기 때문에 세면대 위로 발을 끌어올려 발가락 사이를 씻기 시작했습니다. 이미 파파는 가고 없다고 생각했던 것이지요. 그런데 파파는 불안정한 자세 때문에 비틀거리는 제 뒤에 서 있다가 재빨리 저를 부축했습니다. 양쪽 겨드랑이 밑으로 팔을 넣어 제 가슴의 두 봉우리를 완전히 손바닥 안에 쥐듯이 하며.

치한! 하고 소리를 치는 대신 왜인지 저는 거울 속의 파파를 향해 생긋 웃고 말았습니다. 정말 우습게도, 제 딴엔 파파를 유혹하고 있었던 거죠.

“넌 식물 같은 아이구나.”

저는 너무 부끄러워 몸부림을 쳤어요. 뜨거운 수액 같은 것이 다리에서 몸통으로, 그리고 파파에게 잡혀 있던 과실의 맨 끝까지 엄청난 기세로 올라오는 것을 느끼면서 나는 목을 젖혀 파파의 턱 아래에 머리를 기댔습니다. ‘파파’는 내 가슴이 아직 딱딱해서 나뭇가지 같다고 하는 걸까?

“나는 너 정도 여자애가 좋아. 열살에서 스무살 사이.”

“난” 하며 나는 내 머리카락 위로 보이는 파파의 얼굴을 향해 말해주었답니다. “선생님처럼 서른과 쉰 사이의 아저씨 족속은 완전히 질색. 이제 됐어요, 놔요!”

“다리 예쁜데.” 하지만 파파는 아무렇지도 않게 말했지요. 그때 나는 「어떤 미소」에서 로사노 브라찌가 나보다 훨씬 별 볼 일 없는 여자애 손을 잡고 더없이 뻔뻔스럽게 ‘such a nice hand’라고 속삭이던 것이 생각나 적잖게 뿌듯했어요. “하얀 쌘들을 신으면 좋은데. 스파르타의 귀족 여성들이 신던 것 같은 걸로. 그래도 사실은 맨발이 최고지.”

“내 발이 잘 보이니까요?”

“그렇지. 다리와 발 양쪽을 마음껏 보고 싶으니까.”

“흐응, 남자들이란 다들 다리에 홀리는구나.”

파파는 이런 내 말투가 재미있다며 웃었고, 너무 웃어서 눈물이

고인 눈으로 한층 친밀하게 나를 보면서 '와인'을 한잔 더 하지 않겠느냐고 물었지만, 됐어요, 하고 저는 대답했습니다.

"내일은 12시에서 1시 사이에 와. 내가 잘 손봐줄 테니까."

"치한!" 그러고 나서 저는 돈도 내지 않고 뛰어나왔습니다.

분명히 파파는 능숙한 치한이었고 저는 미숙한 치녀였죠. 그러니 우리는 만나자마자 수상한 '친근함' 속으로 미끄러져 들어가버렸고요. 파파는 저의 미숙함을 놀리고, 저는 그것에 화가 나서 한층 더 치녀가 되고자 애쓰기 시작한다, 이런 식으로. 그날 오후 저는 생크림처럼 달콤한 이 친밀함의 흔적을 조금씩 핥아가며 즐거워하고 있었습니다. 파파와는 이미 뭐라도 할 수 있는 사이가 된 듯한 기분으로. 이 친밀함이라는 감정에는 말하자면 진짜 아버지와 딸 사이에 있는 그것도 섞여 있는 것은 아닐까 여겨질 정도였답니다. 그 사람이 내 진짜 '파파'였다면……

"어땠어?" 하고 마마가 물었습니다. 평소의 무표정한 얼굴 그대로. 저는 아픈 듯이 얼굴 오른쪽을 찡그리며,

"아니나 다를까, 빈혈 일어나서 기절해버렸어. 진짜 선생님은 없고 수습 선생이 해주던데. 완전 왕초보. 벌벌 떨더라. 진짜 꽝이었어. 바나나 복숭아 주스 만들어줄 거야?"

이튿날의 파파. 점심시간이어서 어제 그 젊은 덴티스트는 보이지 않고 파파와 간호사뿐이었어요. 실내가 지나치게 밝다고는 하지만, 무례하게도 파파는 썬글라스를 쓴 채로 내 입안을 들여다보았지요.

"야아, 예쁜 입이네. (이번엔 입을 칭찬하네!) 입안의 형태가 말

이야. 석고로 틀을 떠서 보여줄까? (저는 고개를 흔들었어요.) 자아, 잠깐만 참아. 끝나고 입을 다물면," 하더니 파파는 목소리를 죽여, "입술에 키스해줄 테니까. 싫어? 부끄러워서 대답을 못하는구나."

"악어처럼 입을 벌려놓으니까 말을 못하는 거죠!"

"이런, 아직 안 끝났어. 다시 입을 벌려봐. 그렇지, 하마처럼 커다랗게…… 웃지 말라고, 안돼, 안돼, 움직이면. 그렇게 웃다간 콧등에 구멍 하나 더 뚫린다."

양치를 하고 차트를 들여다보니, 전날, 내가 접수처에 등록한 가명이 떡하니 적혀 있어요. ◯◯ 미키.

"이름 좋은데. (이번엔 이름을 칭찬!) 누가 지어준 거야? 아버지? 어머니?" 저는 졸도할 뻔했어요. 파파가 썬글라스를 끼고 있기에 천만다행이었죠.

"어딘가의 잘 모르는 아저씨인가봐요. 벌써 돌아가셨대요."

"흐음. 한자로 쓰면 '아름다운 나무'(美樹)네. 그런데 미키는 나이를 속인 거지? 얼렁뚱땅. 진짜로 몇살이야?"

"열여섯."

"섹스틴이라. (썰렁 개그!) 어때, 치아 수선이 끝나면 점심이나 먹으러 가자. 뭐가 좋아? 타무라 쪼오의 중국집에 가볼까? (아니, 안돼. '석류'가 가까워서 '마마'를 만날 위험이 있으니.) 아니면 시바의 '끄레셴도'로 할까?"

"유감이지만," 하고 저는 말했습니다. "낯선 분께 뭘 얻어먹었다간 마마에게 엄청 야단맞아요. 특히 함께 식사를 하는 건 아주아주 잘 아는 분이 아니면 안된대요."

"어이구, 저런. 예의 바르기도 하지. 양갓집 규수라면 그러셔야죠. 똑똑해라. 네 마마는 분명 끝내주는 현모양처일 거야."

"그런데, 그렇게 제대로 된 가정이 아니랍니다. 마마는 이른바 물장사를 하고 있죠. 바의 마마예요. 그리고 저는 파파가 없구요. 그 대신 이른바 빠트롱patron이 마마에게 붙어 있어서…… 아아, 지겨워!"

"거짓말. 뭐가 '이른바'야?"

"그렇다고 전부 거짓말도 아니죠. 마마는 이 근처에 까페를 갖고 있어요. 파파는 없구요. 이것만은 진짜. 배고프다, '끄레셴도'에 가죠" 하고 저는 재빨리 썬글라스를 쓰고 어깨를 달싹해 보였어요.

저의 전율과 함께 세계는 흔들흔들 움직이기 시작하고 있었습니다. 금방이라도 빠질 듯한 충치처럼. '파파'는 나를 뭐라고 생각하는 걸까? 내가 '마마', 즉 한때 '파파'의 연인의 딸이라는 사실을 눈치채지 못하는 걸까? '파파'는 현재 마마에 대해 조금은 알고 있음이 분명하다, 적어도 '마마'가 제대로 결혼해서 현모양처의 전형으로 들어앉아 있다는 정도는. 그것도 모르는 걸까? 만약 '파파'가 아무것도 모르는 거라면 나는 이대로 머리가 살짝 이상한 귀여운 여자아이로서 '파파'의 품 안에 기어들어가기로 하자. 그리고 '파파'를 유혹해서 '파파'가 내 안으로 뚫고 들어온, 바로 그때 '그것'을 물어보자. 그 답변이 '위'oui라면, 나는 기쁨에 겨운 나머지 뱀이 되어 그를 똘똘 감고 정말로 '파파'를 사랑하기 시작하겠죠, 나의 진짜 아버지이자 남자인 사람을! 아버지 '플러스' 남자 '이퀄' 신.

그러니까 '파파'는 나의 신이다……

"잠깐 샤워 좀 하고 올게. 너도 괜찮으면……" 파파는 폴로셔츠를 벗고, 속셔츠를 벗고, 목욕탕으로 들어가버렸습니다. 결코 단추를 누르지 않을 것을 알고 전기의자에 앉아 있는 사형수처럼 더없이 침착했습니다. 내가 마마의 딸이라는 걸 눈치채고도 그런 거라면 진짜 악당입니다. 나랑 어느 쪽이 더 악당인지 겨루어봐야만 합니다. 하지만 실은 아무것도 모르고 있는 것이겠지요. 문득 저는 슬퍼졌습니다. 입안이, 눈 속이 축축해졌어요. 그냥 전부 말해버릴까. 그리고 그다음엔 눈물을 글썽이며 '파파'를 흔들어대면서 어떤 한 가지 사실을 묻기만 하면…… 나도 모르게 손톱을 깨물고 있었어요. 썬글라스를 벗고 거울 앞에 얼굴을 들이대보았어요. 울음을 터뜨리기 직전의 한심한 얼굴. 어떻게 할까, 얼굴을 씻고 잘 생각해보자. 하지만 저는 시선을 공중에 둔 채 도어를 밀고 욕실에 발을 내딛고 있었습니다. 파파는 샤워 줄기 속에서 고개를 비틀어 저를 보았습니다. 제 눈은 벽돌색으로 그을린 커다란 파파의 알몸에 꽂혔습니다. 도망칠 곳 없는 두마리 물고기처럼.

"왜 그래? 그런 눈으로 보면 안돼. 대담무쌍한 아이네."

"미안. 저, 보는 거 아니에요." 저는 이를 악물 듯한 기분으로 눈을 꽉 감고 그 자리에 서 있었습니다. 파파는 서둘러 몸을 닦더니 제 옆을 지나쳐 (아무것도 하지 않고) 밖으로 나갔습니다. 저는 알몸이 되어 차가운 샤워 줄기 아래서 어깨를 움츠렸습니다.

같은 해 10월 어느 토요일입니다. 제가 가소롭게도 파파를 유혹하려고 했던 것은. 참담한 실패에 그치리라는 것을 알면서도 저는 집을 나섰습니다. 하얀 니트 외투를 휘감고 뾰족한 구두를 신은 저를, 거리는 씨니컬하게 고개를 갸웃하고 맞았습니다. 빌딩 지하주차장, 파파의 알파 로메오에 숨어들어 (무슨 일인지 문이 열렸습니다) 파파를 기다렸어요.

"태워줘."

"어디까지?"

"어디까지든. 마지막 목적지까지."

파파는 저를 기억하고 있었습니다. 그러면서 일부러 제 나이를 물었어요. 제가 아직 열일곱살이 되지 못했다는 사실을 저 스스로 기억하게 하려고. 저는 잠자코 있었습니다. 그때 저는 파파의 발아래서 떨고 있는 불쌍한 새끼 고양이에 지나지 않았어요. 그것도 너무나 조그맣고 연약하고, 털도 제대로 나지 않아 비척비척하고 있었으니, 귀여운 새끼 고양이라기보다는 비뚤어진 부랑아처럼 보였음이 분명하죠. 저를 어르고 달래며 파파는 일종의 연민을 감추려고도 하지 않았어요. 그것이 커다란 가시가 되어 저를 찔렀습니다. 저는 울음을 터뜨렸어요. 귀엽게 울려고 했지만 아마도 그저 훌쩍훌쩍했을 뿐이겠지요.

"바보, 심술꾸러기."

"자아, 자. 아저씨를 곤란하게 만들지 마. 착하지?"

"뭐야, 어른인 척하지 마."

"나야 어떻게 보든 어른이잖아. 넌 어린애고."

저는 부질없는 욕설을 뱉어내며 도망쳤습니다. 그것은 저의 발처럼 쌀쌀한 가을 저녁이었고, 저는 열여섯살, 나이도 몸무게도 가볍게 하얀 양모에 둘러싸여 빌딩 사잇길을 실밥처럼 걷는 수밖에 없었습니다. 그러다가 남자아이 네명을 만났습니다. 나이는 나랑 비슷한 정도의 늑대 냄새 나는 소년들. 그리고 그들의 차에 탔지요……

주) 요컨대 그 두목이 나였고, 이것이 나와 미키의 첫 만남이었던 것이다. 이에 이어 일어난 사건에 관해서는 미키는 아무것도 적지 않았다. 나에게는 미키와의 만남만으로도 특기할 만한 경험이었지만 그녀에게는 그렇지 않았던 것이리라. 요꼬하마의 '미꾸루' 집에서 있었던 '크레이지 파티'에서도 미키는 시종 이국에서 찾아온 왕녀와 같은 태도로 우리를 방관하고 있었던 것에 불과하다. 어쨌든 나는 약간 실망했다. 만약 미키가 그때의 일을 적어두었더라면, 이 '노트'가 어디까지 사실에 바탕하고 있는지를 판정하는 하나의 실마리가 되었을 텐데.

일요일 아침 집에 돌아와 나는 거울 앞에 섰습니다. 욕실의 탈의장 벽에는 내 전신을 비춰볼 수 있는 세로 2미터, 폭 70센티미터짜리 붙박이 거울이 있어요. 하루 두번 욕실에 들어가기 전과 후, 이 거울 속에 벌거벗은 전신을 비춰보는 것이 일이었지요. 나는 자신의 몸에 만족하고 있었답니다. 이랬으면 좋겠다 싶은 모습 그대로 성장해갔으니까요. 스무살을 맞이함과 동시에 나는 내가 되어야 할 모습에 딱 맞게 보란 듯이 완성될 거야,라고 믿고 있었어요. 하지만 그때 저는 겨우 열여섯살. 모든 것이 조금씩 부족한 듯했어요. 예를 들어 가슴의 과일 두개, 그것은 딱딱하게 모습을 갖추어가며 영글었지만, 육체 안쪽에서 스며나오는 광채가 모자라서 아직은 분명히 그 무르익은 과일이 지닌 화려한 윤기를 갖고 있지 못했거든요. 아랫배도 좀 납작했고요. 다리는 쪽 뻗어 탄력이 있었지만 허벅지에서 허리로 이어지는 부분에는 성숙한 여신의 묵직한 엘레강스는 없었습니다. 파파의 말을 빌자면, 난 어린 식물. 파파는 아마 그때 아직 보지 못한 나의 전체 상을 머릿속에 상상하며 그렇게 말한 것이겠지요. 정말 열여섯살의 저는 식물적이었습니다. 암컷 동물의 강렬한 체취라든가 어떤 한점에 집중된 도발적인 매력이라는 것도 없었지요. 그러니 파파는, 개들이 곧잘 그러하듯이 저의 가장 여성다운 부분의 냄새도 맡아보지 않은 채, 예의 바른 사냥꾼답게 저를 놓아보내준 것이겠지요.

10월 오후의 햇살이 내리쪼이고 저는 장미색 비누처럼 매끄러웠답니다. 기괴한 틈새, 핏빛 입술, 그곳에서 이어지는 암흑, 그런 것들은 저의 어느 곳에서도 볼 수 없다는 듯이, 저는 그 저주의 이빨로 물어뜯어놓은 상흔을 아직 제 눈으로 본 적도 없었습니다. 만져본 적조차도. 놀리 메 탄게레![6]

엄마가 들어왔어요.

"어젯밤엔 어디 갔었니?" (주: 우리 차로 요꼬하마에 갔던 날 밤이다.)

6 Noli me tangere. '나를 만지지 마라'라는 의미의 라틴어로, 부활한 예수가 한 말.

"M 씨하고 '몽크'에서 잤어. 오늘이 일요일이잖아, 그래서."

"나쁜 짓 하면 안돼. 너네 그 가게, 신경 쓰여."

나는 팔을 치켜들고 겨드랑이 아래 옴폭한 곳을 거울에 갖다댔습니다.

"봐봐. 약간 짙어졌어. 털을 미는 게 나을까? 그냥 두는 게 좋아?"

"엄마가 어떻게 알아? 이제 '석류'에 다녀올게."

엄마가 까페(라고 엄마는 불렀습니다. 그리고 '까페' 경영을 엄마는 '고상한' 직업이라고 여겼지요)를 시작한 것은 지루한 일상의 소일거리로였습니다. '석류'를 시작한 것이 그 전해 3월이었고, 같은 해 가을부터 신주꾸에 '호두'라고 하는 가게도 냈습니다. 이쪽은 '석류'보다 훨씬 크고, 서먹하고, 맞교대로 한 다스 이상의 여자들을 쓰는데, 흰 상의를 입고 머리가 번쩍이는 젊은 남자들도 서넛 있어서, 이 녀석들은 얍삽한 손놀림으로 에스쁘레소라든가 믹서를 다루고 샹송을 가게 가득 흘려보내고 있었죠. 현재 이 가게 이름은 '블루 노트'로 바뀌었고 모던 재즈를 전문으로 들려주고 있는데 '호두' 시절보다 번창하고 있는 모양입니다. 여긴 내세울 거라곤 넓다는 것뿐이어서, 저는 이곳이 싫었어요. 여자들은 계속 바뀌어서, 갈 때마다 모르는 아이가 문을 열어주면서 무의미하게 허리 굽혀 절을 해대는 거예요. 여기 올 때는 대개 별 볼 일 없는 친구와 함께였죠. 점원들에게는 나를 특별대우하지 말라고 일러두었고, 무엇보다 웨이트리스들이 내 얼굴을 모르는 모양이어서 저는 토오꾜오에 모여든 촌뜨기 대학생, 풋내 나는 여고생, 꼴불견 연인들의 소란스러운 수다 속에 몸을 숨기고 제대로 커피값을 치렀고, 물론 친구들도 돈을 내게 했습니다. 엄마가 하고 있는 가게라는 것은 누구에게도 알려주지 않았죠. 그 덕분이었던지 이 '호두'는 '석류'의 몇배나 잘되었습니다. 엄마는 거의 얼굴을 내밀지 않았고, 어쩌다 오더라도 가게엔 나오지 않고 우리가 치프chief라고 부르던 젊은 대머리로부터 보고만 받았습니다. 이 남자는 아버지 회사의 영업부에 있으면서 약간 말썽을 일으켰는데 아버지가 데려다가 '호두'의 매니저로 써줬다고 하더군요. 아버지가 간섭을 한 탓도 있어 엄마는 '호두'에 그다지 애착이 없었습니다. 순 까페(엄마는 이 '純', '순결'의 '순'이라고 하는 글자에 무엇보다 매력을 느낀 듯)의 경영에도 금세 싫증이 난 모양이었어요.

그래도 두 가게가 뜻밖에 잘되어 이듬해, 즉 내가 열여섯살 되던 해 여름에는 아오야마에 또 하나, '몽크'라고 하는 가게를 열었습니다. 이 '몽크'는 내 마음대로 만든 가게였어요. 저의 성城이었지요. 삼십석도 채 안되는 조그만 까페였지만 소형차라면 다섯대는 세울 수 있는 주차장을 옆에 만들었고 가게 안은 중세 수도원풍으로 어둡고 음산하게 꾸몄습니다. 벽에는 브뤼겔, 히에로니무스 보스, 뽈 델보, 발뛰스, 차펠라, 쌀바도르 달리 등의 복제화를 걸고, 죽음의 신이 든 녹슬고 커다란 낫, 시간마다 사형 집행인이 나타나 죄수의 목을 자르는 장치가 달린 무시무시한 시계, 각종 채찍, 가시관 따위를 걸었습니다. 할 수만 있다면 철로 된 처녀를 비롯하여 중세의 고문기구를 모두 갖추고 싶었건만. 카운터 위에는 마녀가 사용한다는 커다란 수정구슬(물론 이건 유리로 된 모조품입니다)을 놓았고, 그 너머에는 기다란 머리카락의 요사스러운 여자 둘, 때로는 화형을 당하는 마녀처럼, 때로는 몇마리의 악마가 몸 안에 들어와 있는 수녀처럼 아무 말 없이 광기 어린 눈동자로 커피를 내리고 있고. 그리고 그녀들은 서로가 레즈비언 관계인 듯 보이는…… 이런 역할은 예컨대 M과 내가 맡는 걸로 해도 되고…… 실제로 일요일에는 가끔 M과 내가 임시 호스티스가 되었습니다. 보이가 한 사람. 그는 아름다운 천사여야만 합니다. '모리나가'의 어린애 같은 에인절이 아니라 우아한 청년이면서 단정한 소녀, 요컨대 아프로디테의 유방과 정갈한 여송연 모양의 팔루스 양쪽을 겸비한 양성적인 천사여야만 합니다. 이 천사는 천장에 머물며 쉬고 있다가 손님이 오면 그 순백의 날개로 가볍게 내려와 소량의 독약, 미약을 섞은 새까만 커피와 나쁜 피를 떨어뜨린 술을 내온다…… 저는 이런 가게를 상상했고 마마의 경악을 무릅쓰고 중세의 암흑을, 혹은 핏빛 태양이 떠 있는 한밤중을 조금씩 가게에 채워갔답니다. 때론 '촌뜨기'들, 어수룩한 '아베끄족'이 들어왔다가 허둥지둥 도망치지 않을 수 없는 분위기를 가게에 가득 채울 것.

커피는 블렌드가 200엔에 리필은 공짜. 용연향이니 정향, 계피를 가미한 터키풍이 200엔, 까페 드미따스는 100엔. 사과, 서양배, 꼬냑을 사용한 까페 아 라 뤼스가 250엔. 까페 글로리아 200엔. 오후 5시까지 '조조 써비스'인 (이 가게는 오후 3시 개점이니까요) 크루아상과 까페오레가 150엔. 서민적인 홍차나 미국 냄새 나는 콜라 따위는 내놓지 않는다.

이런 메뉴로 개점을 했는데 두달 지나 여름이 끝날 때쯤엔 주차장에 MG라든가 피아뜨 등이 늘어서고 한달 매상이 오십만 엔을 넘기 시작했답니다. 엄마는 또 한번 놀랐고 그다음부터는 저를 좀 인정했는지 이 가게는 완전히 저의 영역이 되어버리고 말았지요. 다만 엄마는 말했어요, 심야영업까지 해서 돈을 버는 것은 건전하지 않아요. '몽크'는 오후 3시부터 다음날 해 뜰 때까지 열려 있었습니다. 다시 말해 밤의 세계를 향하여. 한낮이 지나 깨어나 일상세계의 태양이 질 때부터 하루가 시작되는 사람들(나를 포함하여)을 위해 저는 '몽크'를 만든 것이었어요. 하지만 '마마', '몽크'에는 촌뜨기들이니 양아치들은 안 온다구요. 한밤중에 오는 것은 다들 차를 가진 사람들이고 티브이 관계자라든가 배우들도 오는 것 같은데 모두 좋은 사람들이어서 분위기도 엄청 '엘리건트'해. 그렇게 말해줬더니 엄마는 마지못해 수그러들었어요. 그런데 만일 하루라도 '몽크'에 와서 관찰해본다면 엄마는 '몽크'에 오는 사람들의 이상한 자유로움과 수상한 엘리건스를 눈치챘을걸요. 언제부턴가 남자와 여자 커플은 거의 안 오게 되었고 둘이 왔다 하면 대개 남자들끼리, 혹은 여자들끼리, 때론 혼자서 온 남자가 다른 남자와 서로를 '응시하다가' 가게를 떠날 때는 자연스레 함께 나가는 일도 얼마든지. 여자들도 마찬가지. 저는 가게 안에 있는 제 전용석에 앉아 밤이 마칠 때까지 램프 불빛 아래서 싸드 후작의 아주 나쁜 책을 펼쳐놓고 있었답니다.

바로 그 '몽크'에서 오늘 파파를 만나기로 했습니다. 지금은 가슴 두근거리며 무릎 위에 펼쳐놓을 나쁜 책도 없이, 저는 병 걸린 고양이가 된 기분이었어요. 청록색으로 영롱한 오른쪽 눈과 금색으로 찬란히 빛나는 왼쪽 눈으로 파파를 맞아야 했건만 저는 앓고 있었죠. 사랑이라는 병을. 열이 오른 나른함. 제가 정한 원칙은 파파와 단 한번만 사랑을 나누는 것이었어요. 두번, 세 번…… 그런 것은 아무 의미도 없을 거니까.

파파가 삼십분이나 늦게 나타났습니다. 침울한 얼굴로. 흔해빠진 애인처럼 남자를 기다리기 시작한 제 어깨를 커다란 손으로 잡았어요.

오늘 오랜만에 M을 만났습니다.

'이세딴' 백화점 지하의 '까리나'에서 딸리아뗄레를 먹고 나서 그녀는 진주색 구두를, 저는 암녹색 더스터 코트를 사고 키노꾸니야 서점에 들렀다가 '블루 노트'에 들어갔어요. 이곳이 엄마 가게라는 사실은 M도 모릅니다. 지금은 모던 재즈, 벽 안에서 괴물 같은 우퍼woofer가 입을 벌리고 엄청난 소리를 내질러대는 통에 아무리 고함을 쳐도 들리지 않는 지옥이에요. 이전에 애비 링컨이 '기도'와 '평화' 사이의 '항의'로서, 강간당하고 있다고 생각할 수밖에 없는 절규를 내지르는 LP를 (아마 「We insist」라는 타이틀이었죠) 들려주고 나서, M은 이런 종류의 음악에는 알레르기 반응을 보이게 되었습니다. 그렇지만 오늘밤은 아베끄용 좌석에서 내 어깨에 머리를 기대고 행복해 보였어요. 내 손을 잡고 끊임없이 주물러가며 M은 지껄여댔지요. M이 들어간 대학 불문학과의 노교수가 환영파티에서 어떤 여학생에게 와인을 입으로 옮겨주었다는 것, (저는 즐거워하며 깔깔대고 웃었어요) 이 어처구니없는 사건에 분개하여 뚜껑이 열린 한 여학생이 글라스를 집어던졌다는 것, (저는 한층 더 웃었죠) 그럼에도 불구하고 모임은 원만히 진행되어 M은 옆에 있던 불문학과 주임교수로부터 '인스턴트 이렉트'[7]라는 모빠상의 특기에 관한 지식을 얻었다는 것이었어요. 미키, '인스턴트 이렉트'란 게 뭐야? 그래서 저는 M의 기다란 머리카락을 좌우로 헤치고 귓바퀴를 꺼내놓고는 살짝 독기를 불어넣어주었답니다.

"그딴 건 나의 파파도 하는걸."

"뭐라고? 파파라니, 누구 말이야?"

"파파는 파파지. 실은 나, 지난번에 파파랑 잤거든."

M은 죽은 사람 얼굴이 되었어요. 그래도 금세 정신을 차리더니 너그러운 간호사 겸 수녀가 되어 저의 고백에 귀를 기울이는 것이었습니다. 마침 머리를 모히칸 스타일로 밀어올린 쏘니 롤린스가 엄청난 소리로 테너를 불고 있는 참이었기에 마침내 이야기는 필담이 되어,

어떤 분이신데?

마흔 이상 마흔다섯 이하의 '덴티스트'.

어떻게 알게 됐어?

어릴 때부터 알았어.

?

---

7 instant erect. 아무 때나 원하면 발기가 가능한 현상.

말하자면, '마마'의 옛 연인이라고나 할까. '로마네스끄'하지?

믿기지 않아.

내가 유혹했지롱.

어떤 식으로?

주차장에서 그 사람 차를 타고 기다렸어. '알파 로메오'. 진짜 끝내줘.

그분이?

차가. 물론 '파파'도 엄청 좋아. '파파'를 갖는다면 그런 '파파'였으면 싶은.

그래서?

'바'에서 마시고 (◯◯ '호텔 바'였어) 곧장 방으로. 방에는 '베드'가 두개. 오, 화났어?

아니. 계속해.

맹렬히 좋아져버렸어. 고양이 새끼처럼 온몸을 비벼대며 어리광을 떨 수밖에 없더라고. '베드'로 데려가달라고 조른 것도 나였어.

믿기지 않는 이야기네.

나의 신이면서 연인이면서 '파파'.

그분과 결혼하시게?

너도 '파파'라고 불러.

'파파'와 결혼하시느냐고?

안해.

왜?

그야, '파파'니까.

그대가 하시는 말씀, 납득이 안되네.

'파파'하고 결혼을 할 수 있나요?

? 어쨌든 그대는 그래서 후회하지 않으시나요?

안해. 절대 안해요. 나는 파파의 것. I belong to daddy.

?

그런 노래가 있었잖아?

미키, 너 정말, 그분과, 하신 거니? (저는 웃음을 터뜨렸어요.)

? (하고 저는 심술궂게 되물었죠.)

말 못해.

그 말할 수 없는 짓을 저와 '파파'는 했답니다. 저, '파파'에게, '파파'의 아이를 갖고 싶어, 해버렸거든. 그랬더니 파파는, 네가 아이를 낳으면 '라이언' 새끼처럼 위엄에 찬 펫으로 기르자, 그러던데. 그 말을 듣고 나도 너무 즐거워져서, 나를 발가벗겨,라고 했더니, 감기 걸려, 어쩌구 해가며 '파파'는 기적을 행하듯이 나를 태어날 때와 같은 모습으로 되돌려놓았지. 그리고 난 남자의 몸이 신기해서 열심히 만져보고 조사를 했더니, '파파'는 간지러워하기도 하고, '파파'가 나를 간지럼을 태우기도 하면서……

이제 됐어. 나 알고 싶지 않아.

어째서?

어쨌든. 너 정말 싫다.

미안. 내가 남자랑 사랑을 나눠서 질투하시는구나. 난 너 좋아해. 더 질투해. 나를 미워하라고.

미키는 무서운 사람이네. 남자랑 그런 짓을 하다니. 그러면서 태연히 웃고 있다니.

그때의 기분— 철학적으로 말하자면 찢기는 공포, 그리고 짐승의 심정으로 돌아가 정신없이 먹어대고 온 세상을 내 안에 끌어안은 만족, 평화, 죽음. 정신을 차려보니 '파파'는 나를 상냥하게 매장해두었더군, '베드' 속에.

잘 자라는 인사 대신 나는 지하도 기둥 뒤에서 M을 끌어안고 뺨에 입술을 갖다댔습니다. M은 격렬히 고개를 돌렸어요. M, 내 눈을 봐. 그리고 M의 눈이 내게 고정된 순간, 저는 M의 입술에 정말 온 마음을 담은 키스를 해주었답니다. 부드러워서 그대로 먹어버리고 싶어지는 입술. 문득 파파의 딱딱한 입술과 거칠거칠한 수염 자국, 그리고 강고한 치아와 난폭하고도 부드러운 혀가 한꺼번에 떠올랐습니다. 부드러운 M의 입술에 섬뜩했어요. 여자는 정말 질색이야!

12시. 지금은 4월의 밤비가 내리고 있습니다. 보도 위를 여신의 젖은 혀가 핥고 있어요. 그 흔적은 검게 젖어 사랑받은 사람의 살갗처럼 됩니다. 네온이 꿈틀대던 과수원에서 돌아왔을 때, 엄마는 아직 깨어 있었습니다. 이 시각까지 눈을 뜨고 앉아 있다니 일찍이 없던 일. 나에게 할 말이 있었던 걸까요? 엄마는 온몸에 시기와 의심의 털을 곤두세우고 웅크리고 있었지요. '부엉이'처럼.

"이렇게 늦게까지 붙잡아두다니, M 씨 어머니가 싫어하실 거야."

"괜찮아, 걔네 마마는 자유롭고 이해심이 많은 분이시니까."

그러자 엄마는 굳은 목소리로,

"나도 애써서 이해심 많은 엄마가 되어야겠군요."

"그래주세요."

"미키, 그건 뭐야?" 하고 엄마는 더스터 코트 포장에 눈이 멈추었습니다.

"M 씨와 같이 '이세딴'에 가서 샀어. 다크 그린인데 멋져. 입어볼까?"

엄마에겐 눈이 또 하나 있는 거예요. 흰 얼굴에 자리 잡고 있는 두 눈 말고 또 하나 있는 것이 분명해요. 평소엔 젖꼭지처럼 들어가 있다가 내가 등을 돌리면 그 순간에 달팽이 뿔처럼 뻗어나와 내 어깨뼈 언저리에 착 달라붙어버리는 거죠. 지금 엄마는 주방에서 칼질을 시작했지만 그러는 동안에도 귀는 나팔꽃 귀신처럼 넓어져서 강력한 집음기가 되어 나의 존재 그 자체를 들으려고 하는 거예요. 너무 열중하다가 손을 베지나 않기를.

가정부 S는 엄마의 스파이. 낮에 내가 없는 동안, 그녀는 내 방에서 징그러운 쥐 새끼들이나 할 짓을 하고 있어요. 엄마 자신은 결코 그런 짓을 할 수 없으니(라고 믿어 의심치 않아서) S가 이 지저분한 역할을 넘겨받은 거죠. 하지만 엄마가 S에게 그런 짓을 하라고 시킨 것은 아니랍니다. S가 내 방을 점검한 결과를 엄마에게 보고하면 엄마는 눈썹을 찡그리며 마치 천한 하녀가 저지른 죄의 고백이라도 듣는 듯이 냉담하죠. 그럼에도 불구하고, 아아, 엄마는 때때로 S와 함께 잡니다. S 쪽에서 어리광부리는 눈을 하고 엄마의 침상으로 들어가는 거예요. 약간 머리가 이상한 아이. 열여섯살에

키가 작고 다리가 짧은, 촌뜨기 계집아이의 손과 성숙한 가슴, 게다가 배 아래쪽에 눈에 띄게 음란한 둔덕을 지닌 아이.

그러니 엄마는 무언가 냄새를 맡았겠죠. 예를 들어 파파가 내게 사준 물건의 목록을 마마는 그 회색 대뇌피질에 좌악 적어넣었을지도 몰라요. 지난번에도 저녁식사를 하면서 내 왼손의 팔찌를 꽤나 오랫동안 바라보고 있더군요. 저는 F 은행의 보통예금 계좌에서 필요한 돈을 꺼내 (그 용도와 금액에 대해서는 엄마에게 전부 보고하고 양해를 얻지만 엄마는 그런 종류의 비속한 이야기를 듣는 건 견딜 수 없다는 듯한 표정으로 고개를 끄덕일 뿐) 쓰고 있으니 만일 내가 그럴 마음이 있으면 무얼 사든 엄마는 알 리가 없는 거죠. 그런데 파파가 사준 물건의 경우, 마마의 눈이 변광성처럼 반짝이는 것은 어떤 영감이 번뜩이는 것일까요? 어쨌든 엄마에겐 무시무시한 또 하나의 눈이 있어요. 그리고 알고 있는 거죠, 저 애한테 남자가 생겼다,라고.

그래요, 저에겐 남자가 있어요. 그것도 어느날 사주단자를 묶는 장식 끈처럼 척하니 넥타이를 매고 엄마 앞에 나타날 수 있는 바람직한 청년이 아니라, 나의 밤의 세계만을 지배하고 있는 수상쩍은 신사가. 저는 거의 매일밤을 그 신사와 보내고 그 타액과 성수를 마시고 그 살을 먹고 있답니다. 내가 변해가는 거야 당연하죠. 젊은 처녀가 남자와 가까워지면 무엇보다 냄새가 변해버린다는군요. 오늘 M이 그렇게 지적해줬어요. 연인이 생기고 나서 네 냄새가 무지 진해졌어. 전에는 넌 바람처럼 아무런 냄새도 없었는데, 요즘엔 너한테서 꽃하고 '밀크'하고 동물 같은 냄새가 나. 그건 내가 화장품이니 향수로 자신의 냄새를 만들기 시작한 탓도 있어요. 지금 몇 종류의 향수가 드레싱 테이블에 늘어서 있거든요. 중세의 연금술사라도 된 듯이 온갖 비술을 써가며 나만의 냄새를 합성하는 거죠. 파파는 이미 나의 냄새를 구분할 수 있을걸요.

나의 유일한 여자 친구, 기다란 머리와 부드러운 살로 싸여 있는 아름다운 M에 관해 좀 적어둘게요.

M은 니혼바시의 어떤 유명한 테일러의 막내딸이에요. 이름은 '미사오'라고 합니다. 재미있는 우연의 일치인데 우리 엄마 이름도 같은 발음인 미사오랍니다. 단지 이쪽은 '操'조라는 한자를 씁니다. M을 알게 된 건 어느 가을 토요일이었습니다. 저는 히비야에서 루이 말의 「연인들」을 보고 있었어요. 들어간 것이 영화가 끝나갈 무렵이어서 다시 한번 볼 생각으로 앉아 있었죠. 마침내 두번째 끝이 다가오자 스크린에는 비단 같은 달빛이 흐르고 은색의 나뭇잎들이 속삭이는 숲 속을 잔 모로가 걸어가죠. 그때 브람스의 꽈르떼뜨 사이로 아주 조그맣게 고통스러워하는 소리가 들렸어요. 내 왼쪽은 통로였고 오른쪽에 긴 머리카락의 소녀가 앉아 있었으니 아무래도 소리는 그 소녀 쪽에서 새어나온 듯했지요. 그대로 스크린을 보고 있자니, 마침내 연인들은 사랑의 하룻밤을 보내고 아침을 맞았습니다만 옆의 소녀는 이때 또다시 고통스러워하는 소리를 내더니 두세번 몸을 움직였어요. 영화의 진행과는 관계없는 '사적인 고뇌'가 진행되고 있는 듯이 보였습니다. 실은 그 전날부터 저는 '손님'이 와 있어서 병 걸린 강아지처럼 비참한 기분을 잊기 위해 영

화를 보러 간 거였지요. 이럴 때, 저의 후각은 비상하게 예민해져서 자신의 피 냄새, 타인의 입내, 피혁류의 냄새, 온갖 냄새들에 살기등등해지는 것이 보통이어서, 저는 금세 이 소녀의 고통의 원인을 냄새 맡았답니다. 아니나 다를까, 소녀는 조심스럽게 소리를 내가며 가방 속을 더듬기 시작했지만 낙담한 모양이었습니다. 그녀가 일어서서 내 무릎 앞을 지나쳤을 때 나도 일어나 로비로 나왔지요. 기대듯이 화장실 문을 미는 소녀의 어깨를 가볍게 만지며 저는 재빨리 필요한 물건을 건네주었습니다. 어째서 저는 이런 선행을 할 마음이 났는지, 아마 나의 과민한 상상력이 견딜 수 없었기 때문이었겠죠. 잠시 후에 나온 그녀는 왕조 시대의 미녀를 떠올리게 하는 소녀였습니다. 똑바로 내려뜨린 머리카락은 허리까지 닿았고 물에 담그면 금세 붉어질 듯한 손에는 멋진 보조개까지 패 있었답니다. 키는 저보다 약간 작았지만 가슴도 엉덩이도 허벅지도 살집이 좋아서 '르누아르의 소녀'가 생각나는 순진한 풍만함을 지니고 있었지요. 요컨대 그녀는 충분히 돈을 들여 미덕의 젖만으로 길러낸 소녀임이 분명했습니다.

"저, 정말 부끄러워요, 이런 모습을 보여드려서." 그녀가 말했습니다.

"저야말로 미안해요, 부끄럽게 만들어서." 마치 대구對句라도 읊듯이 저도 대답했지요. "하지만 사실은 나도 어제부터 같은 일을 당하고 있답니다. 똑같네요. 그러니 너무 신경 쓰지 마요. 자, 이번엔 내 차례" 하며 어깨를 으쓱하고 저는 화장실로 들어갔어요. 나왔더니 소녀는 로비 소파에 앉아 저를 기다리고 있더군요.

"저, 실례지만 성함을 꼭 알려주세요."

이런이런, 저는 마음속에서 혀를 차며 생긋 웃고,

"미키라고 해요."

"미키 씨?" 그녀는 손가락으로 허공에 '三木'이라고 썼습니다.

"아니요, '未' 자에 실사변의 '紀'. 내 이름이에요."

"어머, 멋진 이름이네. 저, 미사오라고 해요."

그러고는 M은 엷은 장미색의 폭신폭신한 스웨터에 싸인 몸을 기대듯 하며 내 얼굴을 올려보았고 다음 순간, 팔을 꽉 끼는 것이었습니다. 저는 흠칫했어요. 남이 몸을 만지는 것이 질색이었던 저는 학교에서 계단을 내려가거나 할 때도 친구들의 손이 어쩌다 어깨에 올라오는 것만으로도 혐오스러워 온몸에 소름이 끼치고 어떻게든 그 손을 어깨에서 떼어놓으려 애를 쓸 정도였답니다. 어릴 때부터 엄마에게 머리를 만지게 한 기억조차 없는걸요. 그런데 M의 팔이 너무나 천진하게 파고드는 바람에 저는 그것을 떨쳐낼 궁리도 못하고 있었어요. 부정한 몸으로 나를 만지다니 무례하지 않아? 내 팔에 매달린 부드러운 살덩이가 지금 그 째진 틈으로 부정한 피를 흘리고 죽음의 악취를 풍겨가며 너무나 명랑한 소리로 떠들고 있는 극상품 아가씨 모습을 하고 있다는 사실에 저는 왠지 오싹한 느낌이었습니다. 이건 감쪽같이 둔갑한 마녀가 아닐까? 그리고 문득 레즈비언이라는 낱말이 저에게 달려들며…… 당장이라도 저는 '언니' 하고 불리는 것 아닐까 기대하고 있었던 거죠. M은 완전히 여자답게 차리고 있었던 데 비해, 이날 저는 얕은 U 자형 네크라인의 두꺼운 털실로 된 흰색 스웨터에 빨간 셔츠 깃을 내놓고 발목 있는 곳에 금속 장식이 달린 황토색 바지를 입고, 요컨대 한마디로 전형적인 보이시 스타일을 하고 있었으니까 '언니'라기보다는 M에게는 '가짜 오빠'라기에 어울리는 모습이었습니다. 저는 포기하고 약간 거칠게 M의 어깨에 팔을 둘렀습니다. 마치 몇만 엔짜리 곰 인형이라도 안은 것 같더군요.

"어디 가서 아이스크림이라도 먹을래요?"

"좋아, 근데 기분 괜찮아?"

"이젠 괜찮아요. 저, 보통 때는 아프거나 하지도 않고, 아직 끝나지 않았을 때 수영 같은 걸 해도 아무렇지 않거든요. 그런데 오늘은 왜 그런지 모르겠네. 새부리로 콕콕 쪼아대는 것처럼 아프고 어지럽고 토할 것 같고…… 그래도 덕분에 이젠 완전히 나았어요."

"그럼 좀 걸어도 되죠? 타무라 쪼오에 마마 가게가 있거든."

마침 마마가 안 나와 있는 날이었어요. 토요일이라도 3시가 지나면 손님은 많지 않아요. '석류'의 주고객은 근처 빌딩에서 일하는 사람들이었으니까요. 플레이어에 음반을 올리며, 브람스를 좋아하세요? 하고 저는 싸강이라도 된 것처럼 물었어요.

"아까 그 영화에서도 나왔죠? 정말 예쁘더라. 저, 완전히 홀렸어요. 그런 '아름다운 사랑'을 해보고 싶어! 미키 씨도 그렇게 생각하죠?"

세상에 순진하긴! 그 영화를 보고 '아름다운 사랑'이라니. 저는 또 한번 사람으로 둔갑한 고양이의 웃음을 씹어삼켰습니다. 이런 근사한 '미덕 양'을 내 노예로 삼아 마지막엔 엉망진창으로 타락시켜버린다면 얼마나 멋있을까!

"하지만 난 남자들이랑 그렇게 알몸으로 끌어안는 건 싫어. 눈뜨고 못 보겠던걸." 저는 아무렇지도 않은 얼굴로 말했습니다.

"저런, 전혀 징그럽진 않았는데. 나는 정말 어린애라 그런가?"

"몇살이야? 난 만으로 열여섯, 고등학교 2학년. 학교엔 안 다니지만."

"나도야, H 여고. 학교에 안 다닌다고?"

"이번 가을에 그만뒀어."

"왜애?"

"지루하고 재미없으니까."

"그 기분은 동감이야. 난 공부도 잘 못하고, 사실 지긋지긋해."

"그럼 M 씨도 그만두면 되지."

"고등학교도 안 나왔다가는, 요즘엔 시집도 못 간다고 마마가 맨날 그러는데."

"학교에 가봤자, 여럿이서 교육을 받는다는 건 천민들이나 하는 짓이야. 마마에게 그렇게 말씀드리면 될 텐데."

"천민이라고?"

저는 카운터 안에서 팔을 걷어붙이고 믹스 주스와 바나나 빠르페를 만들어가며 설명했어요. 내가 프랑스 마드모아젤과 양키 걸을 개인 교수 삼아 프랑스어와 영어를 공부하고 있다는 것, 수학은 R 대학의 S 교수 집에 다니면서 집합론부터 시작했다는 것, 다른 것들은 혼자서도 충분히 할 수 있다는 것, 대학에 들어가려면 검정고시에 붙으면 된다는 것.

이해, 즉 고등학교 2학년 여름이 끝났을 때 저는 학교를 그만두기로 결심했습니다. 엄마는 일단 강경하게 반대를 했지만 실은 학교 문제 같은 건 아무래도 좋다고 생각하는 듯한 구석도 있어서, 이 반대는 의외로 오래가지 않았어요. 학교라는 것에 대한 엄마의 생각은 좀 독특해서 학교에 가는 것을, 병역의 의무를 다하는 것과 같은 거라고 생각하는 듯했어요. 지각, 결석, 조퇴를 하지 않고 통학하고 있는 한 엄마는 안심했고, 좀더 공부를 하라는 둥 예습 복습을 제대로 하고 있느냐는 둥, 세상 엄마들이 누구나 할 것 같은 잔소리는 단 한번도 입에 올린 적이 없습니다. 애당초 여자아이가 학문상의 지식을 습득한다는 데 아무런 의미도 두지 않는 것이지요. 고등학교를 그만두겠다고 얘기했을 때도, 학교에는 제대로 다니는 것이 좋아요, 하는 것이 반대 이유였으니, 고등학교는 의무교육이 아니라는 사실을 알려주자 더는 굳이 반대할 이유도 없는 듯했습니다.

"그래도 고등학교를 졸업해두지 않으면 대학에도 못 가는 거 아냐?"

"대학엘 굳이 가야 할 것도 없잖아. 게다가 마마는 내가 대학 가는 거 싫잖아?"

"그럴 리가 있니? 하긴 대학을 나와서 꽃꽂이, 다도, 요리 강습을 받으려면 늦어지긴 하겠네." 엄마는 단정하게 정좌하고 앉아 웃음기도 없이 말했습니다. "어쨌든 아버지께서 뭐라고 말씀하실지……"

아버지를 잘 다루는 비결은 이렇게 엄마처럼 단정하게 정좌하고 앉아 극존칭의 말투로 냉정하게 이야기를 꺼내는 것입니다. 다시 말해 엄마의 딸답게. 학교는 무의미하니 그만두고 싶지만 공부를 그만둘 생각은 없다, 프랑스어를 공부해서 대학에 들어가고 싶으니 프랑스인 개인 교사를 고용해주시면 좋겠다, 그리고 나는 장래에 수학 연구자가 될 작정이니 그쪽도 지금부터 대학 교수의 개인적인 지도를 받고 싶다, 하고 저는 말을 꺼냈습니다. 그 프랑스어 선생님이라면 좀 아는 사람도 있거든요, G 대학의 씨몬이라는 교수의 따님으로, 작년부터 일본에 와 있는 '밀레느'라는 이름의 '마드무아젤'을 소개받기로 했답니다. 아버지는 비즈니스맨답게, 얼핏 보아 면밀해 보이는 실행 계획을 동반한 제안이다 싶으면 금세 받아들이는 습성이 있고, 더구나 촌구석에서 입신출세한 인간에게 곧잘 보이는 '극상품 취미'라는 게 있으니, 학교에 가지 않고 특별 주문한 외국인 가정교사로부터 교육을 받는다는 사치스러운 발상이 무척 흡족한 모양이었어요.

"그런데 어째서 학교에 가기 싫어진 거냐? 뭐 그럴 만한 사건이라도 있었어?"

"아뇨, 별로. 그냥 고등학교라는 곳이 나한테는 맞지 않는 것 같아요. 옷에 몸을 맞추기보다는 자기 몸에 옷을 맞추는 것이 좋다고 생각해요."

"흐음, 그건 일리가 있네. 나도 일교조[8]에 장악되어 있는 현재의 고교 교육이라는 것에는 근본적으로 의문이 있다고 생각하니까.

8 일본교직원노동조합(日本教職員勞動組合).

문부성도 문부성이고……"

더이상 속물 냄새 콜콜 나는 의견을 들을 마음도 없고 해서 저는 입을 다물고 생글생글 건성으로 듣는 시늉을 하고 있었습니다.

그런데 내가 왜 학교를 그만둘 결심을 했는가, 이것을 학급주임이나 교장 선생이 알아듣도록 설명한다는 것은 절망적으로 힘든 일이겠지요. 우선 이쪽에서 먼저 여쭈어볼까요? 도대체 사람은 왜 교육을 받아야만 하는 걸까요? 나를 세상에서 제 몫을 하는 인간으로 만들겠답시고 모두가 달려들어 더러운 손으로 주물러대는 것을 저는 도저히 견딜 수가 없어요. 언젠가 TV에서 근대화된 양계장에 대한 르뽀르따주를 본 적이 있는데 냉난방이 완비된 원통형 아파트에 갇힌 채 콘베이어 벨트로 흘러나오는 모이를 열심히 쪼아대고 물을 마시고 엄청난 스피드로 커져서는 툭툭, 도저히 제정신이라고는 할 수 없을 정도로 많은 달걀을 낳거나 식용육이 되거나 하고 있는 닭들을 보면서 저는 대굴대굴 구르며 웃어댔습니다. 그 닭들이, 우리는 닭으로서의 가능성을 추구하고 인격, 아니, 계격鷄格의 완성을 목적으로, 나아가 계류鷄類의 평화와 문화의 발전을 위해 사육되고 있다,라고 떠들어댄다면 얼마나 우스꽝스럽겠어요? 초등학교에 들어가니 날마다 조례라는 행사가 있더군요. 궁상맞게 생긴 양계 담당 몇사람이 단상에 서서 이야기를 한 다음, 레코드를 틀어놓고 체조를 한답시고 체조 선생이 하나, 둘, 셋, 넷, 하고 고함을 치는 소리에 맞추어 수백마리 치킨들이 퍼득퍼득 손발을 움직이는 건데, 그 속에 섞여 있던 저는 수치심으로 머리가 달아올라 언제나 현기증이 나곤 했습니다. 하늘이 새까맣게 보이는 거죠.

학교에 있는 한 항상 새까맸습니다. 저는 태양이 하늘에 있는 시간을 온통 학교에 빼앗긴 채 성장했습니다. 학교는 군대가 그러하듯이 저에게 제복을 입히고 땀 냄새 나는 규칙을 들이댔습니다. 어째서 나는 아침마다 정시에 기상하여 책가방을 메고 나가 죽을 만큼 지루한 교련을 받아야만 하는 것일까요? 어째서 저는 그 죄수복보다 더 꼴불견인 교복을 입어야만 하는 것일까요? 무의미하게 주름이 많은 점퍼스커트는 엄청난 먼지를 빨아들여 여죄수의 냄새를 풍깁니다. 어째서 저는 트리꼬 편직의 검은 스타킹이니 흰 양말, 둔중한 운동화를 벗어버리고 씸리스 스타킹이나 맨발에 쌘들, 높은 힐이 달린 빨간 구두를 신을 수 없을까요? 교과서는 정신을 갈아내기 위한 쌘드페이퍼여서 펼칠 때마다 위선의 죽은 냄새가 풍풍 풍겨납니다. 그런 교과서를 가방에 담아 이 세상에서 가장 매력 없는 노동자의 직장인 학교로 갈 때, 저는 슬픔과 분노 때문에 가슴이 미어지는 듯했답니다. 어째서 교육 노동자는 하나같이 그렇게 정신적 빈민투성이일까요? 이 또한 신기한 일이죠. 저에게는 그렇게 풀 죽은 가난뱅이들을 존경한다는 것이 도저히 불가능했습니다. 그래도 저는 오랫동안 아무렇지도 않은 얼굴로 연극을 계속해왔어요. 초등학교에 들어갈 때부터 줄곧 저는 모범적인 우등생이었습니다. 나쁜 짓을 해서 꾸중을 들은 적은 단 한번도 없었고 뭔가 질문을 받았을 때 대답을 못한 적도 손꼽을 정도였어요. 저는 매끌매끌한 미덕의 달걀로서 학교생활을 통과해온 셈이지요. 하지만 어떤 유별난 여선생이 있어 내 교복을 들춰볼 생각을 했더라면 그녀는 프랑스제 슬립이나 브래지어를 걸친 저를 발견했을 거고요, 가

방 속을 살펴봤다가는 『미덕의 불행』이라든가 『빌리띠스의 노래』, 때로는 『O 이야기』 따위가 나타나 기겁을 했을걸요. 저는 학교가 끝나면 '석류'로 가서 '죄수복'을 벗고 거울 속의 저에게 미소를 지어 보이며 머리 모양을 이리저리 바꾸고 실처럼 가느다란 금목걸이를 목에 건 우아한 소녀가 되었습니다. 그러고는 걸어서 히비야, 니시긴자, 긴자 쪽으로 외출을 했죠. 지저분한 학생복을 입고 거리에 나와 있는 고등학생들을 보면 저는 얼굴을 돌렸습니다. 영화를 볼 때도 저는 신분증을 보이고 학생 할인을 받는 것이 부끄러워 차마 할 수 없었어요. 그러니 자연히 친구들과 영화를 본 적도 거의 없었지요. 미키는 영화를 전혀 안 보네. 도대체 집에서 매일 뭘 하는 거야? 옳아, 오로지 공부만 하고 있구나. 가정교사도 두세명 오는 거 아냐? '발레'나 '피아노', 아니면 꽃꽂이, 뭔가 배우러 다니고 있지? 너 같은 온실 속 아가씨는 요즘 보기 드물 거야. 저는 잠자코 얌전히 웃어 보였습니다.

"하지만," 하고 저는 바나나 빠르페를 M에게 건네주며 말했어요. "그 영화는 '18금'이었지? 넌 어떻게 들어간 거야?"

"어머나, 그런 거 전혀 몰랐어. 난 제대로 신분증을 보이고 학생 할인으로 들어갔는데."

"난 열여덟살 아래로 보이지 않게 꾀를 냈지. 예를 들자면 이거" 하며 저는 매니큐어를 바른 손가락을 M에게 보였습니다. 오른손 약지엔 오팔 반지를 끼고 있었어요.

"예쁘네. 예쁜 손이야! 아, 이거 오팔이지? 나도 한번 끼어볼게…… 약간 끼네. 내 손가락은 너처럼 늘씬하질 않으니까."

M의 손은 찰흙을 주물러 만든 손, 내 손은 뼈를 깎아 조각한 손. 조각이라면 내 쪽은 신기에 가깝게 잘 깎인 손입니다.

"너한테 더 어울리는 것 같아. 오팔의 색과 광택이 부드러운 살갗에 딱 맞는다. 어머, 그 목걸이 진짜 멋있다. 보여줘."

그것은 불에 그슬린 대나무 마디와 팥알 같은 작은 돌멩이, 상앗빛 조개껍데기를 엮어 만든 목걸이였어요.

"내가 만들었어. 마음에 들면 줄게."

"정말? 신난다. 자, 그럼 이걸 받고 그 반지를 드리죠."

"아니, 그건…… 받을 수 없어. 엄청나게 비싸잖아요."

"괜찮아, 그냥 끼고 있어. 마마한테서 뺏은 건데, 뭘."

너, 반지 안 끼었네. 일요일엔 늘 끼고 있더니. 이튿날 엄마가 물었습니다. 어떤 사람한테 줘버렸어. '오팔'이 정말 잘 어울리는 사람한테. 미안, 잘못했어? 그건 엄마가 '누군가'에게서 받은 반지였지요. 아주 옛날에, 엄마가 아마도 나랑 비슷한 나이일 때.

"옛날에 엄마 손이 어땠을까? 이게 딱 맞았었다면 나랑 같은 모양이었겠네."

"글쎄, 어땠는지. 난 한번도 그걸 끼어본 적이 없어서."

파파에게서 받은 반지였던 거죠. 저는 알고 있었답니다. 이해하기 힘든 엄마의 성격 가운데 하나지만, 그녀는 누가 선물을 해도 결코 기뻐하지 않았습니다. 절대로 기쁜 얼굴을 보이지 않았고, 그 물건을 멀리하고, 그렇지만 소중히 감춰두는 거죠. 하지만 그 반지는 학교에 가지 않는 날엔 내 손가락에서 반짝였는데, 엄마는 그걸 보고도 아무 말도 하지 않았고 다만 좀 심각한 눈이 되었을 뿐이었어요. 마치 수갑을 찬 죄수의 움직임을 감시하는 듯한 눈으로 반지를 낀 저를 볼 뿐이었답니다.

"돌려달라고 할까요?"

"한번 준 물건을. 그런 실례되는 짓을 하면 안되지."

"그게 없어지는 편이 엄마한텐 좋겠다 싶었어."

"그게 무슨 뜻이지?"

"뜻 같은 거 없어."

같은 일요일 오후, M은 오팔을 손가락에 반짝이며 또 '석류'를 찾아왔습니다. 저희 어머니도 감사인사를 잘 전하라고 하셨습니다, 하며 근사한 영국제 트위드 코트 옷감을 들고. 하늘 한쪽에 정어리 떼랑 똑같은 구름이 떠 있는 가을의 화창한 날이어서 우리는 손을 맞잡고 오호리 주변을 한동안 걷다가 제가 고집스레 권해서 아오야마의 우리 집으로 M을 데려왔습니다. 물론 속셈이 있었으니까. 저는 이 미덕 그 자체와도 같은 아름다운 소녀를 내 마음대로 하고 싶다고 생각했던 거죠. M의 순진무구한 아름다움. 순수함이라는 낱말은 바로 이 M을 위해 있는 듯한 말이어서 그것은 순백의 설탕이 되어 M의 살을 만들고, 신경의 나무는 나이브하게 그 가지를 뻗고, 피의 강은 빨간 밀크이며, 무지한 머리카락은 오로지 검고 길게 어깨에서 등을 덮고 있었습니다. 저는 이 아름다운 생물을 나의 펫으로 만들고 싶다고 생각했습니다. 그리고 질릴 때까지 바라보는 것, 애무하는 것, 마지막엔, 아무도 모르는 장소에 입을 벌리고 있는 구멍에 뜨거운 유황과도 같은 독을 부어줘야지. 그러면 이 새하얀 '미덕 양'은 한순간에 새까만 악으로 변하겠지……

"네가 좋아, 좋다고."

너무나 즐거운 나머지, 저는 들떠서 그렇게 속삭이지 않을 수 없을 정도였답니다.

"이게 내 방. 안을 보고 기절하면 안되니까 아래 응접실로 갑시다."

"왜 안 보여주는 거예요? 난 무슨 일이 있어도 안 놀라. 엄청 어질러놓은 건가요? 그렇다면 내 방이 훨씬 더할걸."

그거야 얼마든지 상상할 수 있는 일이었지요. M과 같은 소녀는 꼼꼼함이라든가 깔끔함이라는 미덕이 결여되어 있는 일이 곧잘 있는 법이니. 저는 문에 등을 대고 십자가 자세를 하고, 싫어 싫어, 하며 격렬히 고개를 흔들었어요. M은, 보고야 말 거야, 하며 제 가슴을 자기 가슴으로 밀어대더군요.

"그럼 약속해. 뭘 봐도 도망치지 않겠다고, 나를 싫어하지 않겠다고, 이 방 안에서는 뭐든지 내 말대로 하겠다고. 약속할 수 있어?"

내 방에 들어갔을 때, M은 분명 배 속의 창자라도 본 듯한 기분이었을걸요. 고래 배 속의 요나처럼. 하지만 M이 우선 감탄의 소리를 낸 것은, 무엇보다 커다란 남자라도 둘은 충분히 누울 수 있을 만한 어마어마한 침대 때문이었어요. 바닥에서 버섯처럼 솟아 있는 전기스탠드나 벽을 덮고 있는 수십장의 복제화도 신기한 모양이었어요. 그림이라는 것이 모조리 중세의 수난화, 히에로니무스 보스라든가 브뤼겔, 그밖에 사진복제품인 발뛰스니 차펠라, 그리고 나머지는 쌀바도르 달리. 요컨대 이 방의 음산한 분위기는 내가 이들 콜렉션과 함께 뒷날 '몽크'로 그대로 옮겨간 것이었습니다.

"와, 무서운 그림. 이건 그리스도죠? 십자가에 달린 거네. 불쌍하게, 피를 흘리며 죽어가고 있어."

"추악하지?"

"추악? 어째서? 그래도 이건 그리스도잖아? 아, 이건 무섭다. 지옥 그림이구나."

그것은 벌거숭이 성녀의 유방을 전지가위 같은 걸로 도려내려는 그림이었습니다. 달리나 끼리꼬의 그림 역시 귀신을 본 어린아이처럼 M을 무섭게 만들 뿐이었어요.

"넌 크리스천이지?" 뜬금없이 M이 물었습니다.

"응?" 하며 저는 어이없이 고개를 끄덕이고 말았습니다. 세상에 이렇게 멋진 설명을 생각해내다니.

"날마다 기도해?"

"응. 아침과 밤에, 그리고 특별히 슬플 때도" 하며 저는 책상 서랍의 잡동사니 속에 섞여 있던 청동 십자가를 용케 찾아내서 입을 맞추었습니다.

"무슨 기도를 드리는데?"

"나의 온갖 죄악을 용서하소서. 그리고 어서 당신 계신 곳으로 불러주시기를."

"죽어버리는 거야?"

"난 언제나 죽는 것만 생각해. 기도를 하고 있으면 가끔 하느님이 나를 불러주시는 음성이 벽 속에서 들려와서 난 정말 죽을 때처럼 기분이 좋아질 때가 있어."

"죽는 게 좋은 기분일까?"

"최고의 엑스터시야. 마음이 몸을 빠져나오는 거잖아. 황홀하게 천국을 바라보며 죽어가는 거지. 혹시 목을 졸려서 기절해본 적 있어?"

이런 식으로, 하며 저는 뒤에서 M의 목에 양손을 갖다댔어요. 점차 힘을 주었더니 M은 팔을 들어 내 머리카락 속에 손가락을 집어넣으며 오싹할 정도로 축 늘어졌어요.

"왜 그래?"

"더 졸라줘. 더 더 세게. 죽여도 좋아."

유혹을 당한 것은 실은 제 쪽이었습니다. 저는 한참 동안 온몸이 부들부들 떨려 혼났어요.

토요일마다 M은 우리 집에 와서 자고 가게 되었습니다. 가끔은 제가 M네 집에 자러 가기도 했고요. 한밤중 방 안에서 우리는 알몸뚱이가 되어 레스보스의 여성들처럼 지냈습니다. 이 부드럽고도 순진한 미덕 양은 보살상과 같은 모양의 발을 가졌고 털이 거의 없어서 이곳저곳이 거의 순백이었답니다. 머리카락이 엉덩이에 닿을 만큼 길어서 목에 감아 조르기에 좋았습니다…… 그런데 지금은 어떤가요! 머리는 남들처럼 짧게 잘라버렸고 발에는 펌프스 때문에 굳은살이 생기고 오렌지색 립스틱에 연분홍색 매니큐어를 바르는 불문학과 여학생이랍니다. 그리고 여전히 저를 사랑하고 있는 거죠. 프루스뜨에 빠져서 자기도 소설을 쓰기 시작했다고. 오늘 '석류'에서 만날 때 그중 일부를 보여주겠다는 거예요. 그걸 읽고 나면 저는 부끄러워서 뇌출혈을 일으키고 말걸요.

파파, 안녕? 파파의 말씀대로 일찍 자고 일찍 일어나기. 아직 아침 6시도 안됨. 막 짜낸 과즙 같은 아침 햇살. 어디선가 요란하게 새들이 울고 있어요. 바로 곁에서—아마 자면서 헝클어져 지어진 내 머리카락 속 새집에서 지저귀고 있는 건지도 몰라. 푹 잤습니다. 요즘 일주일, 저는 파파가 없는 밤에 익숙해질 때까지 시트를 씹으며 신음하기도 했건만.

지난번 파파는 진짜 아버지 같았어요. 딸을 야단치는 아버지처럼 저를 꾸중했죠. 곤란하게도 난 파파에게 야단맞는 게 너무 좋아. 도학자연하는 아저씨에게 꾸중을 들었다면 어금니를 드러내고 물어뜯었겠지만, 파파 같은 악당이 질렸다는 듯한 얼굴로 꾸중을 하면 저는 착하게도 고개를 숙이고, (뒤에서는 너무나 기쁜 나머지 안 보이는 꼬리를 흔들어가며) 위, '파파', 위, '파파'!인 거죠.

하지만 저도 뿌루퉁한 입술로 변명을 하자면. 저, 학교엔 제대로 다니고 있답니다. 공부도 하고 있고요. 파파가 부지런히 술을 드시는 것과 같은 정도로 부지런히 잘하고 있으니까 안심해주시기를. 뽄뜨랴긴의 『연속군론』도 읽었고 브루바끼 역시 착착 진행 중이랍니다. 금요일 오후엔 M과 둘이서 마드무아젤 브리옹에게 프랑스어 회화를 연습하러 다니고 있고, (다만 이 선생님은 스물세살의 유학생으로 보름달을 삼켜버린 고양이 같은 멋진 눈을 갖고 있어서 갔다 하면 언제나 셋이서 트위스트를 추곤 하죠) 이렇게 베드 위에 책상다리를 하고 앉아 아침 6시부터 파파에게 편지를 쓰기 시작할 만큼 근면하기도 한 거죠.

엄마가 레몬즙을 가져다주었어요. 거기에 소다수를 붓고 위스키를 떨어뜨려 마시는 것이 저의 아침 습관이랍니다.

"너, 버릇이 나빠졌네."

"있잖아, M 씨가……"

"왜 M 씨라는 둥 해? 미사오 씨라는 이름이 있는데."

"그렇게 부르면 엄마 이름이랑 발음이 같아지니까 그렇죠. M 씨가 갑자기 여행을 못 가게 되었대요. (거짓말입니다, 나와 함께 여행을 못 가게 된 것은 파파죠.) 어떨까요, 어마마마. 저와 함께 토와다꼬 호수라든가, 추우손지 절, 반다이 고원에 가보시지 않을래요?"

그건 그렇고 저와 엄마는 지금 아사무시랍니다. 엄마는 침대 속. 감기에 걸려 열이 났어요. 어젯밤, 키따까미의 침대에서 너무 바람을 쏘인 탓이죠. 그래서 아오모리에서 토와다로 직행하는 걸 포기하고 아사무시에서 하루 묵기로 했습니다. 오늘 아침 일찍 차에서 내렸을 땐 험악한 구름이 드리운 새벽녘이었죠. 납빛으로 쓸쓸한 해안. 내린 것은 우리 말고 몇사람뿐. 흰 파도가 거칠거칠한 입술처럼 뒤집히고 멀리로는 시모끼따 반도가 보였어요.

"발트 해에라도 온 것 같지, 마마?"

엄마는 힘없는 미소를 띠더니 바다를 향해 「야간열차」의 루치나 비니츠까처럼 걸어갔습니다. 지금 말을 걸어 그 일을 물으면 '마마'도 지극히 자연스러운 목소리로 어깨 너머로 불어오는 바람처럼 진짜 대답을 하는 것 아닐까, 싶었습니다. 하지만 마음을 다잡아 소리를 내기 전에 엄마가 돌아보며 웃었습니다.

둘이서만 여행을 온 것은, 엄마의 속마음은 확실치 않으나, 저의 경우에는 '어떤 한가지 사실'을 엄마에게 확인하는 것이 목적이었습니다. 아마도 이 목적은 이루지 못한 채 저는 여행을 계속하게 되겠지요. 아니, 제 쪽에서 임무를 포기해버린 거죠. 안도했습니다. 그리하여 엄마가 아스피린을 먹고 잠들어 있는 동안 파파에게 엽서를 썼습니다.

저녁때 엄마는 열도 내리고 건강해졌어요. 북쪽 바다의 굉장한 일몰 풍경을 바라보며 식사를 했습니다. 옆얼굴에 핏빛 광채를 받으며, 엄마는 바다도 석양도 보려 들지 않았습니다. 인간도 사랑하지 않고 자연도 사랑하지 않는 인간인 것이지요.

"이번 여행 이야기, 아버지한테는 왜 하지 않은 거야?" 우리는 돌연 이 동북지역 여행을 생각했고 집의 누구에게도 이야기하지 않은 채 와버렸거든요. "가출 같아."

"말할 필요 없잖아."

"걱정할 텐데."

엄마는 가로로 자른 새우를 포크로 찍어 들어올린 채,

"그 사람은 걱정 같은 거 안하는 사람이야."

그러더니 새우를 입에 넣고는 이를 보이지 않고 먹으며 미소 지었습니다. 무서운 미소였어요! 딸인 나조차 흉내 낼 수 없는 미소였지요. 엄마는 재빨리 다른 종류의 미소로 넘어가더니 저를 바라보며,

"너, 걱정하니? 그러면 두사람 이름으로 그림엽서라도 보내둡시다."

"벌써 보냈는걸" 하고 저는 말했습니다. "벌써 보냈다고요, '파파'에겐."

"맥주 거품이 콧등에 묻었네. 뭐라고 썼어?"

"I belong to daddy……"

엄마는 얼굴이 굳어지더니 무관심의 조개껍데기를 뒤집어썼습니다. 자기가 이해 못할 영어를 썼다고 하는, 단순한 불쾌감 때문에.

이튿날 아침 일찍 아오모리로 나와 국철 버스로 토와다꼬 호수를 향했습니다. 도중에 스까유에서 오분 정도 쉬는 시간이 있어 커다란 성 같은 목조여관 앞에서 엄마의 사진을 찍고 있을 때, 젊은 딸을 데리고 온 신사를 알게 되었어요. 엄마는 그 신사와 이야기를 하느라 여념이 없더군요. 면도 자국이 구렁이처럼 새파란, 이딸리아풍 미남자로 전성기의 빌리 엑스타인 같은 미성으로 경박스럽게 수다를 떨어 소름이 돋았어요.

"좋은 분이네." 엄마는 버스 안에서 말했습니다. "엄청나게 핸섬하고."

아아, 엄마는 타인의 이야기는 항상 이런 식으로 판에 박힌 소리밖에 하질 않으니. 위선의 완벽함도 여기까지 오게 되면 끔찍한 악의와의 경계가 모호해집니다.

"오늘밤엔 토와다꼬에서 묵으시는 거죠?" 하고 신사가 엄마에게 말을 걸었을 때 저는 재빨리 끼어들어,

"아니요, 저희들은 토와다꼬 호수만 보고 유제로 직행할 거예요."

유제 호텔에서는 건널목 복도가 다리가 되어 시냇물을 가로지르고 있었습니다. 엄마와 함께 가족탕에 들어갔어요. 알몸이 되면, 엄마는 살집이 좋은 아테나의 위엄과 우아함을 갖춰요. 저보다 무거운 것도 아니건만 무척 풍만해 보이죠. 대리석 여신. 감정은 박제 여신.

더운 김 속에서 갑자기 엄마가 말했어요.

"오늘 버스에 함께 탔던 분은 아버지와 딸은 아니었어."

"어떻게 알았어?"

"남자분은 진짜 부자였지만, 아가씨 쪽은 본데없는 가난뱅이였거든."

차가운 말투에 저는 흠칫했습니다. 그리고 증오를 담아 유난히 젊어 보이는 등을 향해 말했어요.

"파파 이야기, 해주세요."

"아버지의 어떤 이야기?"

엄마는 내가 '파파'라고 말한 것을 이상해하지도 않더군요. 아버지를 '파파'라고 부르지 않고 '아버지'라고 부르고 있건만. 그래서 저도 '아버지' 이야기로 바꾸어,

"엄마는 어째서 아버지와 부부야?"

"부부지만 부부가 아니랍니다." 그리고 엄마는 등을 돌린 채 내뱉었습니다. "그 사람은 벌써 오래전부터 전립선이 고장나서 남자구실을 못하는 사람이거든."

"엄마는 보기와는 달리 무서운 소리를 할 수 있는 분이시네."

"사실을 말한 것뿐이야. 어째서 그런 것에 신경을 쓰는 거야?"

"그렇다면 나도 이 기회에 사실을 보여줘야지."

오른쪽 어깨를 엄마에게 들이대 보여주었습니다. 파파에게 세게 물린 자국이 있을 테니까요. 엄마는 하지만 어깨에서 눈길을 미끄러뜨려 내 유방 사이로 시선을 돌리더니 아랫배까지 천천히 스쳐 갔습니다.

"모르겠어?" 저는 모욕을 당한 듯한 기분으로 짜증을 내며 말했습니다.

"뭘?"

"나에겐, 어깨나 목덜미에 잇자국을 남길 만한 사람이 있다구."

엄마는 말없이 수도꼭지 앞에 한쪽 무릎을 세워 웅크려 앉더니 타월을 짰습니다.

"남자가 생겼거든요" 하고 저는 거의 도발하듯이 말했습니다. 엄마는 내 얼굴을 보지 않고,

"알고 있었어요."

"그러세요? 그렇다면 됐습니다."

유까따를 입으며 엄마는 자신의 가슴에 이르는 듯한 말투로 중얼거렸습니다.

"짐승들이나 할 짓을 하고."

"뭐라고?"

"결혼도 안한 젊은 아가씨가……"

그리고 엄마는 야합이라는 낱말을 쓰며 극히 일반적인 도덕상의 비난으로 이야기를 마무리 지어버렸습니다.

주) 여기부터 뒷부분은 수년 뒤에, 아마도 작년 여름 이후에 쓰인 것인 듯하다. '잉크' 색도 글자 모양도 다소 달라져 있고, 문장 속에 나오는 나에게 걸었던 전화 이야기를 봐도 그렇게 판단할 수 있다. 18세부터 22세까지의 미키가 어떤 생활을 했고 '파파'와의 사이에 어떤 관계를 유지하고 있었는지, 나는 알 수가 없다. 하지만 관계가 지속되고 있었던 것은 분명하다.

미안, 파파. 저는 파파를 그 호텔에 남겨둔 채 말없이 토오꾜오로 돌아와버렸습니다.

이제 너는 나에게 취하지 않게 되었다고 파파가 배(船) 위에서 말했습니다. 배는 카부또가따 섬들 사이를 달리고 있었어요. 저는 눈을 가늘게 뜨고 눈썹 블라인드를 통해, 구토가 나올 만큼 농후하고 강렬한 바다를 바라보고 있었습니다. 사실은 아무것도 보고 있지 않았습니다. 그저 온통 바다 한가득 흩뿌려진 빛의 편린들이 반짝이는 것에 눈부셔하고 있었을 뿐이랍니다.

취해 있어요, 하고 저는 말했습니다. 바다와 태양에, 한여름 열기에, 그리고 '파파'에게. 하지만 부서지는 파도 소리, 엔진 소리로 내 목소리는 들리지 않았던 거겠죠. 파파도 차트를 읽을 때처럼 단조로운 음성으로 뭔가 이야기하고 있었어요. 문득 저는 졸립다는 생각이 들더군요. 파파와의 긴 여행, 세또나이까이의 섬들을 돌아보는 여행에 좀 지쳐 있었던 거죠. 파파의 가슴에 머리를 들이밀며 이 사실을 알리려 했습니다. 그러자 파파는 뒤로 물러서버렸고 새끼 고양이가 어리광을 부리는 듯한 몸짓만이 바닷바람 속에 남았습니다. 그후 우리는 뷔페에 들어가 차가운 레몬주스를 마셨습니다. 그 수렴성 음료 덕분에 저는 약간 기운을 회복했어요.

기적이 울고, 뱃고동이 울리고, 하선이 시작되었습니다. 연락선으로부터의 활기찬 하선. 우리는 가장 뒤에 내렸습니다. 짐을 양손에 들고 갈아탈 열차로 뛰어갈 필요도 없고, 아무런 정처 없이, 그날 우리는 유명한 공원이 있는 그 항구도시에 묵기로 했답니다. 잔교에 섰을 때 본 압도적인 태양이 아직도 머리에 남아 있어요. 오래된 노면전차 궤도를 따라 도심 쪽으로 걸으며 돌아보니 하얀 배, 붉고 검은 배 사이로 바다의 단편들이 보였습니다. 길모퉁이 몇개를 돌 때마다 여전히 바다는 보였습니다. 그리고 호텔 창문으로도.

순식간에 저는 알몸이 되어 포옹 속에 있었습니다. 부드럽게, 거칠게, 사랑을 나누고, 우리는 뼈를 놓고 다투는 두마리 개처럼 쾌락을 다투며 빨아먹었습니다. 우리는 몇번이나 이런 짓을 한 걸까요? 앞으로 얼마나 이런 일을 하게 될까요?

잠이 깼을 때는 이미 밤이었고 창문으로 달빛과 부드러운 바람이 들어왔습니다. 달빛 아래 우리는 하얀 뼈들처럼 보였던 것 같아요. 달은 하늘 높이 떠 있었습니다. 그 인력에 빨아올려지는 조수, 욕망의 바다의 고조, 그리고 내 가슴에 차오르는 죽음! 저는 그대로 죽어버릴 것을 생각했습니다. 파파의 어깨 위에서 입술을 움직여가며, 차가워진 팔을 파파의 허리에 감으면서. 무섭게 지쳐 있었습니다. 그리고 더욱 지쳐버리기 위해 우리는 또 한번 사랑을 나누며, 먹보! 맛있었어? 더 먹을래? 하는 말들을 의미도 없이 주고받았고, 그리고 정말로 우리는 허벅지 위쪽이라든가 겨드랑이 아래쪽의 움푹한 곳을 서로 물어대기도 했습니다.

나, 결혼할래. 저는 쉰 목소리로 그렇게 말했습니다. 하지만 어쩌면 파파는 듣고 있지 않았을지도 몰라요. 그리고 이런 말도 했습니다. 그래도 '파파'와는 언제라도 이렇게 할 거야.

이튿날 점심때 가까이 보이가 문을 두드렸답니다. 그리고 문을 빼꼼히 열고 들여다보더군요. 보이는 아마도 우리가 부러진 뼈들처럼 겹쳐 누워 있는 것을 보았겠지요. 파파는 깊이 잠들어 있었습니다.

저는 혼자서 호텔을 빠져나왔습니다. 도심의 전화국에 들어가 유리로 된 입관竪棺 속에서 K에게 장거리전화를 걸었습니다. 결혼하고 싶다고, 저는 말했습니다. 이유를 설명할 필요는 없었습니다. 급한 거야? 하는 K. 급한 거야, 하고 저는 대답했습니다. 밖으로 나왔을 때 말갛게 갠 하늘과 금속성 광택을 띤 구름을 올려다보았습니다. 너무 밝고 구석구석까지 보이는 공간, 이건 저의 절망을 닮아 있었습니다. 텅 빈 미래. 저는 멈추어섰습니다. 오렌지색 택시가 다가왔습니다. 결혼. 수년 후의 여행. 지중해, 팔미라, 알제리에 갈 것. 진짜 라이언을 쓰다듬을 것. 그리고 저는 아이를 셋 이상 낳고 그 아이를 라이언 새끼처럼 쇠사슬로 묶어 거리를 산책하겠지요. 차에 탔습니다. 아이는 나를 잡아먹고 고귀한 맹수로 성장하고 나에겐 평화로운 하강과 쇠퇴가 찾아온다. 행복. 조금씩 죽어갈 것. 저는 평온한 여자의 음성으로, 역까지 가줘요, 하고 말했습니다.

미안, 파파. 저는 그저 파파를 깨우고 싶지 않았을 뿐이랍니다. 언제까지나 잠들어 있기를 바랐죠. 그대로 죽어버릴 만큼 길고 깊게.

주) 미키는 작년 여름, 어딘가의 지방 도시에서 (이름은 묻지 않았다. 항구가 있는 도시라고 했다) 장거리전화를 걸어서, 나와 결혼하고 싶다고 했다. 이건 미키가 '노트'에 쓴 그대로였다. 그때 목소리는 밝았다. 너무 밝다는 느낌이 들 정도였다. 그런 음성으로 청혼을 받으니 한낮, 느닷없이 태양이 하늘에서 굴러떨어진 것 같은 불안이 엄습했다. 나는 수화기의 수많은 구멍에서 새어나오는 유독가스를 맡으며 할 말을 잃었다. 만일 내가 기뻐 뛰며 이 청혼을 승낙할 수 있었더라면…… 하지만 그런 일은 불가능했다. 내가 할 수 있는 일이라고는 어떤 치명적인 병에 걸린 미키를 간병이라도 하듯이 미키를 사랑하는 일뿐이었다…… 어쨌든, 미키의 '노트'는 여기서 끝났다. 이후, 그 사고가 날 때까지 몇달 동안 미키와 '파파' 사이에 무슨 일이 있었는지, 아니, 무슨 일이 있었는지 없었는지, 이 '노트'를 봐서는 알 수 없다.

Ⅱ

미키를 본 것은 얼마 만이었을까? 마지막으로 병원에서 보았을 때 미키는 침대 위에서 상반신을 일으키고 있었는데 붕대를 풀고 난 뒤, 머리는 불을 놓았던 목초지에 봄이 막 찾아온 듯한 풍경이어서, 짧은 머리카락은 미키를 소년처럼 보이게 만들고 있었다. GI형의 안티누스. 하지만 오늘 보니 머리는 상당히 자라서 진 쎄버그의 머리와 비슷한 정도까지 가 있었다.

"꽤 여자다워졌네" 하고 나는 친근하게 말했고, 슬리퍼를 가지런히 놓고 등을 펴는 미키의 어깨를 가볍게 만졌다. 미키는 잠깐 어깨를 으쓱하더니 미소 지었다. 이 미소는 내게, 어릴 때부터 질세라 개구쟁이 노릇을 해온 오누이 관계, 혹은 성실하게 서로를 속여온 부부와 같은, 완전한 공범자들의 관계를 일순 암시하는 듯이 여겨졌다. 하지만 물론 이것은 내가 제멋대로 하는 시먹은 생각일 뿐이다. 미키의 미소는 앰네지아에서 피어난 추상적이고 덧없는 미소에 불과하다. 미키는 올 4월로부터 거슬러 과거 몇년간의 기억을 잃어버렸고 현재의 미키와 나의 만남은 겨우 두달밖에 되지 않는다. 그녀의 기억이 없는 시간 속에서 친구를 자칭하며 등장해온 나에게 그녀는 어째서 특별한 경계심도 보이지 않고 마음을 열어 보인 것인지—그렇다곤 해도 그 마음의 문 바로 너머엔 새하얀 벽이 펼쳐져 있어서 그 속을 보는 건 불가능했지만—나는 이상하게 여겨도 될 것이다…… 나는 병실에서 몇번이나 침대에 늘어져 있는 미키의 손을 잡곤 했던 것을 떠올린다. 그것은 잠 속에 빠져 있는 살덩이처럼 부드럽고, 손가락은 아무런 부끄러움도 보이지 않고 내 손안에 잡혀 있었다. 그리고 친근감의 표시처럼 약간 땀이 차는 일도 있었다. 놓지 마, 하고 미키는 어느날 말했다. 미키는 물론 나를 기억해내지 못하겠지만 내 딴에는 너의 좋은 친구였다고 생각해, 믿어주면 기쁘겠지만. 믿어요. 나, 꿈속에서 당신이 눈물을 흘리고 있는 걸 봤어요. 그런데, 깜짝 놀랄 만큼 커다란, 달걀만 한 눈물인 거야. 남자가 저렇게 커다란 눈물을 흘리다니, 얼마나 힘들면 저럴까…… 분명히 나는 첫 수술이 성공했을 때, 쌀알 크기의 눈물을 흘렸다. 미키가 그걸 보고 있었을 리는 없지만…… 그러나 이렇게 내가 미키의 침대 옆까지 다가올 수 있었던 것은 그 사고 덕분이었다고도 할 수 있다. 그때까지 우리의 관계는 친한 친구라고 말할 수 없었다. 물론 연인들도 아니었다. 내가 멋대로 미키를 생각하고 있다는 의미에서 남몰래 미키를 사랑하고 있었다 한들. 그러니 사실은 내 쪽에서 미키의 기억의 공백을 파고들어 과거를 적당히 수정하여 미키의 친구로 둔갑해 있었다는 이야기가 된다. 미키는 더없이 순진하게 이 사기꾼의 접근을 허락했다. 괜찮아요, 얼마든지 내 안으로 들어오셔도 좋아요, 어차피 내 안은 텅 비어 있으니까요. 그것은 미키가 퇴원 며칠 전에 한 말이었는데 나는 그 말의 매력 탓에 정말로 미키 속으로 빨려들어갈 것 같았다. 검고 큰 눈동자 속으로.

"이 집에는 지금 미키 혼자?" 하고 나는 물었다.

"당신과 나, 할멈과 그 조카인 고등학생, 젊은 가정부, 그리고 저쪽 별채엔 폐인 하나."

"폐인이라니 누구?"

"아버지요. 작년 겨울, 뇌출혈로 쓰러졌대요. 말도 못하고 누워만 있는 중풍 노인. 불쌍한 사람."

"왜 불쌍하다는 거죠?"

"왠지 불쌍해요." 미키는 고개를 갸웃하며 그렇게 말하고는 창문 커튼을 양쪽으로 열었다. 동화 속에 나오는 백마의 움직임을 보는 듯했다. 미키의 옷도 얼굴도 하얗다.

"이제 와서 바보 같은 소리지만 미키에겐 아버님이 계셨지. 그냥 안 계신다고 생각하고 있었어."

"아버지 얘긴 노트에도 쓰여 있었죠?"

나는 끄덕이며 가지고 온 노트를 테이블에 올려놓았다. 이 노트를 읽었을 때, 나는 그 '파파'가 실재하는 인물로서 미키의 아버지이며, 지금 이 집 안에 실재하는 '아버지' 쪽이 오히려 미키가 만들어낸 가공의 인물로 여겨졌던 것이다. 하지만 그 이야기는 미키에겐 하지 않았다.

"저도 아버지가 있다니, 생각도 못했어요. 물론 얼굴을 봐도 전혀 모르는 사람. 예순다섯이 된대요. 무척 쇠약해져서 날마다 간호사가 다니고 있죠. 어쨌든" 하고 문득 미키는 반짝이는 눈을 내게로 향했다. "지금 이 집 안에 살고 있는 인간들을 보실래요? 제가 안내해드리죠." 미키는 마치 진기한 동물 우리를 둘러보자는 듯한 말투로 그렇게 말했다. '살고 있는'이라는 말을 나는 '서식하는' 이라고 들었다.

"아니, 그럴 것까지는" 하며 나는 왠지 흥미를 잃고 고개를 저었다. 아마, 미키와 둘이서만 있는 쪽을 원했던 것이리라.

하지만 그때 이 집의 주민 하나가 자진해서 얼굴을 보이러 찾아왔던 것이다.

"할멈이야."

키가 작고 몸도 얼굴도 강건하고 머리에 수건을 썼고, 애교스러운 웃음이 사라지기도 전에 구리 압정과 같은 호기심이 옴팡한 눈동자 밑에서 빛나기 시작한다. 치마를 입고 앞치마를 걸친 채 성큼성큼 걷는 모습엔 원숭이류의 보행을 연상케 하는 구석이 있었다.

"이 방 시원허네. 지나친 냉방은 몸에 좋지 않다든디" 하며 군마 언저리의 탁한 발음으로 말하고는 중얼중얼 혼잣말을 해가며 나가는가 싶더니 다시 얼굴을 들이밀며 "오늘 어디 나가? 안 나갈 끄면 나 신짱이랑 시부야에 영화 보러 갈라는디."

"괜찮아요, 다녀오세요."

“「사냥꾼 일기」라는 걸 하는디, 혹시, 봤어?” 하며 나에게 얼굴을 돌렸고 내가 고개를 흔들자, 그럼 천천히, 하며 야릇한 인사를 남기고 사라졌다.

“무시할 수 없는 할망구로군.”

“네?” 하고 미키가 고개를 갸웃했다.

“뭐랄까, 조심해야 할 할멈이라고. 우리 집에도 할멈이 하나 있는데, 저보다 더 살이 뒤룩뒤룩 찌고, 말하는 건 훨씬 더 엄청나지. 맹렬한 동북 사투리야. 나의 어머니입니다만.”

“어머님이 계셨군요.”

“어어. 하지만 그 어머님이라는 것이 이 몸이 거기서 태어났다고는 도저히 여겨지지 않는 외설스러운 살덩어리인데다가 사실 내 진짜 엄마도 아닌 것 같아. 키찌조오지에서 하숙을 치고 있어요. 한 삼년 전에 집을 나온 이래 한번도 안 가봤지만, 아직 살아 있겠지, 뭐. 토지와 건축비 빚으로 옴짝달싹 못하게 되어서 하숙생들한테서 미리 방세를 받아서는 파찐꼬만 주무르고 있었으니까 지금쯤 하숙생도 다 도망쳐버리고 그 빈집에서 병든 소처럼 널브러져서 잠이나 처자고 있을걸, 분명. 실은 하숙집보다는 매음굴 안주인이 되고 싶었던 모양이지만, 너희들 교육도 있으니까, 하며 하숙집을 시작했죠. 자기는 몸을 판 적이 없다고는 하지만, 매음굴의 식모 정도는 한 것이 분명하고, 그밖에도 선술집 주인, 담배 가게, 사이비 알선소의 삐끼, 온갖 일을 다 한 것 같아. 묘하게 인정스러운 구석이 있는 할망구라서 어떤 연유인지 나하고 누나, 아이를 둘이나 데려다가 기를 생각을 한 거죠…… 시시껄렁하지, 이런 이야기.”

“아니요, 재미있어요. 모르는 말이 잔뜩 나오긴 하지만…… 그게 다 당신 이야기?”

“그렇다니까. 근데 이런 이야기가 뭐가 재밌어?”

“이야기하는 음성이랑 말투가 좋아요” 하고 미키가 말했다. 정면에서, 웃지도 않고 반짝이는 진지한 눈을, 나는 나도 모르게 피했다. 이전의 미키는 이런 눈의 소녀가 아니었다. 눈은 언제나 변덕스러운 혜성처럼 정신없이 움직이고 있었다. 이런 식으로 꼼짝 않고 물기 많은 눈으로 사람을 응시하는 것은 사고의 회복기인 탓일지도 모른다.

“내 이야기는 지저분해. 나 같은 인간의 출생, 성장, 가정교육, 인척, 가족 같은 것들을 들여다보면, 이건 뭐, 스사노오노미꼬또가 내던져졌다는 뱀투성이 구멍 같은 거야. 이런 냄새 나고 더러운 뱀에게 휘감겨 자란 인간은 가까스로 구멍에서 기어나와봤자 평생 그 냄새가 빠지질 않는 것 같아요. 가난이란 건 이 세상에서 가장 질이 나쁜 악이어서 이건 결핍이라든가 부족이라든가, 혹은 불평등이라는 것과는 다른, 다시 말해, 뭔가 모자라는 것을 더하기만 하면 회복될 수 있는 그런 결함이 아니지. 존재 그 자체의 비열함이라는 거죠. 난 한때 코뮤니스트였지만 가난뱅이의 원한 때문에 코뮤니스트가 된 건 아니라고 생각하고 있었어. 그런 비열한 원한 같은 건 꿀꺽 삼켜버린 근사한 괴물이 바로 나이고, 나는 무엇보다도 지적인 충동에서 혁명의 이미지를, 그리고 파괴 후의 폐허 너머로 망령처럼 아름다운 석양을 보는 것만을 바라며 닥치는 대로 벽 허무는 일을 시작한 것이라는 식으로 믿었던 듯해. 하지만 지금 와 생각해보면 이 세계의 멸망을 바라는 인간의 원한과 증오에는 역시 가난뱅이의 비열함이 스며들어 있는 거야. 이건 존재론적인 원한인가, 존재적인 원한인가? 유감스럽게도 내 경우는 아마 존재적이지. 난 자신의 존재적인 비열함 속에서 몸부림치던 것에 불과했던 거겠지."

나는 입 주변에 땀이 났다. 손바닥에도 더러운 땀이 배어 있었다. 미키가 물수건을 펼쳐 내 손에 건네주었다.

"난 무슨 소릴 하고 싶은 걸까?"

"뭘 말하고 싶으세요?"

"맞아, 우리 누나 말이야……"

"누님요?"

이것이 미키의 노트에 대한 나의, 아마도 아무 효과도 없을 언급을 대신할 터였다. 요컨대 몇해 전 비천함 속에서 나와 누나 사이에서 일어난 사건을 미키에게 말한다는 것이.

"……오늘은 관둡시다" 하고 나는 불쾌한, 구역질이 날 듯한 침묵 후에 말했다. 미키는 얇게 미소 지으며 말했다.

"하지만 언젠가 말씀해주실 거죠?"

"언젠가 말할게요."

이러고 있는 사이, 미키는 머리 양쪽으로 줄곧 모양 좋은 귀를 내놓고 생글생글 웃고 있었다. 내 이야기에 대해 아무런 감상도 말하지 않은 채. 그리고 때로 화이트 호스를 내 잔에 따라줄 뿐이었다. 난 그런 미키에게 감사해야 한다.

"노트, 읽으셨죠?" 하고 미키가 말했다.

고개를 끄덕이고서 나는 위스키를 고형의 독약처럼 목 깊숙이 부어넣고 얼굴을 찡그렸다.

“뭔가 말씀을.”

“그 노트는 태워버려요, 아니, 나한테 줘요.”

“그건 거기 적은 것들을 잊어버리라는 말씀?”

“존재하지 않게 된 미키는 존재하지 않은 채로 좋은 거니까.”

“근데, 다시 존재하기 시작한걸요. 잊고 싶어도 잊을 수가 없어…… 그 노트에 쓰인 것은 거의 암기해버렸거든요.”

“여기 적힌 것들이 자기 것이라고 여겨져?”

미키는 고개를 흔들고는 몸에 안 맞는 나쁜 과거를 어떻게든 자기 몸에 맞추어보려는 듯이 신경질적으로 몸을 움직였다.

“노트 내용이 사실이라고 생각해요?”

“사실이라니, 무슨 뜻인가요?”

“이건 소설일지도 모른다, 그렇게 생각한 적 없어요?”

“소설이 뭐죠?”

“거짓말. 지어낸 이야기.”

“거짓말요?”

“속수무책이로군.”

속수무책이 뭐죠? 하고 묻지는 않고 미키는 머릿속에 엉킨 낱말의 배선을 손질하고 있는 듯했다. 나는 뒤로 돌아가 미키의 소년 같은 머리를 만져보았다. 관자놀이를 두 손으로 감싸고 서서히 힘을 주었다. 미키는 꼼짝도 하지 않고 있었다.

“아프지 않아?”

"아프지 않아."

따스한 머리뼈가 심장에 맞추어 뛰고 있는 것 같았다. 뼈에는 금이 가고, 뇌가 있는 부분에는 눈에 보이지 않는 상처가 나 있을지도 모른다. 적어도 이 안에서 무언가가 부서져 있음이 분명했다. 만약에, 미키 머리의 기분 나쁠 정도의 연약함이나 부드러움을 내 손이 발견할 수 없었더라면 나는 무신경하게 언어의 포탄을 몇개인가 박아넣는 다소 난폭한 충격요법을 시도했으리라. 예를 들자면 '근친상간'이라는 낱말을 써볼 것. 하지만 아마도 지금의 미키는 이 낱말을 모를지도 모른다고 나는 생각했다.

"피곤하네" 하고 미키가 천천히 흐르는 물 같은 음성으로 말했다. "이층 내 방에서 누워서 이야기할게요."

그리고 일어서더니 미키는 손바닥을 위로 한 왼손을 배턴 터치를 기다리는 릴레이 러너처럼 뒤로 내밀고는 복도를 걷기 시작했다. 그것은 내 손을 잡고 이끌어가는 몸짓이었다. 이때 알아챘는데 나의 감정은 어느새 충실한 개의 모습을 취하고 있었다. 요컨대 이 개는 주인인 미키를 올려다보며 그 의지의 변화를 읽어내고 명령을 받는 대로 움직이고자 벼르고 있는 것이었다.

계단 중간에서 미키는 숨을 고르기 위해서인지 발을 멈추었다. 그리고 멈춰선 나를 돌아보며 말했다.

"파파가 누구? 나의 무엇인가요?"

이건 계단 중간에서 대답할 수 없는 종류의 질문이었다. 나는 말없이 미키의 팔꿈치를 밀어 계단을 오르게 했고 우리는 이층 복도 끝 방으로 들어갔다.

"이게 네 방이야?" 하고 나는 무심결에 소리를 냈지만 분명 이 방은 나를 놀라게 했다. 아니, 오히려 놀랄 만한 것이 단 하나도 없다는 사실이 나를 놀라게 했다고 말할 수 있겠다. 방은 병원의 고급 병실처럼 밝고 청결했다. 그리고 그뿐이었다. 벽은 희고 서가엔 단 한권의 책도 없다. 인간의 손이 어루만진 흔적을 지니고 있는 듯한, 주인에게 길들어 있는 가구라고 하는 것이 단 하나도 없는 것이다. (그 노트에 적혀 있던) 히에로니무스 보스라든가 달리의 그림 역시 한장도 없었다. 낡은 철제 침대만이 이전부터 있던 물건인 듯싶었다. 그것은 커다란 네발짐승처럼 당당하게 방의 거의 정중앙을 차지하고 있었다.

"여기는 전부터 미키 방이었어?"

"그랬을 거예요. 다만 작년 가을에 개축했다니까 그때 이 방도 완전히 바뀐 거겠죠."

"냉장고 속 같은 느낌이야" 하고 나는 말했는데 요컨대 이것이 현재 미키의 내면을 상징한다고 말할 수도 있을 것이다. 이 방을 살풍경하다고 표현하는 것은 옳지 않다. 정신의 자기붕괴라든가 황폐를 반영하고 있는 것이 아니라—나는 제대로 말할 수 없지만 어떤 강력한 의지, 결여와 공백 이외엔 허락하지 않겠다는 의지가 작용하여 이 공허하고 밝은 방을 만들었다고나 해둘까.

미키는 침대에 누웠다. 엎드린 것이 아니라 몸을 똑바로 펴고 반듯하게 누운 것이다. 양팔도 몸을 따라 늘어뜨렸다. 이 자세는 수술대 위의 환자를 연상하게 했고, 혹은 빠져나간 영혼이 돌아오기를 기다리고 있는 망자의 모습과도 닮아 있었다. 정신분석의가 하듯이 나는 미키의 시야에서 벗어나 모습을 감춘 질문자, 그리고 청자가 되었다. 미키의 의식의 흐름이 그 입에서 언어의 흐름이 되어 밖을 향하도록 도울 것. 그러나 이건 제대로 안되었다. 미키의 입은 조금 벌어져 움직였지만 언어는 음성이 되지 못하고 사라졌다.

"아무것도 할 말이 없네요."

"몸을 딱딱하게 만들지 마. 지금 무슨 생각을 하고 있어? 생각나는 거, 아무거나 입에 올려보는 거야."

"아무것도 없어" 하고 미키는 슬픔이 깃든 음성으로 말했다. 한동안 잠자코 있다가 나는 말했다.

"옛날 미키처럼 다시 노트에 써보면 어때? 병원에 있을 때는 선생님 명령으로 날마다 써야 했잖아? 써봐요."

"어떻게?"

"아무거나, 쓸 수 있는 걸 써보면 되지. 가능하면 손에서 힘을 풀고."

"그렇지만, 어떤 스타일로? 예를 들어 예전 노트와 같은 스타일로 쓰는 건가요?"

"그래도 좋겠죠. 그게 미키의 스타일이니까."

"실은," 하고 말하며 미키는 몸을 일으켰다. "퇴원한 다음날부터 조금씩 쓰기 시작했어."

"보여줘요."

"이런 식으로 괜찮을까 몰라" 하며 미키는 서랍에서 새 노트를 끄집어냈다. 그때 들여다본 서랍은 노트 말고는 텅 비어 있었다.

어제 나는 퇴원했습니다. M 씨가 마중을 와주었습니다. 입원 중 거의 날마다 와준 K 씨(주: 이건 나를 가리킨다)는 어쩐 일인지 오지 않았습니다. M 씨도 날마다 와주긴 했지만, (주: 하지만 나는 단 한번도 M과 얼굴을 마주친 적이 없었다. 아마도 미키는 나와 M이 마주치지 않도록 오후를 나의, 밤을 M의 방문시간으로 정해두었을 것이다) 그밖에도 M 씨의 어머님, 아버지의 형제라는 분이 두 분, 엄마의 큰오빠라는 분, 우리 집 할멈과 그 조카, 우리 과 학생이 너덧명, 병문안을 와주었습니다. 저는 이 사람들을 누구 하나 알지 못했습니다. 대단히 미안한 일이었지요.

의사 선생님(신경과 부장)은 내가 기억을 잃어버린 거라고 하더군요. 사고로 머리를 부딪혔기 때문으로 기질성 앰네지아라고 합니다. 처음에 저는 선생님이 쓰는 이 낱말을 듣고 꽃 이름인 줄 알았습니다. 그런데 그것은 마음의 병 이름이었어요. 기억상실. 그런데 기억이란 무엇일까요? 예를 들어 나는 오직 하나뿐인 여자 친구인 M 씨(라고 M 씨 자신이 말했으니 사실이겠지요)에 관한 기억이 없습니다. M 씨를 기억하지 못하는 거죠. M 씨에 관한 기억이 없다는 것은 M 씨가 존재하지 않는다는 것과 같습니다. 그런데도 M 씨는 지금 존재하면서, 내가 M이야, 하고 말합니다. 소름끼치고 무서워져버려요. K 씨에 관해서도, 그밖의 다른 이들에 관해서도 마찬가지. 이름도 무게도 없는 망령과 같은 사람들이 나타나서 저마다 자기가 존재하고 있었다는 사실을 저에게 납득시키려 듭니다. 마치 전생 이야기를 듣고 있는 것 같지만 다들 같은 이야기를 하는 것을 보면 분명 이 사람들이 옳겠지요. 이 사람들은 지금까지 존재했고, 바로 그 때문에 지금도 존재하는 것이겠지요. 틀린 것은 제 쪽일 거예요. 기억을 잃어버렸다는 것은 저를 잃어버렸다는 것이었습니다.

어디선가 이런 그림을 본 적이 있습니다. (물론 이런 기억은 아무런 도움도 되지 못한다고 생각했기에 선생님께도 이야기하지 않았습니다.) 그것은 조그만 선묘화線描畫였는데, 하반신을 무언가에 먹혀버리고 머리와 아가미만 남아 헤엄치고 있는 물고기 그림입니다. 도미였을까요? 깊은 바다에 사는 물고기였다고 생각합니다. 엄청나게 커다란 눈이었습니다. 부릅뜬 눈은 눈동자가 뒤쪽으로 모여, 자신의 없어진 몸을 서글프게 바라보고 있는 듯했습니다…… 그래서 이런 꿈과 닮은 그림의 기억에 의지하여 저도 연필로 이 물고기 그림을 그려보았답니다. M 씨가 들여다보더군요. 저는 곧 그것이 너무나 유치하고 서툰 그림이라는 것을 깨닫고 얼굴을 붉혔습니다.

다행히도 저의 기억상실은 태어날 때로까지 거슬러올라가지는 않습니다. 최근 몇년의 일은 기억하지 못하지만 아주 옛날 일은 오히려 잘 기억하고 있거든요.

예를 들어 어머니와 항구에 배를 보러 갔을 때 일이 떠오릅니다. 저는 세살이었어요. 배의 '배(腹) 부분'은 (뭐라고 부를까요?) 어디까지나 이어지는 벽처럼 펼쳐지고 천국보다 높은 갑판으로부터 무수한 테이프가 늘어져 있습니다. 안벽에는 수많은 사람들이 서서 웃는 것인지 우는 것인지 알 수 없는 고함을 질러대고 있고요. 어머니는 인파로부터 약간 떨어진 곳에 서서 내 손을 잡고 있었습니다. 어머니도 울고 있는 듯했습니다. 얼굴을 올려다보니 눈물이 반짝반짝 빛나고 있어 태양을 바라보듯 눈이 부셨습니다…… 병원에 있는 동안, 그 병원은 요꼬하마 바다를 내려다보는 언덕 위에 있어서 창문으로 바다를 보거나 배의 기적 소리를 듣거나 할 때마다 몇 번이나 이 기억이 되살아났습니다.

어머니는 죽었습니다. 제가 죽인 거예요. 할멈이 그렇게 말했습니다. 옛날부터 집에 있던 사람이라고는 하지만 저는 모르죠. 거칠고 주저없이 하고 싶은 소리를 다 하는 사람이랍니다. 나중에 선생님은, 그건 사고였어, 운이 나빴던 거지 당신 책임이 아니에요, 하고 일러주셨습니다. 그리고 제가 생각 없이, 죽인다는 둥 죽였다는 둥 하는 말을 쓰고 있었더니, 죽인 것이 아닙니다, 죽게 했다고 해야지, 하셨습니다. 죽인다는 것은 죽일 마음이 있어 죽이는 것인데 저의 경우는 다르다고 합니다. 그런 것일까요? 저는 알 수가 없습니다. 제가 운전하고 있던 포르쉐가 트럭과 충돌했다고 합니다. 그 때 어머니가 죽었습니다. 모두들 그렇게 말하니까 저도 이건 분명하다 싶어, 보는 사람마다 미키가 사고를 내서 어머니를 죽였습니다, 조심성 없는 미키가 '포르쉐'를 '트럭'에 충돌시켰습니다, 하고 설명했어요. 그러면서도 뭐랄까, 남의 일 같았지요. 선생님은 곤란한 얼굴로 저를 지켜보고 있었습니다. K 씨는, 넌 삼인칭으로 남의 사고를 보고하는 듯한 말투로 이야기하네, 하더군요. 맞습니다.

사고 순간을 생각해내려고 하면, 엄청난 힘으로 쥐어짜는 듯이 머릿속이 아픕니다.

두세번 경찰 조사를 받았지만 제가 전혀 기억을 못한다는 사실만 확인될 따름이었습니다. M 씨나 의사, 모두가 나를 경찰로부터 지켜주었다고 할 수 있을지도 모릅니다. 이제 와서 저의 책임을 추궁하는 것도 불가능하고, 또 그것은 이런 환자에 대해 허용할 수 없는 일이다, 하는 것이 모두의 일치된 의견인 것 같습니다. 퇴원하기 며칠 전, 저는 선생님과 함께 경찰을 찾아가 조서라는 것에 서명 날인을 했는데, 이것은 완전히 형식적인 절차였다고 생각합니다. 조서 내용은 잘 이해할 수 없었습니다. 철골 스크랩이 널브러져 있는 듯한 필적으로 쓰여 있었는데 문장 역시 그와 마찬가지 인상을 주는 것이었습니다. 솔직히 말해서 저는 금세 지쳐서 사고의 상세한 내용을 알아내는 것에도 흥미를 잃고 말았습니다. 담당자 하나는 제 상태에 동정을 보이더군요. 이 환자분은 과거를 떠올리지 않는 편이 오히려 행복하지 않을까요?

오늘 저는 '라드리요'에서 M과 만났습니다. M과 마찬가지로 머리가 긴—다만 그쪽은 사막빛으로 탈색되어 있더군요—아가씨가 있어 M에게 말을 걸어왔습니다. 약간 이상한 일본어여서 혼혈 아닐까 생각했는데 확실한 것은 모르겠어요. M의 친구로, 저와도 몇번 수다를 떤 적이 있다고 합니다. (나중에 M이 그렇게 알려주더군요.) M과 그 아가씨는 커피와 레모네이드를 서로 바꿔 마셔가며 고다르의 신작에 관해 이야기하고, 다음달 찾아오는 엘라 피츠제럴드 (음악가인 듯?) 입장권 이야기 같은 걸 하고 있었습니다.

"엘라, 오실래요?" 하고 M.

"엘라. 굳이 가고 싶진 않습니다만" 하고 저는 말했습니다.

“굉장한 아줌만데” 하고 M의 친구.

“엘라가 어떤 사람이었는지 잘 생각나지 않지만, 어쩐지 좋아하진 않는 것 같아요.”

“엘라. 생각 안 나? 네가 좋아한 재즈 씽어인데.”

“모던 재즈라면 기억나는 사람도 있는데” 하고 나는 몇사람의 이름을 열거했습니다. 존 콜트레인, 오넷 콜먼, 에릭 돌피, 찰스 밍거스, 롤런드 커크, 아치 셰프, 쎄실 테일러.

“모르겠어. 이상한 사람들만 기억하고 있네.”

“좋아했던 거겠죠. 좋아했던 거나 즐거웠던 일은 비교적 기억하고 있거든요” 하고 나는 말했습니다.

“미키 씨는 수학과 대학원생이어선지 수학에 관해서는 전혀 잊지 않았어요.”

“생각보다 편리하네, 파라노이아라는 게.”

“앰네지아” 하고 M이 정정했습니다.

“아, 실례. 맞아, 그, 앰네지아.”

저는 입을 다물고 미소 짓고 있었습니다.

“기억상실이란 게, 기억 필름에서 어느 부분부터 과거가 사라져버리는 걸까? 사진 필름에 빛이 들어갔을 때처럼.”

“그렇게 간단한 게 아냐. 일시적으로는 말도 못하게 된다고. 주위 사람들과 정상적인 관계를 맺지 못하는 상태로까지 떨어지는 걸” 하고 M이 설명했습니다.

“싸르트르 선생이라면 안띠끄-온똘로지antique-ontologie한 질병이라고 하겠지.”

두사람은 웃었습니다. 저도 웃었습니다. 그 낱말이 재미있어서였습니다. 뜻은 알 수 없었지만요.

"그러고 보니," 하고 M의 친구가 눈을 빛내며 말했습니다. "어떤 잡지에서 보니까 탄광 폭발 사고로 기억을 잃어버린 남자가 있었는데 성욕도 없어져버렸다던데. 미키 씨의 경우는 어떨까?"

"그런 말을."

"성욕, 없어요" 하고 저는 진지하게 대답했어요. "식욕은 있지만."

두사람은 웃고, 저는 웃지 않았습니다. 제 말이 우스웠던 걸까요? 하지만 (성욕에 관해 잘 모르지만) 그런 게 없다는 건 사실인 듯합니다. 제가 침묵을 지키고 있었더니 M의 친구는 '현대에서 사랑의 불모성'이란 것을 논하기 시작했습니다. 미껠란젤로 안또니오니의 「밤」이니 「일식」 이래 이런 종류의 문제들에 관해 철학적인 대화를 주고받는 것이 여대생들 사이에서 유행한다는 것이었는데, 저는 잘 모르는 화제였어요. 다시 말해 흥미를 느낄 수 없었지요. 사랑이란 뭘까요?

밖으로 나오니 비가 내리고 있더군요. M과 저는 택시를 잡아 아오야마에 있는 우리 집으로 왔습니다. 차가 아오야마 일번지 교차점을 지났을 때 앞에서 달리고 있던 대형 트럭이 아무런 예고 없이 급정거를 했고 우리가 탄 차는 트럭 밑으로 기어들어가듯 하며 가까스로 멈춰섰습니다. 저는 좌석에서 튕겨나가 가슴을 호되게 부딪혔고요. M이 안색이 변하며 저를 끌어안았습니다만, 그때 저는 앞의 트럭 바퀴 사이에서 끌려나오고 있는 것을 보았습니다. 인간 같은 무엇을. 극심한 두통이 엄습했습니다. 머릿속에서 '그때'가 번쩍일 때면 어김없이 이렇습니다. 우리는 거기서부터 걸어서 돌아왔습니다.

"괜찮아…… 이런 일은 자주 있는걸." 저는 일부러 아무렇지도 않은 체했습니다. "내 사고는 더 심했겠죠. 최악의 사고였을 거예요……"

"그 일을 생각하면 안되지" 하고 M이 말했습니다. 새파랗게 질려 캇빠와 같은 얼굴을 하고 있었어요.

M은 내 방에서 「카네기 홀의 데이브 브루벡」을 듣고서 돌아갔습니다. 저는 그게 질색이랍니다. 아마 '저'도 싫었을 거예요. 지루해서 지쳤지만 참아야만 한다고 생각했습니다. M은 '저'의 친구였으니까요. 그후, 저는 혼자였습니다. 레몬을 짜고 소다수를 붓고 위스키를 떨어뜨려 차가운 음료를 만들었지요. 만드는 방법은 '저'의 노트에 나와 있었습니다. 지금도 맛있다고 생각해요. 그러니까 '저'도 이걸 좋아했던 거겠죠.

오늘도 여전히 생각나지 않습니다. 새카만 어둠 속에 있어서, 무심결에 발을 내디뎠다간 생각지도 못한 과거에 금세 발끝이 채어 넘어질 것만 같아요.

K 씨는 왜 와주지 않는 걸까요? 이제 의지할 데라곤 K 씨뿐이건만.

K라는 사람에 관해 적어보겠습니다.

K가 처음 병원에 온 것은 그 사고 이튿날이었고, 저는 의식불명

으로 죽을지 살지도 알 수 없을 때였습니다. 말을 할 수 있게 되고 혼자서 일어나 앉을 수 있게 되고부터 K는 거의 매일같이 병실로 저를 찾아왔습니다. 그리고 점차 제 앞에서 확실한 형태를 취하기 시작했는데, 그것은 마치 벽에 뚫린 등신대의 구멍, 사람의 몸 모양으로 뚫어놓은 구멍으로 무언가가 천천히 빠져나오는 것과 비슷했습니다. K는 점점 저에게 다가왔습니다. 창문 옆에 서 있거나, 침대 가까이 의자를 끌어다 놓고 앉아 있거나 했지요. 저는 그저 미소를 지으며 K의 눈을 응시했습니다. 죽어가는 동물의 눈처럼 말간 눈, 메마른 눈동자에는 아무것도 (저의 모습조차) 비치지 않는 듯했습니다. 이상한 사람이었어요.

처음에 K는 그다지 말이 없었습니다. 이야기를 하면 밝은 목소리가 오전 햇살처럼 내 머리카락을 내리비추었지만, 그것은 저의 머릿속까지 닿지는 않았고 왠지 가짜 같았죠. K의 과묵함은 그가 저에 관해 많은 것을 (적어도 M이 알고 있는 것보다 훨씬 중대한 것을) 알고 있기 때문이 아닐까 하고 저는 생각하게 되었습니다. K 자신은 이를 부정했습니다만.

"좀 묻고 싶은데요, K 씨는 저와 어떤 관계이신가요?" 하고 어느 날 물었더니 K는 '관계'라고 하는 말이 이상하다며 쿡쿡 웃더니,

"저는 당신의 약혼자랍니다" 하고 대답했습니다.

"미키의?"

"그렇죠. 미키와 나는 약혼을 했습니다."

"그 사실을 다른 사람들도 알고 있을까요?" 나는 좀 조심스럽게 물었습니다. 딱히 K를 의심한 것은 아니지만 기억을 잃었으니 과

거 일은 남들의 말로 확인하는 수밖에 없으니까요. "아무도 몰라. 우리 둘밖에 몰라요."

"나도 모르는데요…… 그게 언제였나요?"

"작년 여름. 당신은—당신이 아니라 미키라고 불러도 될까요?—미키가 갑자기 나에게 장거리전화를 걸어와서는 결혼하고 싶다고 하는 거예요. 물론 기억 못하겠지요…… 차라리 그런 일은 없었던 걸로 할까요? 게다가 그건 아마도 미키의 농담이었을 거고, 나 역시 미키에게 위, 하고 대답한 것도 아니니까. 이상한 관계예요, 우리는."

"약혼이라는 건, 결혼한다는 약속이죠?" 하고 저는 사전이라도 읽는 듯한 말투로 말했습니다. "그러니까 미키가 K 씨와 결혼하는 거고요."

"결혼이라는 건 알아요?"

"낱말은 알고 있어요. 제 나름대로."

"미키는 나와 결혼하고 싶어요?"

"……몰라요."

"나도 몰라. 하지만 우리 관계는 일단 약혼자들이라는 걸로 해두죠. 그편이 명쾌해서 좋아."

K는 자기 이야기를 그다지 하고 싶어하지 않는 듯했습니다. 어쩌면 내 마음이 쇠약해져서 다른 이의 일에 관심을 집중할 힘이 없었던 까닭에 K가 이야기하는 것을 꺼리고 있던 건지도 모릅니다. 어떤 사람이 어떤 존재인가 하는 것은 '나'와 어떤 관계였는가 하는 것입니다만, 그 '나'라는 것이 없어져버렸으니 그 사람과 '나'와

의 과거를 들어봤자, 그저 이야기에 불과한 거죠.

"6월 말에 미국에 가게 될지도 몰라요" 하고 K가 말했습니다. "캘리포니아 대학의 대학원으로 유학 가기로 정해져 있거든요. 이젠 비자가 나오기만 기다리면 돼요."

"그럼 오래잖아 가버리겠네."

"몰라요. 그만둘지도."

"왜요?"

K는 말없이 싱긋 웃었습니다.

"슬퍼지네요" 하고 저는 말했습니다.

나는 노트를 덮고 미키의 이마에 입술을 대고 위태로운 달걀과 같은 머리를 어루만졌다.

"미키는 기억력이 좋네" 하고 나는 말했다.

"병원에 들어가고부터는 하나도 빠짐없이 기억하고 있어" 하고 미키는 침대 위에 고쳐앉으며 말했다. "당신이 하신 말씀도 전부 기억하고 있어요. 그리고 낮잠을 자는 나에게 이따금 입맞춤해 주신 것도." 그렇게 말하며 미키는 조금 얼굴이 붉어지더니 세우고 있던 자기 무릎에 얼굴을 묻었다.

"아까처럼 이마에."

"네, 이마에. 그래도 딱 한번 입술이 입술에 닿았었죠. 어째서 그렇게 하신 거죠?"

"어째서라니, 그렇게 물어보는 사람이 어디 있어? 굳이 말하자면 치료를 위해서죠. 주문을 외우듯이."

"좀더 주문을 외워주세요. 빨리 나을 수 있게."

오늘 아침 잠에서 깨어났을 때, 나는 커다란 물고기의 입으로 입이 막혀 숨을 헐떡이고 있었다. 그건 실로 긴 입맞춤이어서 바다 밑바닥에 못 박힌 채, 폐가 텅 비어 죽어가는 듯한 고통스러운 황홀감과 함께 나는 이렉트하고 있었다. 이 차가운 연체어는 명백히 미키의 화신이었고 이 기다란 입맞춤은 어제 미키와의 입맞춤의 변형이었다…… 분명 그것은 긴 입맞춤이었다. 수술대 위의 환자에게 끔찍하게 긴 시간에 걸쳐 정맥주사를 놓는 것과 비슷한 입맞춤 동안 미키는 전혀 움직이지 않았다. 팔은 내 등과 목을 휘감지도 않았고 침대에 떨어뜨린 채였다. 내 혀는 미키의 입술 두장 사이에서 죽음 혹은 니르바나 같은 것을 맛보고 있었다. 미키의 긴 호흡이 나를 불안하게 했다. 경련과도 같은 사고가 마침내 나의 숨을 끊어버렸다. 나는 미키와 입술을 맞댄 채, 누나의 기억이 엄습하여 경련한 것이다. 왜냐하면 이 입맞춤이 몇해 전에 누나와 한 입맞춤과 똑같았으니까. 뒤에서 공포의 손아귀가 내 목을 졸랐다. 다음에 일어나는 일은—누나와의 경우에 그랬듯이—요란스러운, 온 세계가 경기를 일으킬 만한 웃음의 폭발이 아닐까? 그것은 끔찍한 일이었다. 만약 미키에게서 누나와 같은 웃음이 분출했더라면 내 심장은 간단히 멈춰버렸으리라…… 나는 미키의 입에서 떨어졌다. 미키는 입을 다물고 관처럼 길게 드러누워 있었다……

나는 일어나서 냉장고를 열고 차가운 토마토를 먹었다. 분명히 생각하고 싶지 않은 일이 있었다. 누나였다. 우유를 마시고, 크루아상을 먹고 신문을 읽고, 위 속에 녹지 않는 핵을 느껴가며 나는 '미대'를 찾아갔다. 이것이 나의 일과였다. '비자'는 아직 안 나왔습니까? 아직입니다, 하지만 머지않아 나오겠지요. 목하 본국에서 사무적인 절차가 진행 중입니다. 오후엔 수영장으로 헤엄을 치러 가기로 했다. 아무 생각도 하지 않을 수 있도록.

이번 여름, 난 이미 몇번이나 수영을 갔다. 6월 중순부터 하늘은 윤기 있게 벗어진 이마처럼 말갛게 개어 있었다. 태양은 뜨거운 숨을 뿜어대고 프라이팬 속보다 더 견디기 힘든 도심의 한여름이 일찌감치 찾아온 것이다. 호텔이 수영장을 개장한 날부터 나는 헤엄치러 갔다. 입에 남는 그 물맛, 머리카락에서 눈썹으로 떨어져내리는 물방울의 반짝임, 단번에 가슴을 말려놓는 금빛 햇살, 온몸의 근육으로 퍼져나가는 나른한 도취감, 그런 것들이 나를 사로잡았다. 나는 거의 매일같이 수영장으로 가 평균 1킬로미터를 헤엄쳤다. 대개는 혼자서. 미키더러 함께 가자고 할까 싶기도 했지만 그런 중상 후에 물속의 격렬한 움직임을 견딜 수 있을 것 같지 않았다. 그래서 오늘은 이와따에게 같이 가자고 해야겠다는 마음이 들었다. 하나는 미키 주변에 퍼져 있는 농후한 꿈과 같은 분위기로부터 잠시 멀어지기 위해서였고, 또 하나는 목하 '미대' 문제의 대책에 관하여 이 '안보' 시절의 동지에게 상의한다면 크게 도움이 되리라 싶어서였다. 옛날부터 이와따는 상황 판단이 정확하기로 정평이 나 있었다. 일찍이 '세포'의 캡틴으로서 핵산核酸적 역할을 오랫동안 한 적이 있는 남자였고, 그것은 안보 전, 내가 '요요기'[9]에 엉덩이를 향하고 통칭 LIC라는 조직을 만들고 나서 석달쯤 지나서였는데, 이와따도 결국 '요요기'의 세포를 내동댕이치고 우리 무리에 들어왔던 것이다. 그는 아마 나보다 다섯살 위였으니 지금은 스물아홉이다. 하지만 아무리 봐도 서른살 안쪽으로는 보이지 않았다. 몇년 전부터 그랬다. 키는 나와 비슷하고 여위었는데도 나보다 훨씬 몸집이 커 보이고 군대에서 다져진 듯한 강건함이 있었다. 말하자면 그것은 너무나 오랫동안 '요요기'라는 군대에 소속되어 있었기 때문이리라. 고등학교 2학년 때 입당을 했다니 어련할까? 그런 이와따도 '안보' 후에는 우리들 동료 대부분이 그러했듯이 일정 기간 허탈 상태(차라리 지적 탈수 상태라고 해야 할)를 거쳐 '마경'[10] 연구 생활에 스스로를 가두기 위해 대학원에 들어간다는 회복기를 지나, 마침내 지적인 건강을 되찾음과 동시에 『자본론』이라는 경전을 읊어대는 일에도 진저리가 난 지금은, 수리 계획이니, 이코노메트릭스, OR에 자동제어라고 하는 고급스러운 지적 유희에 빠져 있는 것이었다.

전화를 걸어보니 가고 싶다기에 나는 이세딴의 수영복 매장에서 만나기로 했다.

---

9 1960~70년대 학생운동이 일본공산당의 영향에서 벗어나면서, 당에 비판적인지 아닌지에 따라 급진적인 '반요요기파'와 온건한 '요요기파'로 나뉘었음. 당시 일본공산당 본부가 토오꾜오 요요기에 있던 데서 유래.

10 '마르크스 경전'의 줄임말. 마르크스 경제학을 뜻함.

"난 꽤 오랫동안 헤엄을 안 쳤거든. 안보 이래 처음 아닌가?" 하며 그는 수영복을 샀다.

그럴지도 모른다. 워낙 그해 여름엔 원풀이라도 하듯이 수영을 했었다. 우리들은 소또보오의 해수욕장을 '훑듯이' 다니며 여름을 보냈고 두번이나 등껍질이 벗겨졌다. 우리의 살갗 아래로는 검은 증오의 색소가 가라앉았다. 그리고 우리는 여름이 끝나면서 서로 얼굴도 제대로 바라보지 않고 헤어져버렸다. 하지만 성실한 이와따는 그후에도 철퇴 작전이라 칭하며 조직의 재건을 도모하고 있었다. 그것은 마치 파산을 선고받은 회사의 잔무 처리와 같았고 이와따는 마른 생선처럼 감정이 담기지 않은 얼굴로 몹시 사무적으로 활동하고 있었다. 이미 그를 매혹하는 환상 따위 아무것도 없었건만. 이것은 암흑 속에 앉아 LIC에 날마다 새로운 신화를 제공하던 사상적 신체神体, 다시 말해 남들이 이론적 지도자라 일컫던 내가 일찌감치 LIC로부터 도망하여 여자 속으로 실종되어버렸기 때문이었다.

이미 까마득한 옛날이야기. 사년이나 지나고 보니 이런 사건들의 단편은 내 기억의 풀pool 속 소녀의 하얀 발바닥처럼 살랑살랑 헤엄쳐 맴돌고, 그것은 지금도 놀랄 만큼 선명하지만 이미 나에게 속한 것이라고는 여겨지지 않는다. 하지만 '미대' 놈들에게야 그것은 틀림없이 나에게 속한 과거이고, 그 과거의 꼬리가 현재까지 연속적으로 뻗어 있음은 거의 도의적인 사실이라는 것이다. 당신은 일찍이 '코뮤니스트 파티'에 소속된 적이 없었습니까? 이것은 대단히 중대한 질문입니다. 잘 생각해서 정직하게 대답해주십시오.

당신의 대답이 사실에 반한다고 판명되는 경우엔 합중국 유학은 영구히 불가능해질지도 모릅니다……

"그것참, 핀치로군" 하고 이와따는 말했다. 우리는 '까리나'에서 까르보나라를 먹으면서 '미대' 대책을 협의했다. 이럴 때 새삼 목소리를 낮추어 거의 이 부딪는 소리만으로 이야기를 하고, 안경을 빛내며 생각에 잠기는 것이 이와따의 버릇이었다. 한물간 '계급적 경계심'이라는 것의 흔적이지. 그는 말했다.

"그런데, 너, 어째서 그때 '노'라고 한 거지? 그건 치명적으로 잘못한 거군."

"확실히 실수였어. I was once a member of Japan Communist Party, but…… 하고 갔어야 하는 건데."

"어쨌든 너나 나나 당시엔 당당히 '하따'[11]에 이름이 났었으니까. 넌 펜네임이었지만, 난 완전히 본명으로 논문을 낸 적도 있다니까."

"뭐, '미대'가 그럴 마음만 있다면 우리가 '페'[12]였다는 것쯤이야 한시간이면 알아낼걸. '공안'에게라도 문의하면 바로 탄로나버려. 하지만 우린 몇달 만에 '페'에서 쫓겨난 몸이니까, 뭐. 아마 제명처분 먹었을 때 '하따'에도 이름이 나오지 않았을까? 뭣보다, 그후에 우리가 엄청 맹렬하게 '안티요요기'에서 난리를 치고 다녔으니까 그걸 보면 우리 정체는 안티코뮤니스트였다고 착각해도 좋을 정도

---

11 일본공산당 기관지 『아까하따(赤旗)』.

12 '파벌' '당파' '정당' 등을 뜻하는 독일어 '파르타이'(Partei)의 머리글자 'p'를 독일어식으로 읽은 것.

였잖아. 우리들 LIC는 반공 활동에 몸 바친 애국주의자였다는 소리지. 견강부회일까요?"

"'미대'에서 거기까지 말할 수 있다면 너도 심장에 철판을 깐 거지. 하지만 놈들에게 그 당시 우리가 하던 일을 이해시키려 해봤자 무리야."

"그렇지. '안보' 무렵, 우리들은 지독한 '콘퓨전' 속에서 '안티 데모크라틱 포스' 및 '요요기 코뮤니스트'들과 힘겨운 싸움을 하고 있었습니다, 하고 말해봤자 놈들에겐 결국 패너틱한 '전학련'의 난리부르스라는 이미지밖에 떠오르지 않는 거지. 우리가 아무것도 아닌 것이 되어버린 이상, 무언가를 해치우고 나면 무엇이든 될 수 있다는 논리, 이 녀석이 놈들에겐 무엇보다 무섭고 이해할 수 없는 거거든. 지난번, T 대에 왔던 에번스라는 사회심리학자를 만났을 때, Are you a Marxist? 하고 묻더군. '노' 하고 대답해줬더니, Then, what are you? 하고 묻는 거야. 무례한 녀석이다 싶었지만, 그쪽에서 보자면 로지컬한 추궁이지. I am not what I *am*, but I'm what I *am not*이라고나 해줄까 싶었지만, 이런 근사한 말을 싸르트르조차 읽은 적 없는 촌뜨기가 알 리가 없지. 상대방은 요컨대 너는 무엇을 믿고 있는 거냐, 묻고 싶은 것인데 아무것도 믿고 있지도 않고 아무것에도 속해 있지 않다,라는 대답은 애당초 대답이라고 인정하지 않을 기세인 거지."

"I'm a nihilist라고 해두면 어떨까?"

"Oh, terrible! 했을걸. 니힐리스트, 무신론자, 이런 것은 인간이 아냐. 짐승만도 못하다는 거지."

"아나키스트."

"아아, 그건 코뮤니스트보다 백배는 나빠. 변질자, 살인광 같은 것들과 동종으로 보이거든. 코뮤니스트는 영악스러운 악당이지만 꾹 참고 이야기를 못할 것까진 없는 상대지. 그런데 아나키스트라고 하면 폭행, 살인, 파괴를 주의로 삼는 미치광이라고 생각하는 거야. 자진해서 아나키스트라는 둥 했다가는 이번 세기 안에 미국에 가긴 그른 거지. 그리고 호모섹슈얼, 싸디스트, 이건 절대 안돼."

"그래서 넌 에번스에게 뭐라고 했어?"

"저는 리버럴리스트예요, 했더니 좋아하던데."

우리는 어깨를 들썩이며 두마리 대머리수리처럼 웃고 홰에서 내려와 타까나와의 P 호텔 풀을 찾아갔다. 두개의 풀은 비교적 한산했다. 푸른 줄무늬 상의를 입은 밴드가 풀사이드 단 위에서 하와이언을 연주하고 있었다. 우리는 한바탕 헤엄을 치고 베란다로 올라가 콜라를 마시고 한번 더 수영하고는 로스트 치킨을 먹고 맥주를 마셨다. 풀사이드의 소란스러움과 교성은 점차 높아져갔다. 태양이 쾌적하여 우리는 베란다에 드러누워 일광욕을 했다. 썬글라스 속 태양은 얼굴을 찡그린 해바라기였다. 잠시 졸았다. 몸은 무색의 불꽃에 싸였고 그을린 피부는 광택이 흐르는 빵 껍질처럼 나의 내장 혹은 내 속의 유동성인 '시간'을 가두고 있었다. 눈을 감으니 눈꺼풀 안쪽에 밝은 장밋빛 스크린이 펼쳐지고, 눈을 더 꽉 감으니 그것은 검은 핏빛에서 시반屍斑색으로, 다시 힘을 빼니 희망을 닮은 오렌지색에서 진줏빛으로, 온갖 색으로 변했다. 세상은 나에게 친근한 미소를 보내고 여기 불타오르고 있는 것은 '현재'뿐이다. 때

때로 귓가에 찰싹찰싹 부드러운 소리가 지나가는 것은 소녀의 젖은 발바닥이 콘크리트를 밟고 지나가는 소리가 분명하다. 눈을 뜨고 내려다보니 풀사이드는 꽃밭 같았다.

오늘 오후, 풀에 가기 전에 미키네 집에 들렀다. 그녀는 석산 꽃빛 쇼트팬츠를 입고 썬글라스를 쓴 채, 테라스에서 일광욕을 하고 있었다. 등나무 의자 위에서 직각삼각형을 만들고 있는 기다란 다리와 보풀이 일어난 듯한 작은 머리 탓에 미키는 완전히 백인 소녀처럼 보였다. 나는 뽄뜨랴긴의 『The Mathematical Theory of Optimal Process』를 들고 있었는데, 그건 아침에 '미대'를 참배한 후, 이와따를 만나 돌려받은 것이었다. 미키는 말없이 내 손에서 책을 가져가더니 잠시 페이지를 넘겼다.

"뽄뜨랴긴의 『최대원리』네."

"알고 있어?"

"전에 '자동제어'니 '적응제어', '최적제어' 같은 걸 조금 한 적이 있으니까요."

"미키는 수학에 관해서는 전이랑 똑같구나. 그 부분 머리는 멀쩡해."

"그게 오히려 납득이 안되는 것 같아. 차라리 머릿속 전체가 엉망진창으로 망가져서 완전한 미치광이가 되어버리는 편이 나을 뻔했나봐요. 지금의 나는 가짜인 내가 가짜 재활을 해치우고, 죽을 때까지 원래의 나를 되돌려받지 못할 것 같은 기분이 들어…… 의식적으로 발광을 하는 건 불가능할까요?"

"가능할지도 모르지만, 그래가지고는 가짜 미치광이지. 명실상부한 미치광이가 되었다간, 이건 더이상 가짜 인간 같은 게 아니잖아. 인간 이하 수준으로 굴러떨어지는 거야."

"하지만, 내 경우, 잃어버린 기억을 되찾는다는 건, 끔찍한 얼굴 같은 걸 정면에서 보고 그 끔찍함을 못 이겨 미쳐버린다는 거 아닐까 싶어."

"그렇다면 미키는 옛날 일을 잃어버린 채 살아가야지. 어떤 텅 빈 구멍이라도 세월이 가면 유착이 되거든."

"그래도 파파는 존재하고 있는걸" 하며 미키는 허공을 바라보며 노래라도 부르는 듯한 말투로 말했다. 언어는 나에게 의미를 전달하러 찾아오는 대신, 해파리처럼 반투명한 '물체'가 되어 공중을 떠다녔다. 어미語尾의 떨림은 해파리가 늘어뜨린 실이 되어 나를 찔렀다. 어리석은 줄 알면서도 나는 묻지 않곤 못 견뎠다.

"파파를 만났어?"

미키는 썬글라스를 쓴 채 웃었기 때문에 웃음의 의미는 내게 불명료했다.

"만날 리가 없잖아요. 어떤 분인지도 전혀 모르는데."

"미키가 마음만 먹으면 파파를 찾아내서 만나는 건 간단하지. 만나고 싶어?"

"모르겠어" 하고 미키는 생각에 잠겨 고개를 저었다.

"이럴 때, 정신분석의라면 뭐라고 할까. 아마도, 역시 만나야 한다고 하겠지."

"당신은 어떻게 생각하죠? 나를 파파와 만나게 하고 싶어, 아니면 만나게 하고 싶지 않아?" 뒷부분은 내 가슴에 한발짝 내딛는 듯한 기세로 말하는 바람에 내 대답은 치명적으로 비틀거렸다.

"만나는 게 마땅하겠죠."

'마땅하다'라는 말을 써서는 안된다고 나는 말을 하면서 깨달았다. 미키는 마치 못 들었다는 듯이 내 목소리를 피하며 일어섰다.

"지금부터 수영하러 가는 거죠?" 미키는 이렇게 말하며 썬글라스를 벗더니 친근한 웃음을 띤 눈을 내게로 향했다. "나도 같이 수영하고 싶어. 데려가줘."

"수영할 수 있어?" '그 몸으로'라고는 하지 않았고, 미키는 들뜬 음성으로 잘라 말했다.

"수영할 수 있죠. 그렇게 놀랄 것까지야."

우리는 지하철을 타고 아까사까의 P 호텔로 갔다.

"수영복이 무슨 색?"

"흰색."

새하얀 비키니에 내 눈은 놀랐다. 미키의 피부는 몹시 희어서 흰 비키니를 입은 몸이 타오르는 열기 속에 서자 양초처럼 녹아버리는 건 아닐까 싶었다. 미키는 물을 두려워하지 않고 갑자기 크롤 수영을 시작했다. 해적선처럼(이라고, 미키는 노트 어디에선가 침대에 엎드린 자신을 형언하고 있었는데) 수면을 미끄러져가는 것을, 나는 감탄하며 바라보고 있었다. 이 하얀 배와 그 흰 항적은 너무나 환상적이었다. 팔을 들어올릴 때면 보이는 약간의 검은 털만 아니었다면 이건 완전한 환영이었을 것이다. 미키는 손쉽게 25미터를 헤엄치고 나서 발이 닿는 곳에서 물 위로 가슴을 내놓고 발을 굴러가며 나를 불렀다. 나는 출발대에서 뛰어들어 그런 미키를 향해 돌진했다. 하지만 이미 미키의 모습은 없고 그녀는 내가 스타트한 쪽으로 돌아와 있었다. 이런 짓을 두세번 반복하고 나서 나는 한발 앞서 풀사이드로 올라와 씽크로나이즈드 스위밍을 흉내 내며 수면으로 다리를 내밀기도 하고 있는 미키를 바라보았다.

나는 미키를 욕망하고 있었던 걸까? 알몸으로 내 눈 속을 헤엄치고 있는 미키는 나를 슬프게 만들었다. '슬픔'은 적당한 낱말이 아니지만 어쨌든 미키는 나의 내장을 간질이기도 하고 잡아당기기도 하는 것 같은 방식으로 나의 '대상'이 되어 있었다. 그것은 성적 만족을 위한 수단으로 내 주의를 끌었다기보다는 인식의 대상으로서 나를 도발하고 있었다. 나는 커다란 물고기 같은 '눈' 그 자체가 되어 미키를 먹어버리고 싶었다. 하지만 내가 의식(어쩌면 동경이라고 해야 할까?)을 분비하여 미키라고 하는 핵을 포획하려고 하면 미키는 재빨리 헤엄쳐 도망쳤다. 변환 자재인 여신처럼. 어떻게 하면 그녀를 소유할 수 있을까?

아주 조금 힘이 빠지기 시작한 오후의 태양을 배 위로 느끼며 우리는 풀사이드 의자에 늘어져 수다를 떨고 있었다. 3시와 4시 사이였다. 이야기를 하는 것은 주로 나였지만, 이건 어쩔 수 없는 일이었다. 미키의 세계는 아직 그 식蝕으로부터 회복되지 못한, 결락된 세계였으니 확신을 지니고 이야기할 수 있는 것이 지극히 적었기 때문이다. 문득 나는 우리가 처음 만났던 몇해 전 10월의 토요일에 미키 스스로 파파에 대해 이야기했던 것이 떠올랐다. "이야기해봐요." 미키는 얼굴 위에 모자를 올려놓은 채로 말했다. 그래서 나는 그날 일을 상세히 재현해보기로 했다.

"이건 밀고하면 안되는데" 하고 나는 농담처럼 밝은 어조로 먼저 말했다.

"그날, 나는 '에스키모'니 '후작' 같은 녀석들과 강도질을 하고 온 참이었거든. 미키와 만났을 때 지폐를 세고 있었잖아. 그래봤자 기억 못하겠지만…… 어쨌든 이건 사실이야. 연속 여섯건, 해치웠답니다. 육년 전 10월 신문 축쇄판이라도 조사해보면 이 사건이 실제로 일어났다는 사실, 그리고 그해 말에는 벼룩처럼 작아져서 미궁에 빠져버린 것을 알게 될걸."

"나쁜 사람."

나는 그 의미를 알아채기 어려워 미키의 모자를 들고 눈을 들여다보았다. 아무것도 담겨 있지 않았다. 미키는 다시 모자를 내려놓더니,

"얼마나 벌었어요?"

"전부해서 오만 팔천이백사십오 엔. 그 돈으로 요꼬하마에 가서 '마조'라든가 '님포마니아'라든가 '롤리타', 진기한 여자애들을 모아서 파티를 열었는데 거기 가는 도중에 미키가 휩쓸려 들어왔던 거야."

그리고 나는 미키에게 이야기를 시작했다. 여신의 발바닥 주름을 응시하면서 그 사건의 전말을 들려주었다. 내 입은 나쁜 피 같은 수치와 암흑을 이야기하려 했건만 나오는 말들은 여름 햇볕을 만난 꿀처럼 투명해지고, 그것은 불행한 모험의 뜨거운 노래가 된

다. 나는 3시와 4시 사이에서 트루바두르[13]였다. 미키는 가녀린 목을 기울이고, 무릎을 안은 채 듣고 있었다.

"이 스타킹, 빨아둔 거야?" 하고 '에스키모'가 말했다. 나는 코앞에서 그것을 잡아당겨보았다. 여자 다리 모양을 한 동물의 허물. 벗겨진 살갗 냄새를 맡았다고 생각한 것은 코의 착각이었다.

"응, 새로 빤 거야."

"누구 건데?" 하고 '후작'이 말했다.

그건 그날 아침, 우리 집에 하숙하고 있던 '작가'가 준 것이었다. 몇달 전, 이 여대생의 단편소설이 어느 잡지의 소설 공모에 입선해서 이름이 알려질 때부터 나는 하숙생들과 함께 그녀를 가리켜 '작가'라고 하는, 살짝 야유 섞인 닉네임으로 부르게 되었는데, 그녀는 하얀 이과 호기심을 함께 드러내며,

"구두라도 닦으려고?"

"복면으로 쓰려고요."

"그러면 깨끗한 걸 줄게. 왜 복면을 하는데?"

"실은 강도질을 해볼 생각이야."

"어째서 강도질을?"

"패거리가 다들 열일곱살이 되었으니 그 기념으로 크레이지 파티를 열까 싶거든요."

"그 비용?"

13 중세 유럽의 서정시인이자 작곡가, 가수.

"뭐, 돈도 필요해. 돈이 없는 거랑 병에 걸리는 것, 이건 인간 최대의 죄악이야. 만일 괜찮으시다면 돈이야 '작가'에게 빌려도 좋겠지만, 그래도 강도는 해야지. 오래전부터 계획을 세우고 모두들 소풍처럼 기다려왔으니까요."

"몇켤레 필요해?"

"사인분."

'작가'는 입을 다문 채 눈으로 웃고 있었는데 그 웃음을 만나면 나는 하이에나 같은 것이 발바닥을 핥고 있는 듯한 기분이 든다. 더구나 '작가'는, 어쨌든 열일곱이면 황금기지, 하는 감상까지 덤으로 덧붙이는 것이었다.

'에스키모'와 츠또무, '후작'과 나, 네마리 가짜 늑대들은 저마다 나는 늑대야, 하고 주문을 외워가며 등줄기에 물결치는 모래색 털에 태양을 받아가며 언덕에 올랐다. '에스키모'가 먼저 스타킹을 써 보였다. 나는 '에스키모'에게 일어난 기괴한 변모를 보고 소리를 질렀다. 이미 그는 인간이 아니라 추상적인 괴물이다. '에스키모'를 둘러싼 나머지 세사람은 뒤집어졌다.

"뭐야?"

"너, 엄청 추물이야" 하고 나는 말했다. 그러자 '에스키모'는 두 팔을 치켜들고 프랑켄슈타인처럼 비척비척 걸어 보였다. 눈앞에서 그는 꼴불견 인조인간으로 변했다. 나도 스타킹을 뒤집어썼다. 그것은 단박에 내 피부에 들러붙었고 내 피부 그 자체가 되어 그것을 통해 또다른 세상이 보였다. 외설스러운 거리는 원근감을 잃고 한 장의 동판화로 변했다. 내 황금기의 태양은 서쪽 하늘로 굴러가고 있었다. 부드러워 보이는 금색 공, 그것은 정자가 꽉 들어찬 내 불알 한쪽과 얼마나 닮아 있었던가? 분노에 시달리던 나는 이제 멋들어진 늑대였다. 피가 끓고 입은 귀까지 찢어졌으며 눈은 녹색으로 번뜩였다. 우리는 서로의 얼굴을 바라보며 각자가 늑대가 되어 있다는 사실을 확인했다. 츠또무만이 백일홍 나무 아래 서서 민얼굴로 우리를 응시하고 있었다.

"츠또무, 너도 해봐."

"됐어, 난 됐어."

"맞아, 넌 안경을 끼고 있어서 말이야" 하고 '에스키모'가 말했다. 츠또무는 이마에 핏대를 세웠다.

"너희들, 진짜 하는 거야?"

"어어, 지금부터 습격이야."

"모르겠네."

"그런 짓을 하는 피, 피, 피, 필연성을 너는 모르겠다, 이거지?" 하고 '후작'이 도발적으로 말했다. 츠또무는 우리 패거리에서는 '뇌가 있는 지성'이었고, 툭하면 '필연성'이라는 말을 입에 담았기 때문에 다른 녀석들은 츠또무가 없는 곳에서는 일부러 피, 피, 피 하고 더듬고 나서 외설스러운 은어처럼 이 낱말을 발음하곤 했는데, '후작'은 지금 그걸 당사자 앞에서 해 보인 것이었다. 우리는 나일론으로 된 늑대 얼굴로 츠또무를 둘러싸고 여차하면 동족상잔이라도 할 듯한 기세를 보여주었다. 츠또무의 두꺼운 안경 아래 순한 눈에 물기가 어렸고 반항의 표시로 콧구멍이 커졌다.

그 언덕 아래엔 R 여학교 운동장이 펼쳐져 있었다. 적포도주색 테니스 코트라든가 농구 코트를 뛰어다니고 있는, 땀과 솜털로 뒤덮인 천사들이 보였다.

맑게 갠 10월 오후, 언덕 위에서 그런 광경을 보고 있자니 눈에 눈물이 아닌, 무언가 말간 장액漿液이 넘쳐나오는 듯한 느낌이 나를 엄습했다. 밝은 햇살 속에 확실한 그림자를 드리우며 나무 열매처럼 통통 튀어다니고 있는 소녀들의 세계는 나로부터 무한히 멀다. 추방당한 한마리 도깨비로서 하계를 내려다보는 버릇이 어느새 나는 몸에 익어버렸다. 저 근사한 허벅지를 드러낸 천사들이 실은 너저분한 쥐 새끼에 불과하다 한들 내 처지가 그다지 나아질 일은 없다. 무릎을 안고 앉아 눈부신 적토 위의 일상을 바라보면서 나는 여기 보이는 것이 모두 가짜라고 믿어보려 노력했다. 하지만 가짜는 오히려 내 쪽 아니었을까?

"자, 나가자" 하고 나는 커다란 음성으로 출격을 재촉했다. "유니폼은 다 갖춰입었지?"

혐오와 굴욕으로 검게 번질대는 고교 제복을 이날은 굳이 입기로 했던 것이다. 그래서 나는 바지에 다림질을 하고 정성껏 솔질까지 해두었다. 소맷부리에는 두줄의 흰 선을 둘러 투명 테이프로 고정했는데 이건 어디 다른 고등학교 학생으로 둔갑해 범행을 전가하기 위해서는 아니었다. 명실상부한 고등학생임을 알리기 위한 조처였다. 이렇게 우리는 성장盛裝을 하고 있었다. 인간은 범죄를 저지를 때는 정중하게 차려입는 것이 옳다. 이것은 '작가'의 의견이었다. 하려거든 제대로 제복을 입고 하시지, 하고 '작가'는 말했다.

자동차는 내가 준비하기로 되어 있었다. 내가 점찍어둔 것은 이

웃집 젊은 주민의 애마였는데 이 청년을 나와 작가는 '매독'이라 부르고 있었다. 그는 이 현란한 이름에 어울리는 꽃빛 얼굴에 섬세한 손을 지닌 미청년으로, 갑부인 지주의 날라리 아들이었다. 그리고 과도한 여성 편력 덕에 매독이 옮아 한때 병원 출입을 하고 있었는데, 그 '매독'이라고 하는 것이 여성 그 자체의 음습한 독성에서 오는 질병이라도 되는 듯 저주를 퍼부으며 지독한 페시미즘에 빠져 있던 이 청년에게 '작가'는 '매독'이라는 아름다운 이름을 증정했던 것이다. 실제로 그는 스피로헤타처럼 아름다운 청년이었다.

언덕을 내려와 나만 집으로 되돌아갔고 옆집 차고에서 '매독'의 애마, 최근 그가 알고 지내는 깡패와 관련된 꽤나 수상쩍은 루트를 통해 십만 엔에 손에 넣었다는 1953년형 크라이슬러, 검은 코뿔소처럼 튼튼하고 음울한, 그리고 창이 높고 좁아 이제는 영구차나 죄수호송용 차량에나 어울릴 끔찍하게 낡은 차를 무단으로 빌려 언덕 아래 까페에서 주스를 마시며 기다리던 동료들을 태웠다. 모두들 명랑했다. 물론 그것은 수면제나 정신안정제가 불러온 명랑함이었다. 차 안에는 늑대의 체취가 가득 찼다. 실은 이 나이 또래 소년 특유의, 여드름과 땀과 충혈된 관념의 냄새에 불과했지만.

자, 여기서 차를 달리기 전에 나는 이 친구들을 소개해둬야 할 것이다. 왜냐하면 이 이야기를 운전하는 것은 나이고, 결국 도중에 그들은 질주하는 차에서 시체처럼 내팽개쳐지게 되겠지만 그래도 그들의 얼굴을 일별해두는 것은 운전수의 의무이기 때문이다.

츠또무는 우리 패거리의 치부였다. 요컨대 그는 그놈의 양심이라는 것 때문에, 너무나 자주 속옷 옆으로 삐져나온 음모만큼이나 우스꽝스러운 존재가 되곤 하는 것이다. 그가 나에게 접근해온 이유는, 내가 지적인 영역에서 무언가를 이루어낼 수 있다는 대단한 자기도취를 지녔고, 독기로 가득 찬 태양 빛을 열광적으로 사랑하는 인간이었기 때문임이 분명하다. 이 처음 요소는 왜소하나마 그의 내부에도 있었지만 나중 것은 그에겐 완전히 결핍되어 있었다. 그는 내가 암흑세계의 반反태양 같은 것을 자신의 태양으로 삼고 있는 것에 대해 원한 어린 선망을 품고 있는 모양이었다. 그래서 스스로는 아무것도 하지 않는 옵저버 자격으로 그는 우리들 사이에 끼어들었고 '내적 모럴'이라는 둥 '사회성'이라는 둥, 기가 찰 정도로 개떡 같은 성실 진보파의 애용어들을 꺼내들고는 자주 우리의 막된 짓들을 물어뜯었다. 우리가 반항하는 인간으로서의 악당이라는 사실에는 원칙적으로 찬성할 수밖에 없었지만 견유파 같은 언행은 참을 수가 없다는 것이었다. 중학 시절에 농구 선수였다는데 동작에 유연성이라곤 없었다. 여자애들 앞에서는 '문화인', 특히 '진보적 지식인'이라 일컬어지는 인간 특유의 조용한 설득 조로 이야기했다. 어쨌든 나 자신은 츠또무가 블랙 유머를 이해하지 못한다는 점을 제외하면 그의 모든 '악덕'에 비교적 너그러웠다. 부친은 지방재판소의 판사. 다음으로 '후작'이란 말할 것도 없이 싸드 후작으로부터 얻어온 닉네임이다. 그의 아버지는 K 대학 의대 교수이며 부자였고, '후작' 자신도 양갓집 자제답게 늘씬한 흰 얼굴의 귀공자라는 모습을 갖추고 있었지만, 지나치게 큰 눈과 아프리카 조각상처럼 널찍한 귀, 그리고 뾰족한 얼굴에서 받는 인상이 묘하게 앱노멀abnormal하듯이, 사실 그는 자칭 싸디스트였다. 그 당시 T. S. 씨 번역으로 서점에 나와 있던 조악한 제본의 싸드 선집이 그의 성서였으며, (나 자신도 '후작'에게 빌려 숙독하고 있었지만) 그것은 책 주인이 얼마나 어루만지고 몇번이나 읽었는지 손때가 새까맣게 묻고 온통 짐승 가죽처럼 보풀이 일었을 정도였다. 어떤 여자라도 이렇게 사랑을 받았다가는 끝내는 살과 뼈가 닳아 없어져버릴 것이 분명한데 싸드 후작의 책은 '후작'의 말을 빌자면 닳고 닳도록 읽으면 읽을수록 견고한 논리의 골격이 드러난다는 것이었고, 그런 까닭에 그는 성자 싸드에게 홀려 있었던 것이다. 그러니 그 자신은 지적인, 다시 말해 순정한 싸디스트를 자인하고 있었고 여자를 상대로 한 채찍질, 결박, 관장 같은 통속적인 싸디즘 의식에는 격렬한 경멸을 표명했다. 살인, 그것도 대량학살의 관념을 그는 머릿속에서 배양했고 포도상구균처럼 번식시키고 있었던 것이다. 하지만 결국 그는 내가 보기엔 적지 않게 유치한, 새까만 암살자 복장을 즐겨 하는 소년에 불과했다. 그는 학생복을 어딘가 중국옷처럼 차려입었다. 그래서 여자애들 사이에선 인기가 없지 않았으나 여자애들과 이야기를 할 때는 썩은 생선이라도 보는 듯한 눈으로 상대를 바라보며 정중하지만 신랄한 말투를 썼다.

'에스키모'. 신장 170쎈티미터, 체중 78킬로그램. 여름 태양 아래의 이딸리아 남자처럼 유쾌하고 뻔뻔스러운 녀석이다. 얼굴은 희고 여자처럼 부풀어 있는 가슴에는 까만 털이 빽빽하게 나 있었다. 고교 1학년 봄, '에스키모'의 체격과 엄청난 가슴 털에 주목한 씨름부에서 들어오라고 권유했을 때, 벌거벗고 씨름판에 오르긴 했지만 너무 쉽사리 굴러떨어지는 바람에 의외로 쇠약한 근력을 폭로했으나, 그의 말로는, 오히려 제가 한방 먹인 거라고 했다. 그런 야비한 격투 따위는 나에겐 어울리지 않으니까 말이야,라는 거였다. 게다가 '에스키모'는 스포츠를 별로 좋아하지 않았다. 얼핏 보아 레슬러 같은 체격이었던 것은 엄청나게 고기를 먹어댔기 때문일 뿐. 사실은 고기만을 먹었다. 그는 에스키모의 식생활에 공명하고 있었다. 초등학교 5학년 때부터 일찌감치 털이 나기 시작해서 어설프나마 부모에게 남성의 존엄과 독립을 주장할 수 있게 된 이래 육류, 그것도 날고기를 주식으로 삼는 에스키모풍의 생활을 실천해왔던 것이다. 그의 삼촌은 H 어업 계열 F 식품 사장으로, 각종 동물의 고기를 통조림으로 만들기 전에 시식할 기회가 많았기 때문에 캥거루라든가 바다거북은 물론이고 아프리카 코끼리라든가 비단뱀에 이르기까지 안 먹어본 것이 없다고 했다. 이 삼촌의 영향으로 '에스키모' 자신도 동물의 고기라면 가리지 않고 태연히 입에 넣는 악식惡食 행자의 풍격을 갖추었는데, 그렇다고 악식만 하는 것도 아닌 듯했다. 무엇보다 생식을 좋아했던 것뿐이다. 날고기를 입에 넣으면 그는 잘 발달한 이로 섬유를 씹어 풀어내고 선홍색 혀를 움직여가며 그 동물의 맛을 충분히 음미했다. 어쨌든 진화의 나무를 아래로 향해가는 악식 탐험가와, 원숭이로부터 마침내 영장목 호모 사피엔스로 기어올라가는 잠재적 인육 기호가의 중간에 있어서, '에스키모'는 날쇠고기, 냉동 고래 꼬릿살, 아귀 이외의 어류와 새우, 게 종류, 조류의 날내장 등을 주로 먹었다. 점심시간이면 도시락을 들고 학교 정문 옆 푸줏간에서 쇠고기 우둔살을 사다가 사분의 일 파운드의 버터를 짬짬이 갉아가며 소금 후추를 친 날고기를 먹었다. 그리고 "날고기를 먹으면 비타민 C 걱정은 안해도 되긴 하지만. 혹시나 싶어서"라며 비타민 C 정제도 먹었다. 물론 이런 반문명적 식생활은 처음엔 클래스 여학생들의 빈축을 샀지만 오래지 않아 여자애들은 북극권에서 찾아온 진기한 짐승이라도 보듯이 '에스키모'를 보게 되었고 마침내 이 사랑스러운 육식동물은 그녀들 사이에서 아이돌이 되어 점심시간이면 용돈을 모아 푸줏간 앞으로 달려가는 여자아이가 보일 정도였다. 하지만 어느날, 내 앞에 앉는 여자아이가 살아 있는 토끼를 체육복 주머니에 담아 교실에 들고 왔다. '에스키모'와 나는 싸디스틱한 눈으로 지켜보며 과장된 비명을 질러대는 여자아이들이 둘러싼 가운데 토끼를 교수형에 처했다. 곧장 사체 해부로 넘어가 등산 나이프로 칼질을 한 '에스키모'는, 아직 따스한 내장을 입에 넣었다. 한참 그러고 있는데 누가 밀고를 한 것인지 '안짱다리' 또는 '빨간 도깨비'라 불리는 체육 선생이 나타났다. "뭐 하고 있는 거냐?" "생물 해부실험입니다." "뭐라고? 내가 멍청이로 보이냐?" "천만에요." "너, 그걸 먹고 있었잖아?" "먹으면 안되나요?"라고 말하며 '에스키모'는 암자색 작은창자를 끄집어내더니 손가락으로 찢어 입에 넣었다. "맛있어요. 어때요, 선생님도?" "닥쳐. 손 씻고 교무실로 와." 결국 이야기는 '에스키모'의 잔혹 행위에서 날고기 상식常食에까지 이르렀고, 그는 하마터면 일종의 변태로서 퇴학당할 뻔했다. 마르크스주의자인 젊은 세계사 선생이 날고기 상식이 자연에 반하는 것이 아님을 역설하고 사팔뜨기 영어 선생도 '에스키모'가 싸디스트적 경향이라곤 전혀 없는 건강하고 명랑한 소년임을 강조한 덕분에 '학부형에게 엄중히 경고'하는 것으로 처분이 끝났다. 이 사건 이후, 여자애들은 '에스키모'의 식사에 대한 관심을 잃었고 '에스키모'는 점심시간이면 혼자서 푸줏간에 가서 청승맞게 날쇠고기를 먹고 있었다. 하지만 '에스키모'의 또다른 면이 교사들에게 알려져 있었더라면 '유물사관'—우리는 세계사 선생을 이렇게 불렀는데—이나 담임인 '사팔뜨기'도 '에스키모'를 변호하진 않았을 것이다. 나는 '에스키모'의 육식성과 함께 이런 일면도 사랑하고 있었는데, '에스키모'처럼 고기만을—날고기인지 어떤지 모르겠지만—탐식하며 살고 있다고 스스로 말하던, 고속 윤전기 속도로 포르노를 대량생산하고 있는 작가 S. S. 씨와 마찬가지로 '에스키모'는 엄청난 '섹스 머신'이었다. 요컨대 일일 최고 한 다스 이상이라는 횟수를 뽐내가며, 평균적으로 반 다스, 그 이하로는 에너지가 울적되어 때로 콧구멍으로 피를 토하기도 한다는 종류의 성적 초능력자인 것이다. 이 이야기를 믿는 인간이 얼마나 있었는지는 잘 모르겠다. 어쨌든 나이 열일곱살에 '에스키모'는 수십명의 창녀들을 알고 있었다. 그밖에 공짜인 여자도 열명쯤 있었고 그 가운데 몇명과는 수시로 사용 가능한 관계를 유지하고 있었던 듯하다. 나도 그 여자들을 잘 알고 있었는데 "원한다면 언제라도 써줘" 하고 열심히 권하는 것이 '에스키모'식의 우정 표현이었고, 나도 드물지 않게 그 우정을 받아들이곤 했다. 내가 '썼던' 여자 가운데 하나는 나를 사랑해버렸다. 하지만 나 자신은 튼실한 정신을 지니고 있어서, 여자의 사랑이나 정념이 귀여운 새의 모습을 하고 그 주둥이로 나의 정신을 찍어대는 것을 허락하지 않았다. 이 점에서는 '에스키모'도 마찬가지였다. 그는 여자를 사랑한다고 하는 병적인 자질로부터 완전히 자유로운 사내로 보였다. 온 세상 암꽃술에 무차별 폭격을 가하는 한마리 황금빛 벌이 되어 사는 것이 '에스키모'의 희망이었다. 아니, 희망이라 할 순 없다. 이것은 절망에서 생겨난 에너지의 경련운동의 일례라고나 해야 하지 않을까?

어쨌든 '에스키모'는 큼지막한 몸으로 조수석에 올라탔다.

"약, 샀냐?"

"어, 아까 먹어뒀어. 그치, 츠또무?" 하며 '에스키모'가 더없이 명랑하게 말했다.

츠또무는 손안의 '하이미날' 상자를 내게 보였다.

"너도 어때?" 하며 조수석의 '에스키모'가 무릎 사이로 나에게 보여준 것은 카페인이 든 리키그린이었다. "맘먹고 할 바에야 머리를 확실히 깨워둬야지. 츠또무만 하이미날 먹였어. 그놈은 차라리 자고 있는 게 나을 거야. 어이, '후작', 아까 산 『육법전서』 이리 줘."

아오오메 도로를 달리고 있는 차 안에서 '에스키모'는 『육법전서』를 펼치더니 형법 제36장을 낭독하기 시작했다.

"'절도 및 강도 죄'. 알겠지? '및'이라고. '제236조. 폭행 또는 협박으로 타인의 재물을 갈취한 자는 강도 죄로 5년 이상의 유기징역에 처한다.' 헤에, 의외로 중형이네. '제237조. 강도할 목적으로 이를 예비한 자는 2년 이하의 징역에 처한다.' 바로 지금 우리는 그 예비를 하고 있는 거지. 2년 이하란다. 준강도라고 하는 게 있구먼. '제238조.' 예컨대 '사후강도. 혼수강도.'"

"혼수강도라는 게 뭐냐?"

"'사람을 혼수상태에 빠뜨리고 그 재물을 취득하는 자'를 말하지. '강도로 논한다'라는 거야. 최고는 강도·강간치사라는 거네. '이로써 부녀자를 죽음에 이르게 했을 때는 사형 또는 무기징역에 처한다.' 이게 최고네."

"강간이 최고지." 츠또무가 중얼거렸다.

우리는 소리를 죽이고 비둘기 우는 소리로 웃었다. 무엇보다 이렇게 유쾌한 범죄 교과서는 없다. 실로 다종다양한 범죄가 쇼윈도우 속에 진열되어 있어서 그 각각에 벌이라는 가격표가 붙어 있는 것이다. 범행에 있어 그것을 제대로 알고 있는 것이 중요하다. 우리는 (아마 츠또무를 제외하곤) 아무도 죄의식이라는 것을 믿지 않았던 반면, 제대로 갈아놓은 칼날 같은 범죄의식을 지니고 있었다. 어른들이 만든 규칙의 그물망을 능란하게 빠져나가보는 것이 이 게임의 룰이었다.

"강간이 최고지." 다시 한번 츠또무가 노래하듯 말했다. "나는 강간 말고는 여자랑 잘 맘이 없어."

"그랬다간 넌 일흔살 되도록 동정일걸." '후작'이 냉엄한 음성으로 단정했다. 그는 이런 식으로 이따금 입바른 소리를 즐겼다.

"그만해라, '후작'. 너도 정확히 말하면 아직 동정이잖아. 근데 이 근방에 우리 학교 교장 집이 있을 텐데." '에스키모'가 말했다. "우리 형을 H 대학에 뒷구멍 입학시키려고 아버지하고 형이랑 셋이서 교장 집에 간 적이 있거든. 교장의 옛날 친구 중에 H 대학 이사를 하는 놈이 있으니까 말을 잘해주겠다는 거였어. 작년 말이었는데 아마 삼만 엔 정도 싸들고 갔을걸."

"그래서 기어들어갔냐?"

"안되더라고. 나중에 교장이 만 엔 돌려주던데."

나는 그때 단호히 말했다.

"교장 집에 들어가자."

"나, 기분이 이상해졌어." 츠또무는 수면제가 스며든 혀로 그렇게 말하더니 등받이에 기댄 머리를 장난감 호랑이처럼 흔들흔들했다.

"토할 것 같으냐?"

"차갑고 바람이 잘 통하는 곳으로 가고 싶어."

"츠또무는 차 안에서 쉬고 있어" 하고 말하면서 나는 그때야 우리가 뭐 하나 변변한 무기다운 무기가 없다는 사실로 머리가 가득 찼다. 다들 그 생각을 안한 건 아닐 텐데 누구 하나 흉기를 들고 있는 낌새는 없었고 무모하게도 빈손으로 남의 요새에 밀고 들어가는 것으로 용감함을 보이려 드는 것 같았다.

실제로 나는 권총이라든가 칼 뒤로 몸을 감추고 남을 겁주는 것은 얼간이 같다고 생각했다. 여자 다리에서 벗겨낸 반투명 껍질을 뒤집어쓴 기묘한 추상 인간으로서 선량한 인간 앞에 나타나서 그들의 의식을 평온무사한 생활로부터 끄집어내야 하는 것이다. 다시 말해 이런 거다, 바지런히 저녁 준비를 하고 있는 주부는 홀연히 집 안으로 침입해 들어온 우주인들에게 둘러싸이는 것만으로도 질겁한 나머지 시선도 침처럼 흘러내릴 것이고 우리 우주인들이 와악하며 일제히 손만 내밀어도 청개구리처럼 피가 얼어붙어 기절해버린다. 우리는 그러길 바랐다. 무엇 때문에 무기가 필요한가? 만약 그래도 필요하다면 우리는 바지의 창을 열어 장미색 포신을 꺼내놓고 그들을 둘러싸면 되리라. 하지만 기울어진 태양 빛을 받으며 모두들 얼굴이 주름진 레몬 같아 보였다.

나는 어떤 미술대학 근처 절 옆에 차를 세웠다. 수백개의 묘비가 난쟁이 나라의 마천루처럼 늘어서 있었다.

"누구, 장난감 총 같은 거라도 없냐?" 하고 '후작'이 마침내 침묵의 봉인을 뜯었다.

"장난감이라면," 츠또무가 말했다. "소리 하난 요란한 놈이 있지, 짭새들이 들고 다니는 S&W 리볼버랑 똑같아."

"그거 좋네. 나한테 넘겨" 하고 '후작'이 말했고 '에스키모'는,

"난 과일칼이야."

"넌?" 하고 '후작'이 나에게 물었다.

"아무것도 없는데."

"뭔 소리야? '매독'이 최근에 베레타 오토매틱을 손에 넣었다면서? 못 빌린 거야?"

"안돼. '매독'은 안 빌려줘. 게다가 그건 베레타가 아니던데, 별 볼 일 없는 수제품이더라고. 소리만 엄청 크지, 총알은 나오다 말다 하고 발사할 때마다 분해되어버릴 것 같아. 됐어, 난 아무것도 필요 없어. 절대 사람을 다치게 하고 싶지 않아. '휴머니스트'거든."

나는 일부러 바보 같은 어조로 모두를 웃겨 분위기 띄우기에 성공했다.

"최대한 휴머니스트하게 갑시다!" '에스키모'가 말했다. "좋잖

아, 상냥하고 예의 바른 강도." 초인종을 누르자마자 우리는 재빨리 스타킹을 뒤집어썼다. 사람이 나와 안에서 자물쇠를 여는 기척과 동시에 우리는 좌우로 열리는 유리문을 어깨로 밀치며 침입했다. 낯선 여자의 얼굴과 머리가 보였다. 비명 같은 걸 들었지만 그것은 내 머릿속에서 몇가지 관념이 금속 조각처럼 맞부딪히는 소리였을지도 모른다. 상대방은 새된 소리로 우리가 누구인지를 묻는 모양이었지만 거의 의미를 알 수 없었다.

한 쉰살 정도 되는, 주부이며 엄마 이외의 아무것도 아닌 여자. 요컨대 가장 불쾌한 생물이었다. 입안의 음식물을 완전히 삼키지도 않은 채 현관으로 나온 이 여자는 무의식중에 되새김질을 하고 있었다. 완전히 원숭이다. 그걸 본 나는 지극히 안정되어 마음 착한 목사의 말투로 말했다.

"모르세요?"

"말하자면 강도예요" 하고 '에스키모'가 말했다.

'후작'이 등에 장난감 S&W를 들이대자 여자의 혀가 입천장에 올라붙는 것을 알 수 있었다.

"이거, 장난감 같아요? 장난감일지도 모르겠네. 시험 삼아 방아쇠를 당겨볼까요?" '후작'이 말했다.

난 즐거워져서 뭐라 추임새를 넣어보라고 '에스키모'를 부추겼다. '에스키모'가,

"우린 말이야, 어제 '네리깐'[14]에서 도망쳐나왔는데 좀 놀다가

14 '토오꾜오 소년감별소(東京少年鑑別所)'의 속어. 네리마 구에 위치함.

'네리깐'으로 도로 들어갈 생각이야. 그래서 돈을 좀 줬으면 좋겠는데. 알아듣겠지?"

"'네리깐'이 뭔지는 아시고 계시겠지요?" 나는 극존칭을 썼다.

"엄마." 안에서 남자 목소리가 들렸다.

"이런, 겁나네."

"아드님이신가요?"

"올해 대학에 들어간 둘째……"

"일단 안으로 안내를 좀 해주시지요."

우리는 반짝이게 닦아둔 구두 소리를 내가며 복도를 행진했고 거실 쪽으로 들어가려다가 교복을 입은 청년과 마주쳤다. 부딪힌 것이 78킬로그램의 '에스키모'였던 고로 청년은 말라빠진 강아지처럼 주저앉아버렸다. 그리고 서둘러 (내겐 그렇게 보였는데) 정기권 지갑에서 잘 접힌 천 엔 지폐를 끄집어내더니,

"자, 이걸 줄 테니까……"

"돌아가달라고?" 나는 뜨거운 아연 막대기 같은 굴욕에 관통당했고 분노 때문에 눈 속까지 피가 흘러넘치는 것을 느꼈다. 혀는 질긴 실로 위턱에 꿰매어져 움직이지 않았다. 눈앞의 타인을 목 졸라 죽이지 않도록 나는 타따미 위에 주저앉아 더러운 천 엔 지폐를 천천히 찢어발겼다. 주위를 둘러보니 그곳은 타인의 private한 생활의 한 부분이었고 여성의 private parts가 그렇듯 더없이 추악한 광경이었다. 실수로라도 남의 집 거실 같은 데 침입해선 안되는 것이었다. 먹다 만 그릇, 뚜껑이 열린 냄비, 타인의 생활이 남긴 때가 묻어 검게 번쩍이는 가전제품, 이것들 모두가 지독한 외설스러움

으로 내게 달려들었다. 구토가 치밀었다. 그리고 나와 마찬가지로 교복을 입은 그 예의 바른 청년 앞에서 나는 악성종양처럼 고름을 뿜으며 쓰러질 것 같았다.

"돈은 줄게, 이상한 짓은 하지 말아줘. 정말, 돈은 있는 대로 다 가져가도 되니까."

상대방은 설득 조로 말했지만 음성은 우습게도 상기되어 있었다. 그래서 나는 다소 위엄을 되찾았다. 그래도 상대의 얼굴을 바라볼 수는 없었다. 나는 학생의 뒤로 돌아가 '리스트 록'을 걸어 팔이 어깨뼈에 닿을 정도로 비틀어올려 고정했다.

"아프냐? 참아줘" 하고 '에스키모'는 친근하게 말했다. "현금 좀 없어? 이 정도 피해로는 오히려 너희들께서 창피하시지 않으시겠습니까?"

"그거, 내어주렴, 있잖아, 찻장 제일 윗서랍에 있는 마사꼬의……"

"엄마, 그건……"

"어떤 사정이 있는 돈인가요, 그건?"

"닥쳐." '후작'의 관자놀이에 푸른 용과 같은 혈관이 뻗쳐올라가는 것이 보였다.

"집안 사정 따위 듣고 싶지 않아. 됐으니까 그 돈 빨리 내놔."

"엄마는 건드리지 말아줘." 아들이 용기를 내어 말했기 때문에 '후작'은 요란한 소리를 내며 아들 얼굴에 침덩어리를 명중시켰다. "이런 효자와 어머니는 과일칼로 똥구멍을 도려내줘야 돼."

"됐어, 됐어." '에스키모'가 달랬다.

"그래도 말이야, 나는 이런 선량한 시민을 상대로 연설하는 건 지긋지긋해. 얼른 좀 내빼면 안될까?"

"잠깐만 기다려." 나는 친구들에게 말하고 변소에 들어갔다. 뻔뻔스럽게 태연함을 나타내기 위해서도 아니었고 피해자에게 설교를 늘어놓고 똥까지 싸고 도망갔다는 전설적인 강도를 흉내 내고 싶어서도 아니었다. (물론 그 교장 집 마루 위에 묵직한 '소라' 형태로 똥을 싸는 것은 실로 쉬르레알리스뜨풍이라고 말할 수 있겠지만.) 나는 단지 잠시라도 혼자가 되고 싶었던 것이다. 깊은 무력감 때문에 마치 내 창자가 모조리 복강 아래쪽으로 쓸려내려가 모래시계 속 모래처럼 조금씩 빠져나오는 것 아닐까 싶은 지경이었다. 나는 만성 설사 환자처럼 변소로 뛰어들었다. 그런데 수세식이 아니었다. 나는 토하기 시작하면서 이를 알아챘고 어두운 구멍 아래서 꿈틀거리는 타인의 존재의 내용물과 구더기 떼를 보면서 다시 토했다. 위장은 고통스럽게 꿈틀거렸지만 실제로는 거의 토해내는 것이 없었다. 나는 혀를 늘어뜨리고 신음했다. 그 끔찍한 구멍을 보며, 나는 싸드 후작이 『소돔 120일』의 등장인물 중 하나인 뀌르발 의장의 똥구멍을 이 똥이 가득한 변기 구멍과 똑같이 묘사했다는 사실을 떠올렸다. 그때 아마도 나는 변기 구멍을 통해 타인이라고 하는 것의 내용물을 들여다본 것인지도 모르지만 뒷날 '에스키모'는 나의 구토에 대해, 시집살이가 견딜 수 없어지는 며느리는 먼저 그 집 변소 냄새를 못 참게 된다는 통속적인 진리를 인용해주었다. 거울 앞에서 나는 눈물을 글썽이며 부어 있는 내 얼굴의 비참함에 얼이 빠진 채 치욕으로 달아오른 얼굴을 물로 씻었다.

"무슨 일이야?"

'에스키모'와 '후작'은 걱정스레 나를 보았다. 이 순간의 친절함이 그들을 기다란 법의 자락을 늘어뜨린 성자로 보이게 했다. 나는 울음이 터질 만큼 그들이 사랑스러웠다.

우리는 모자母子를 묶어놓고 현관을 나섰다.

"딱 십오분 걸렸네" 하고 '후작'이 말했다. "전화선은 끊어뒀어."

츠또무가 차에서 나와 묘비 하나를 끌어안듯 하고는 토하면서 우리를 기다린 것은 우리가 가지고 돌아온 감동을 적잖이 깎아먹는 추태였지만 그래도 두장의 만 엔짜리 새 돈은 만지면 손이 베일 듯한 마력을 지닌 전리품이었다. 야만족의 주술에 빠질 수 없는 부적 같은 것이었다. 우리는 신나게 들뜬 소리들을 지껄여가며 차에 올라탔고 이번엔 '후작'이 운전했다.

"딱 두장이네. 네 형 뒷문 입학한다고 교장한테 뜯겼던 이만 엔인가봐. 넣어둬라."

"멍청이, 한심한 우리 형 밑 닦아주는 건 질색이야. 그런 '임포텐스' 형 같은 건 창피해 죽겠다고, 진짜."

나는 만 엔 지폐 두장에 불을 붙여 낙엽처럼 태워보고 싶었다. 보도블록이 있는 어딘가 길 위에서 작은 모닥불을 피워 그 불에 모두 손을 쪼인다. 그러면 얼간이 순경이 다가와서 길 위에서 불을 피우면 안된다고 하겠지?

"이번엔 어디냐?" '후작'이 '험프리 보가트' 같은 옆얼굴로 물었다.

"아오야마 언저리 맨션은 어때?"

순간적으로 나는 그렇게 말했지만 사실은 이 게임을 되풀이하는 것에 대해 이미 뜨거운 기대를 느끼지는 못했다. 그럼에도 불구하고 우리가 일단은 갱단 같은 말투로 다음 '작업'에 대해 이야기를 나누고 그후 두시간 남짓 사이에 여섯건의 강도를 저질렀다는 것은, 꾸민 억양이 우리를 상공으로 밀어올려 가짜 상승기류를 타고 활주하고 있을 때 이를 제어하는 인간이 누구 하나 없었기 때문이었다. 츠또무는 구토 후의 무력한 얼굴로 앉아 단조로운 '작업'을 반복하는 우리를 보내고 맞이할 뿐이었다. 그런 작업에 대해 나는 몽실몽실한 원통형 기억을 지니고 있을 따름이고. 하나의 범행은 또다른 하나와 닮아 있었고, 그것들은 구별하기 어렵게 유착되어버린 회색 기억 속에서, 가령 어떤 고급 아파트에서 작업을 마치고 차를 출발시킬 때 본 붉은 키모노의 소녀, 어느 방 발코니에서 꽃에 물을 주고 있던 환자인 듯한 소녀의 기억이라든가, 정부와 함께 목욕 중이던 중년 남자의 (그는 비명을 지르는 정부를 버려두고저 혼자 욕실에서 도망치려 했다) 그럴듯한 머리통과 빈약한 나체 사이의 우스꽝스러운 대조의 기억 따위로 운모 박편처럼 흩어져 있을 따름이다.

"이제 그만두지?" 하고 내가 말했다. "아무리 해봤자 마찬가지야. 거기다 이 장사는 그다지 능률적이지도 못해."

"얼마나 했어?"

"오만 팔천 엔. 정확히 말하면 오만 팔천이백사십오 엔." 나는 쥐의 사체보다도 더러운 지폐와 동전 들을 주머니에서 끄집어내며 그렇게 말했다. 그때 얼굴을 맞대고 들여다보는 친구들 너머로 눈길을 준 나는 하얀 생물이 살랑살랑 다가오고 있음을 알았다. 그것이 미키였던 것이다.

미키를 차에 태우고 다시 달리기 시작했을 때, 나는 미키의 관자놀이에 손가락 총을 겨누고 친구들에게 눈짓을 했다. 무슨 신호였던가, 나 자신도 모호했지만 친구들도 무의미하게 어깨를 으쓱하거나 한쪽 눈을 찡긋하는 것으로 응했다. 요컨대 우리는 미키를 공범자로 받아들이는 데 찬성했던 것이다.

"슬슬 갈까?" '후작'이 부자연스러운 음정으로 말했다.

"너도 갈 거지?" 하고 '에스키모'가 말하자 미키는 머리도 돌리지 않고,

"간다고 했잖아."

우리는 요꼬하마로 향했다. 미키가 앞을 본 채 낮은 소리로 물었다.

"아까, 나를 어떻게 하자고 의논한 거야?"

나도 앞을 향한 채로,

"너를 윤간하자고."

"하지도 못할 주제에."

"그러게, 못하겠지." 나는 말했다. 우리가 '님포마니아'인 아끼꼬에게 이따금 했던 것 같은 짓을 이 소녀에게 할 수가 있을까, 하고 나는 생각해보았다. 아니, 생각도 할 수 없었다고 말해야 할 것이다. 미키는 최고급품이었으니까.

"우리, 호텔에 갈 거야. 함께 갈 수 있을까요?" 하고 '에스키모'

가 말했다. "어떻게 생각하는지 모르겠지만 우리를 좀 무서워하는 편이 좋을걸."

"호텔이니 남자애들, 개와 자동차 따위를 무서워한대서야 밖에 나와 돌아다닐 수나 있나요?" 하고 미키가 말했다. 그때 그녀는 고개를 돌려 '에스키모'와 일행을 돌아보았고, 코 위에 뱀 무늬 같은 주름이 잡혔다. 그것을 재빨리 훔쳐본 나는 더없이 즐거워졌다.

"어이, 왜 이렇게 돌아가는 거야?" 하고 '후작'이 소리쳤다.

차는 로꾸고오바시를 건너 좌회전하여 산업도로를 달리고 있었다. 나무 한그루도 없는 먼지 날리는 매립지 위로 늘어선 공장과 녹슨 금속 무더기들이 보였다. 그 너머로 기름 바다가 있을 터였다. 하지만 바다는 좀처럼 보이지 않았다. 적토색이나 황갈색 매연으로 물든 해 질 녘이었다. 석유화학공장의 연필 같은 첨탑 끝에서 폐기가스가 불타고 있는 모습은 그대로 악마의 혓바닥처럼 보였다. 미키는 고개를 비틀고 언제까지나 이 풍경을 바라보고 있었다. 그러더니 바다에서 파고든 수로에 놓인 짧은 다리 옆에서 차를 세우게 했다. 미키는 차에서 내리더니 나프타를 보내는 파이프 다발 아래로 빠져나가 수로를 따라 걷기 시작했다.

"재, 뭐 하는 거야?"

"오줌 싼대" 하고 입에서 나오는 대로 난 대답했고, "잠깐 기다려" 하고는 차에서 내려 미키의 뒤를 따라갔다. 물결 모양 철판으로 된 담과 수로 사이의 좁은 길을 돌아섰을 때, 문득 물이 넓어졌다. 운하를 통과하는 소형 운반선의 파문이 천천히 전해져, 기름과 금속 용액을 닮은 물이 납빛 혀로 연안을 핥고 있었다. 미키는 두 팔을 옆으로 늘어뜨리고 이 풍경을 바라보고 있었다. 그리고 난데없이 방파제 옆을 흘러간 시체에 관해 내게 이야기하기 시작했다.

"한쪽 팔을 수면 위로 치켜들고 있더라니까. 뭔가를 고발이라도 하듯이, 손가락을 갈퀴 모양으로 구부린 채 흘러가고 있었어, 이런 식으로." 미키는 팔을 들어올리더니 손가락을 갈고리처럼 구부려 보였다.

"집요한 녀석이군" 하며 나는 말을 맞춰주었다. "인도양을 넘어 홍해 연안에 흘러들도록 여전히 그런 자세를 취하고 있을지도 모르겠네."

미키는 배 위에 두 손을 맞잡고 검은 광채가 더해진 눈으로 나를 응시했다. 하지만 나를 보고 있는 것은 아니었다. 나는 어디에도 초점이 맞지 않는 그 눈에 빨려들었고 마침내 그녀 안에 펼쳐져 있는 세계의 바다를 항해하기 시작했다. T. S. 엘리엇풍 익사체—페니키아인 익사체, 멜라네시아 흑인, 고트족, 폴리네시아인, 부시먼 들이 남회귀선과 북회귀선 사이, 지금은 잃어버린 태고의 해류를 타고 저마다 팔을 치켜든 채 표류하고 있었다. 나 역시 그런 익사자의 하나였다. 향료 무역로를 달리는 고대 선박의 항적을 잃어버리고 나는 혼자서 티그리스가 흘러들어가는 페르시아 만으로 들어가 있었다…… 그때 물소리에 젖어 이끼가 돋아난 내 귀에 미키의 음성이 들려왔다.

"파파는 세계 스무개 바다를 항해했어."

"바다가 스무개나 된다고?"

"황해, 동중국해, 남중국해, 보르네오 해, 아라비아 해, 홍해, 지중해, 에게 해, 이오니아 해, 아드리아 해, 티레니아 해, 북해, 발트 해, 오호쯔끄 해, 베링 해, 반다 해, 아라푸라 해, 산호해, 태즈먼 해, 까리브 해. 파파는 선의船醫였거든."

"어째서?"

"이유가 필요한가요?"

"멀쩡한 인간이라면 선의 같은 게 될 리가 없을 것 같아서." 나는 말했다. 애초에 선의라니 너무 로마네스끄하다. 소설에 나오는 선의는, 땅 위 인간들에게 깊은 상처를 입고, 그것이 해풍과 태양에 그을려 굳어지면서 마침내 거칠거칠한 껍질 같은 정신을 획득한다는 식으로 정해져 있다. 하지만 나는 만일 그런 인간이 있다고 한다면, 무수하게 긁힌 자국이 있는 딱딱한 피부 같은 감수성이라든가, 원래는 지적인 인간 특유의 비겁함이나 연약함이 일종의 부드러움으로 변모해 남아 있는 정신이라든가, 세월의 흐름이 거친 로프처럼 온몸을 감고 있는 듯이 보이는 나이라든가, 그런 것들이 더없이 좋아질 것이다. 하지만 그런 인간은 어딘가 범죄자 같은 구석을 지니는 법이다. 거리 안의 생활이나 가정의 불빛, 요컨대 지상의 규정들을 믿지 않을 듯한 느낌을 지니고 있고, 그것만으로 이미 범죄자의 소질을 갖췄다고 해야 하는 것 아닐까? 인간에게 물려 지독한 상처를 입은 듯 보이지만 실은 인생을 배신한 것은 그들 쪽이고, 그들로서야 이 상처는 너무나 자랑스러운 추방의 낙인으로서 필요한 것일지도 모른다. 다시 말해서,

"그렇다면 엄청난 지능범이군." 나는 단정했다.

"바로 그런 인간이지, 내 진짜 파파는."

"진짜 파파라니?"

"나를 엄마 배안에 남겨두고 선의가 되어버린 파파 말이야."

"통속소설 같은 이야기네."

"그렇지." 미키는 입을 다문 채 웃었다. 그것은 내면을 자신의 치아로 물어뜯고 있을 때의 미소였다. 나는 미키가 하는 말을 믿었다. 그러니 미소에 이어진 다음 말도.

"오늘 난 그 파파와 자려고 했던 거야. 아까 네가 차에 태워줬을 때."

"뭔가 쿨한 일을 저지른 뒤일 거라 짐작은 했지" 하고 나는 말했지만 머리는 덜 익은 수박처럼 물컹해지고 굵직한 잎담배 같은 기적 소리가 왼쪽에서 오른쪽으로 양쪽 귀를 관통하고 있었다.

"근데 못했어. 최소한 파파 나이의 반 정도가 되지 않으면, 파파는 나랑 자주지 않아."

나는 잠자코 있었다. 미키는 더 많은 이야기를 했다. 내 머리 회로에는 지독한 잡음이 발생해서 그녀가 한 말을 나는 거의 이해하지 못했다. 게다가 아까부터 불길한 사고의 발생을 고하듯이 클랙슨이 울려댔는데 어두운 바람이 그 소리를 난도질하고 있었다. 머리카락 같은 냉기를 품은 바람이 내 목덜미를 찔렀다. 그때 미키의 입에서 새어나온, 거의 들리지 않을 정도의 중얼거림은, 근친상간……

미키의 얼굴이 몇 세기나 산 마녀의 얼굴로 변해버린 듯 보였다. 내 안의 언어의 신전이 요란한 소리를 내며 무너지기 시작했다. 내던져진 것과 같은 그 낱말을 나는 건드려서는 안될 악신으로 견고

한 제단 깊숙이 숨겨두었던 것이다. 하지만 같은 악신이 홀연 밖으로부터 쳐들어온 까닭에 내 몸의 모든 뼈들이 진동하기 시작했다.

"왜 그래?"

"우릴 부르고 있어."

"왜 가야만 하는 거야?" 미키는 멍한 소리로 물었고, 그리고 '만'을 빼고 다시 한번 물었다. "왜 가야 하는 거야?"

"이제부터 강도질한 돈으로 파티를 할 거거든. 요꼬하마에 가서." 그러자 미키는 한 손을 입에 다른 손을 배에 대고 웃어대기 시작했다. 좀처럼 멈추지를 않아서 나는 어쩔 줄 몰라하며 등을 문질러주었다. "진짜 했다니까. 웃지 마."

"뭐 하고 있었어?" '후작'이 고함을 질렀다. '에스키모'도 새끼곰처럼 뒹굴뒹굴 굴러왔다. "칠분 사십초짜리 오줌이야."

"겨우 그 정도야?" 나는 차가운 음성으로 말했다. '에스키모' 역시 약간 화가 난 듯한 음성으로, "아니면 너 '한' 거냐? 오분만 있으면 어떤 아가씨라도 해치울 수 있으니까 말이야."

"난 너 같은 착암기가 아냐. 살짝 인텔렉추얼한 대화를 나누었지."

그때 미키가 두 손을 흔들흔들해가며 혼자서 차가 있는 쪽으로 걷고 있는 것이 보였다. '에스키모'와 '후작', 그리고 나 세사람은 미키가 운전석에 앉아 엄청난 가속도로 차를 발진시키는 것을 멍하니 바라보고 있었다. 마치 버킹검 궁전 앞의 의장대처럼 부동자세를 취한 채로.

"나 울고 싶어" 하고 '에스키모'가 말하더니 정말로 통곡 소리를

내 보였다. '후작'은 껌을 땅에 뱉어버리더니,

"헐, 쌈빡하게 훔쳐가버렸군."

"차에 츠또무가 있어." '에스키모'가 안심이라는 듯 말했다.

"그 녀석 같은 건, 그 요괴한테 걸렸다간 그냥 끝이야."

"정말. 나도 저렇게 강력한 마녀는 본 적이 없어."

"츠또무 정도는 바로 강간당할걸."

"싸이킥하게 말이야" 하고 나는 말했다.

우리는 함께 소리내어 웃었고 공복을 느꼈다. 어두워지기 시작한 거리에서 노동자들이 버스 정류장을 향해 걷고 있었다. 우리 또래 공원들도 섞여 있었지만 모두들 이미 삼분의 일 세기씩은 산 것처럼 보였다. 오래잖아 꽉 들어찬 노동자들로 배가 불룩해진 버스가 둔중한 코뿔소처럼 기어왔다. 미키가 한 이야기를 내게서 듣더니 '에스키모'는 버스에 오르며,

"만약 걔가 버진이라면 파파에게 바치게 할 건 없어. 네가 여자로 만들어주면 되지."

버스는 만원인 승객을 뒤쪽으로 자빠뜨려가며 출발했다.

"정말 파파랑 잘 작정일까?"

"그러게." 나는 턱 아래 있는 공원의 머릿기름 냄새에 숨이 막혀 말했다.

"젠장, 냄새야. 이건 완전히 고래기름이야. 그애라면 아마 그렇게 하지 않을까?"

"진짜 파파하고?"

"그건 그냥 하는 소리야" 하고 '에스키모'가 내 귀 뒤쪽에서 말

했다. “가능할 리가 없잖아. 개도 싸디오(이건 ‘후작’의 별명이다) 처럼 싸드를 너무 읽어서 살짝 맛이 간 거 아닐까? 근친상간이란 건,” 하고 목소리를 높였을 때, 순박한 배심원 같은 눈으로 ‘에스키모’를 응시하고 있는 노동자를 나는 알아차렸으나 ‘에스키모’는 태연히 말을 이어갔다. “그건 말이야, 지금도 깊은 산속 숯 굽는 사람이나 가난뱅이처럼 그 짓 말고는 오락거리가 없는 놈들 사이에선 드물지 않아. 더럽고 비참하지. 이런 건 사회악이라는 거야, 고름덩이 같은 거지. 그런데 유럽에 가면 상류계급의 달콤한 생활 중에서도 가장 달콤하고 스릴 넘치는 요소 가운데 하나거든. 자기 딸을 정부로 삼다니, 최고 아니냐? 실은 나도 누이동생을 한번 강간하려고 했었거든. 그런데 그게 잘 안되더라고.”

“조용히 해” 하고 젊은 공원이 말했다. ‘에스키모’는 무시하고 방약무인 큰 소리로 계속했다. “누이동생도 그럴 마음은 충분히 있었는데 말이야, 우선 무엇보다 맹렬하게 간지럼을 타면서 깔깔대고 웃어버리는 거야. 그래서 나 역시 뱃가죽이 오그라들 만큼 웃어버렸지. 나중에 동생이 말하더군. 오빠, 진짜 못하더라.”

“그만두지 못해?” 공원이 거친 말투로 말했다. ‘에스키모’는 고집스러운 얼굴을 찡그리며 코웃음을 치더니,

“시끄럽네, 노동자.”

“뭐라고?”

“노동자 맞잖아. 화가 나냐?”

“어쨌든 그런 이야긴 그만해. 상스럽잖아.”

나는 ‘후작’의 주머니에서 뽑아든 과일칼로 공원의 엉덩이를 쿡

찔렀다.

"너, 소리내면 도려내버릴 거야."

그럼에도 불구하고 공원이 목 졸린 짐승 같은 소리를 질렀기에 나는 바지가 찢길 만큼만 베어주었다. 그러자 공원은 입을 다물었다. 버스가 카와사끼 역에 닿을 때까지, 나는 치한과도 같은 손놀림으로 공원의 바지 재봉선을 트는 작업을 계속했다. 이때 내 머릿속을 기어다닌 것은 바나나 정도로 굵은 한마리 뜨거운 구더기였다. 엄청 체온이 높은 구더기. 그것은 점차 그 자체의 열로 녹아서 진땀이 되었고 이마와 관자놀이로 배어나왔다. '후작'의 음성이 들렸다.

"뭐라고?"

"네 누나 말이야."

"그녀와라면," 나는 말했지만, 자기 누나를 '그녀'라는 대명사로 부름으로써 내 이야기 전체가 이상하게 진실미味를 띠고 말았다. "몇번이나 잤는걸. 처음 이후 그녀는 나한테 말을 하지 않게 되었지만 나를 사랑하고 있어."

"사랑하고 있구나" 하고 '에스키모'가 한숨을 섞어 말했다. 그 과장된 말투가, 그가 내 이야기를 농담으로 듣고 있음을 말해주었다.

"소름 끼치는 이야기지" 하고 나는 말했고 변비 상태의 직장 같은 대형 버스 안에서 노동자들과 밀치락달치락한 끝에 요금을 내지 않고 내렸다. 내 뒤로 '후작'과 '에스키모'가, 나와 마찬가지로 뒤에서 내리는 일행이 한꺼번에 낼 거야, 하는 몸짓을 하며 내렸다. 우리는 엉덩이를 베인 공원과 무임승차를 당한 차장의 고함을 들어가며 역으로 뛰어들어 사꾸라기 쪼오까지 가는 전차를 탔다. 전차 안에서 '에스키모'가 말했다.

"아까 하던 이야긴데, 네 말은 언제나 이상하게 실감이 나더라."

"사실이니까."

그러자 '후작'이 맹수와 같은 웃음을 터뜨렸다.

"사실이야?" 하고 미키가 말했다.

"사실이야"라고 말하고, 나는 저그에 든 맥주를 들이켰다. 우리는 저수지에 있는 비어홀에 있었다.

"이야기해줘."

수영 후, 빈속에 마신 맥주로 나는 꽤나 취해 있었다. 맥주의 양은 별것 아니었지만 내 앞에 턱을 받치고 앉은 미키라는 존재 그 자체가—나는 이 말을 여기 쓰인 그대로 미키에게 했고, 사랑 고백이라도 하고 있는 듯한 기분이 들었다— 태양과도 같은 역할을 하면서 나를 달구었고, 취기 또한 깊어졌던 것이다.

"그럼, 뭐든지 이야기해줄게. 미키에게라면 무슨 이야기라도 할 수 있어" 하면서 나는 유쾌하게 테이블 위로 몸을 내밀었다. 미키는 어디를 보고 있는지 알 수 없는 시선을 내게 향한 채, 접시 위의 피자를 조그맣게 자르고 있었다. "나와 누나—L이라고 부를게, 왜 그런지 모르지만 난 이전부터 그녀를 내 멋대로 L이라고 부르기도 하고 적기도 해왔는데, 그 L과 나와의 관계…… 요컨대 나는 잤어, L과."

하지만 이 L과의 문제로 옮아가기 전에 근친상간 일반론에 대해 우리는 지리멸렬한 논의를 시작해버렸다. 물론 이 모호한 주제 앞에서 오락가락하면서 떠들고 있던 것은 나였고, 미키는 시종 반짝이는 눈으로 내 수다의 랜덤 워크, 즉 글자 그대로 갈지자걸음을 지켜보면서 내가 너무 헤매지 않도록 빛을 비추고 있었다. 모호함, 분명 이것이 내 이야기의 전부였던 듯하다. 솔직히 말해서 나는 이 문제에 대해 깊이 생각하고 명석한 뼈대를 세워본 적이 한번도 없었다. 자신이 실수한 오물을 보는 것보다 더 견디기 힘든 수치의 감각이 나를 발열시키고 그에 관해 생각하는 것을 훼방했던 것이다. 이 수치와 오욕은 대부분의 사물에 대해 내가 해내는 이론화, 요컨대 사후의 정당화마저 불가능하게 만들었다. 그것은 나의 기억과 언어 세계 속에서 불가해한 터부가 되었다. 이 사실을 나는 미키에게 설명했다.

"결국, 내 속에는 강력한 방위체계가 움직이고 있어서 근친상간이라고 하는 관념을 끊임없이 배제하고 있던 거지, 백혈구가 박테리아를 먹어치우듯이. 왜일까? 나는 어째서 그렇게 이 낱말을 피해온 것일까? 근친상간은 악이라고, 나는 믿고 있는 게 분명해. 하지만 왜 악인지, 그것을 생각하기 시작하면 나는 점점 더 알 수가 없어져……"

"그건 말이야" 미키는 새끼손가락으로 자기 입술 선을 그리듯 해가며 말했다. "그건 아마, 인간이 결코 그 이유를 알 수 없으니 나쁜 짓인 거겠죠. 이해하기 어려운 금지가 곧 규정인 것이고, 그렇게 금지되어 있는 것이 악이라고 이름 붙는 거겠죠?"

미키는 하나의 수학공식을 만들어내듯 그렇게 말했다.

"그러고 보면" 하고 나는 말도 안되는 소리를 덧붙였다. "구약성서 레위기 언저리에 나오는, 근친상간을 금하는 여호와의 말에서도 이유를 설명하진 않아."

"판결 이유를 논하는 건 인간이 하는 재판일 경우죠. 신의 규정이라는 것은, 그것을 의심해서 신의 얼굴을 들여다보려고 하는 인간들은 그 자리에서 불기둥으로 쳐 죽일 것임을 의미하는걸요."

"미키는 아마도 죄가 없는 벌을 구하고 있는 거겠지."

"이유도 모르고 죄를 인정한다는 것이, 요컨대 벌을 받는 것이 되겠죠. 신이 없다면 죄도 벌도 없어요."

"신이라는 게 있는 걸까?"

"모르죠, 저는……"

"미키의 신은 미키 자신 아냐? 적어도 그 노트를 쓸 무렵의 미키는 그랬을 것 같아. 미키는 신과 그 일족에게만 허용되는 일을 하려고 했으니까……"

"딸이 아버지와 사랑을 나누는 거?"

"아버지와 딸, 어머니와 아들, 오빠와 누이동생이 서로 사랑을 나누는 일이 오랜 옛날엔 있었던 것 같은데, 그건 왕족의 특권이었지. 천민에겐 근친상간의 자격이 없어. 그야 그럴 수밖에. 천한 인간들 사이의 근친상간으로부터는 온갖 열등한 존재와 추악한 것들만 태어날 테니. 요컨대 퇴폐가 시작될 뿐이지. 그 결과로 유전적인 문제도 생기게 되는 거고. 근친상간이라는 터부가 없었다면 인간은 정신적인 황폐를 자가 증식해서 오래전에 멸망해버렸을걸."

"그건 근친끼리 서로 사랑을 나누는 것이 자연스러우니까,라는 건가요?"

"지극히 자연스러운 일, 다시 말해 비인간적인 일이죠. 개나 고양이가 아무렇지 않게 하고 있는 일이니까."

그러고 나서 나는 하나의 가설을 미키에게 설명한 것을 기억한다. 그것은 섹스라는 것은 자신의 존재를 다른 존재에게 접합하고자 하는 욕구이다,라는 정의에서 출발한다. 여기서 다른 존재라고 하지만 거북이가 사자와 접합하는 일은 있을 수가 없다. 적어도 다른 존재 안에서 자신을 발견할 수 있어야만 한다. 이것은 이 접합의 네거티브한 조건이라고 말할 수 있을 것이다. 존재란, 자신의 한 조각인 (그런 한에서 바로 자신인) 다른 존재를 동경하지만 여기서 당연히 자신과 가까운 것과의 결합일수록 용이하고 적은 에너지만이 필요하다는 사실, 이렇게 가정해도 될 것이다. 예를 들어 수많은 동물이 행하고 있듯이 근친끼리 성적으로 결합하는 것은 지극히 자연스럽다. 이것은 단순한 인력 법칙과 비슷하다. 그런데 자신과 동떨어진 존재와 결합하려면, 그리고 이 거리를 극복하려면 자연적인 인력과는 별개의 에너지를 필요로 하게 된다. 이 반자연적인 에너지를 담당하게 되는 것은 가장 인간적인 무엇, 요컨대 '언어'일 것이다. 언어에 의해 비행飛行하는 이 정신적인 에너지를 가리켜 일단 '사랑'이라고 부르기로 하자. 사랑이란 결국 상상력의 한 형태라고 말할 수도 있다…… 나는 약간 지친 음성으로 말했다.

"그래서 근친상간은 보통 인간들에게는 금지되어 있는 거지. 이를 행할 자격이 있는 것은 자신의 오빠나 누이동생을 사랑할 수 있을 만한 정신적 에너지를 지닌 여자, 혹은 남자에게 한정되는 거죠.

이런 정신적인 왕족은 자기들끼리만 사랑하고, 신에게 대항하여 자기들 또한 신의 일족이라고 주장하는 것이 허용되는 거야. 그외의 근친상간은, '에스키모'가 버스 안에서 말했듯이 숯 굽는 오두막이나 가난뱅이들이 벌이는 비천한 사건에 불과해. 나와 L의 경우도 그랬지."

미키는 내 설명을 심각하게 듣고 있다가 느닷없이 이런 소리를 했다.

"금지되어 있는 일을 굳이 하려고 들면, 그때 당신이 말하는 정신적 에너지가 비정상적으로 높아지는 일이 있는 거겠죠? 사랑이 생겨나는 일 역시……"

이때 나는 취기와 졸음 때문일까, 이런 미키의 말에 그다지 주의를 기울이지 않았다.

"자진해서 죄를 범한다는 것은 성녀가 되는 길인지도 몰라요."

"아마 미키는 그 성녀였던 거겠지." 나는 말했다. "그리고 성녀에서 신으로……"

"아니요." 미키는 내 말을 막았다. "성녀는 신이 될 수 없어. 성녀는 신에게 봉사하는 마조히스트인걸요. 당신의 L 씨는 성녀였나요?"

"마녀였어요." 나는 씁쓸하게 말했다. "과장해서 말하자면 L은 나에게 마법을 걸어 유혹했지."

"어떻게?"

"어떻게? 그 다리와 팔, 눈을 써서."

"당신은 L 씨와 자기만 한 건가요, 아니면 L 씨를 사랑했나요?"

"양쪽 다. 나는 L을 사랑했어. L을 안은 이상, 사랑하고 싶다고 생각했지…… L은 어릴 때부터 거의 언제나 나와 함께 지냈어. 한 방에서 지내고, 함께 먹고, 때로 함께 자고. 이건 우리가 오랫동안 몹시도 가난했던 탓일 뿐이지만. 우리는 가난이라는 자궁 속에서 서로를 끌어안고 있는 남매였지. 맞아, 그 공습 때도 불구덩이 안에서 서로를 끌어안고 있었거든. 미키는 기억 못하려나? 공습을…… 어쨌든 우리는 언제나 함께 지냈어. 할망구가 아파트를 지어 우리에게 방을 하나씩 준 적도 있긴 하지만 우리는 벽을 허물어 두 방 사이에 문을 달았지. 그 무렵, 나는 열일곱, L은 열아홉이었어. L은 고등학교 졸업 후 대학에 가지 않고 일을 했지. 무엇보다 우린 온실 재배를 해줄 가정이라는 것이 없었으니까 갖고 싶은 물건을 사고, 살고 싶은 대로 살려면 스스로 돈을 벌어야만 했거든. 하지만 이건 꽤 재미있는 일이야. 난 욕망의 크기에 따라 돈을 만들어가면서 살아왔는데, 부잣집 아들들은 대개는 정해진 용돈에 자신의 욕망을 맞추는 데 익숙하지. 함께 강도질을 한 '에스키모'라든가 '후작'만 하더라도 부잣집 아들들인데 그들은 나에게 감화되어 자기들이 나보다도 부자유스럽게 살고 있다는 사실을 깨달았고, 내 패거리가 된 거야. L 역시 나 못지않게 수상쩍은 삶을 사는 재주를 타고난 것 같아. 맨 처음, 그녀는 어떤 커다란 출판사의 비서과에서 일을 했어. 사장을 빨간 돼지라고 불러가며 대머리를 어루만지기도 하는 사이였던 듯한데……"

"그래서 당신과 L 씨가 처음으로 사랑을 나눈 것은?"

"그 무렵이죠. 아마 강도질을 하고 미키를 만난 날로부터 두달 전쯤이지. 그날밤, 평소와 달리 L이 늦게 들어와서 나는 혼자서 즐기고 있었거든. 알겠어? 다시 말하자면 나는 망상을 분비하는 알라딘의 램프를 문지르고 있던 거지. 그런 내 주변에 번져가기 시작한 달무리 같은 망상 속엔 L이 있었어. 그런데 정신을 차려보니 입구에서 진짜 L이 나를 뚫어지게 바라보고 있는 거야—나를 지켜보고 있었던 거지, 그 수치스러운 의식 내내. 수치심으로 머리에서 피가 솟아날 것 같았어, 그래서 나는 L에게 달려들어 병사가 야만의 여자를 강간하는 듯한 방식으로 L을 기습했지. 그러자 L은 묘한 방식으로 반쯤 장난처럼 저항해가며 알몸이 되어갔는데, 이것이 나의 의식에 가담하겠다는 의지의 표현이라는 것은 나도 금세 알 수 있었거든. L은 자기가 누나였기 때문인지 통나무배를 저어가는 듯한 몸짓으로 나를 타고 앉더군. 그러고는 눈을 감고 눈물을 떨어뜨렸어. 안쓰러워서 나 역시 무심결에 울음을 터뜨릴 지경이었어. 사실, 그녀는 아팠던 거야. 아야, 아파, 아아, 움직이지 마, 하더군…… L도 나와 마찬가지로 처음이었던 거지. 그리고 나도 L만큼 아팠던 것 같아. L의 아픔은 L만의 것이 아니었던 거야…… 나중에 나는 무엇보다도 L의 상냥함이 견딜 수 없이 감동스러웠어. 맞아, 상냥함이지. 타인 사이에선 절대 있을 수 없는 종류의 상냥함. 그래서 나는 내 쪽에서도 흘러나온 상냥함—그건 감사였을지도 모르지만, 그것을 L에게 전하고 싶어서 나도 모르게 말했던 거야……"

미키는 신기한 사냥감을 관찰하고 있는 새끼 고양이 같은 얼굴로 나를 지켜보고 있었고 입술로 소리 없이 중얼거렸다. 나와 같은 말이었음이 분명하다.

"사랑해,라고 말했죠. 하지만 그건 해선 안될 말이었어."

"L 씨는?"

"L은 그후 절대 나와 말을 섞지 않아. 나에게는 완전히 벙어리. 내 눈도 안 쳐다보고. 눈끼리 만나는 것은 서로를 안을 때였어. 그 후 몇번인가, 우리는 반복했거든. 그리고 그 일엔 아무런 의미도 없었어. 서로를 외면한 채 두마리 독사나 전갈처럼 엉겨붙어 있을 뿐이었지. 얼마 후에 L은 홀연 사라졌고. 집을 나가버린 거죠. 그러고는 한번도 못 만났어. 어디 있는지, 살아 있는지 어떤지조차 나는 몰라."

나의 말이 끝나고 나서 미키는 방심한 듯 침묵하고 있었다. 손목을 직각으로 꺾어 기다란 손가락 깍지를 끼고 그 위에 턱을 올려놓고 눈은 내리깔고 있었다. 그 자세 그대로 입만 움직여, 내가 질겁할 소리를 흘려내보냈다.

"누님이라면, 지금 '몽크'에 계셔."

III

어젯밤 방으로 돌아온 것은 10시가 넘어서였다. 9시쯤 우리는 지하철 아오야마 1쪼오메 역에서 내렸다. (미키는 그 사고 탓인지, 자동차를 극도로 싫어했다.) 미키는 '몽크'가 거기서 바로 옆이라며 가보지 않겠느냐고 했다. 하지만 나는 가더라도 혼자 가겠다면서 거절했다. 그리고 미키를 집까지 바래다주고 나서 나는 이시까쯔 앞에서 토덴 아오야마 3쪼오메 정류장까지 걸었고 그대로 진구우神宮 외원外苑의 나무들이 무성한 어둠속으로 스며들었다. 길은 묘지와 반대쪽으로 뻗어 있었고 미술관을 왼쪽으로 보면서 시나노마찌 역 쪽으로 나왔다. 나는 L과 만나기 두려워 L에게서 멀어지려 하고 있었다. 하지만 헤어지기 전의 미키의 말이 아니었다면 어쩌면 내 행동은 달라졌을지도 모른다. 미키는 말했다. L 씨와 만나보세요. 나도 '파파'를 만나볼 테니.

이때 생긴 불안은 내 위장 속에 럭비공만큼 큰 암덩어리가 되어 남았고 그것을 분석하지 않아도 되도록 나는 방으로 돌아오자마자 보드까 언더록을 만들어 몇잔이나 기계적으로 마실 수밖에 없었다. 그런데도 잠들지 못해서 나는 글을 썼다.

어느새 나는 이류 소설가풍 문체를 획득했던 모양이다. 그러나 지금 내가 쓰고 있는 것이 그럴듯한 소설이라는 것으로 둔갑할지 어떨지 나는 모른다. 애당초 나는 소설을 쓰겠다는 마음가짐 따위 없었다. 하지만 7월 들어서도 비자는 나오지 않고 이렇게 엉거주춤한 상태로는 무언가를 쓰지 않고는 견딜 수 없는 법이다. 인간은 도약하지 못할 때 쓰는 것이리라.

지금까지 나는 소설이라는 것을 써본 적이 없었다. 소설을 읽는 거라면 무척 좋아했지만 그건, 말하자면 술을 마시는 것과 같은 종류의 즐거움에 속한다. 좋은 소설에 혀를 담그고 있으면 나를 취하게 만들고 뼈를 덥혀준다. 그런데 자신이 소설을 쓴다는 것은, 마치 성가시기 짝이 없는 자위 행위 같은 것 아닐까 나는 생각했었다. 그러니 나는 문학청년들에 대해 엄청난 편견을 지녀왔던 것이다. 실제로 우리 세대에서 보자면 호오에이宝永 4년의 후지 산 폭발보다 더 먼 옛날 전설처럼만 여겨지는 '육전협'[15] 이후, 기숙사 같

15 일본공산당 제6회 전국협의. 1955년 7월, 일본공산당이 중국혁명에 영향을 받은 '농촌으로부터 도시를 포위하는' 그때까지의 투쟁 방침을 포기하기로 결의한 회의. 갑작스러운 노선 변경의 충격으로 탈당하는 학생당원이 속출했고 그중에는 자살자도 있었음.

은 데서는 자신의 배설물이 떠다니는 감상의 시궁창을 헤쳐 그 냄새를 맡아가며 소설을 쓰고 있는 듯한 놈들이 많았다고 하고, '안보' 이후엔 혁명놀이에서 예술놀이로 옮아간 '아방가르드 원숭이'가 눈에 띄곤 했다. '육전협' 시대의 할아범을 보면 그 젖은 걸레 같은 자의식을 꽉 짜주고 싶어지지만 '안중파'[16] 놈들은 이것저것 할 것 없이 우주 로켓 같은 걸로 쏘아올려 행방불명으로 만들어버린 모양이다. 어쨌든 나는 이런 녀석들을 경멸하고 있던 덕분에 자기구제를 꾀하여 소설을 쓰면서 스스로 취한다고 하는 오나니즘의 악습에 물들 일은 없었던 것이다. 하지만 이렇게 쓰기 시작한 이상 어디까지 헤매게 될지도 모를 지옥으로의 여행을 떠난 것이라고 각오를 할 필요는 있으리라.

눈을 뜬 것은 오전 7시. 동쪽으로 창이 나 있는 내 방에서는 이미 더는 못 잔다. 어젯밤엔 커튼 치는 것을 잊어버린지라 일출과 동시에 악의에 찬 연체동물 같은 열기가 창으로 침입해 들어온 것이다. 3시쯤까지 쓰느라 흥분한 채로 잠들어서 아침까지 머릿속을 게들이 줄지어 기어다니고 있었다. 어떻게든 그것들을 원고지 위로 쫓아내어 한마리씩 사각형 용기 안에 가두려 하지만 제대로 안되어 괴롭다. 일어나서 우선 책상 위의 원고를 보았다. 서툰 글자가 늘어서 있어 불모의 밭에 씨를 뿌려놓고 바라보는 것 같았다. 수확하려면 아직 멀었다는 느낌이 절망의 가시가 되어 나를 찌른다. 어쩌다

16 安中派. 안보투쟁이 격렬했던 1960~70년대를 겪은 세대를 말함.

가 나는 이런 걸 쓰기 시작한 걸까? 어젯밤, 내 눈앞에서 한순간에 완성된 소설이 전장 40미터나 되는 디노사우르의 몸집으로 구르고 있었다,라는 것은 환상이었고, 자세히 보니 살은 썩어 무너지고 텅 빈 골격뿐. 아니, 그것조차 하품 한번 하면 날아가버리고 자취도 없다. 손에 움켜쥐고 있는 것은 비늘 하나에 불과했다. 이것에 마법을 걸어 다시 한번 전체를 만들어내려면 어떻게 하면 좋을까? 아마도 소설이라는 괴물을 육성시키는 기술은 이것에 시간이라는 먹이를 먹이는 것 말곤 없을 듯하다. 다시 말해서 지금부터 나는 살아 있는 시간 동안 이 괴물을 기르고, 마지막엔 바로 내가 소설로 둔갑해버리는 것. 그렇게 마음을 먹었다면 전속력으로 쓸 뿐이다.

그런데 어젯밤 미키는 나를 놀라게 했다. 그녀는 내 누나를 알고 있었던 것이다.

"누님이라면, 지금 '몽크'에 계셔."

나는 이 사실 및 미키와 L을 연결하는 매개변수, 그리고 미키가 L이 내 누나라는 걸 알게 된 연유(L 자신이 그런 소리를 할 리는 없었다)에 관해 무엇보다 호기심이 일었다.

"L을 도대체 어떻게 알게 된 거죠?"

"Y. K. 씨요" 하고 미키가 말했다.

"'작가'가?" 나는 놀라 입을 벌린 채 한달쯤 전 일을 떠올렸다. 거의 모든 의문이 내 머릿속에서 풀렸다. 다만 미키가 언제 어떻게 '작가'를 알게 되었는가 하는 새로운 의문만 빼고.

"그건 완전히 우연이었어." 미키는 약간 애매하게 말했다. "우연히 '몽크'에 Y. K. 씨가 오셔서 알게 된 거야. 물론 옛날 '나' 쪽에서는 잡지 사진으로 Y. K. 씨의 얼굴 정도는 알고 있었던 듯하지만. 그리고 얼마 지나서 '몽크' 점포 전체를 관리해주실 분이 필요했을 때, Y. K. 씨가 당신 누님을 소개해주신 거라더군요."

"그때 미키는 L이 내 누나라는 걸 알고 있었어?"

"몰라" 하며 미키는 고개를 저었다.

"몰랐다고?"

"알고 있었는지 어떤지 모른다고." 이건 지당한 대답이었다.

"그래서, '작가'와는 바로 최근에 만난 거지? 그 사고 후에."

"예" 하고 미키는 말했지만 이 대답을 하기 전에 살짝 망설이는 듯했다. 나는 왠지 석연치 않았다. 추리는 간단하다. 만약에 미키가 그 사고 후에 '작가'를 만난 것이 아니라면 '작가'나 L에 관해서는 (잃어버린 기억에 속하는 것이니) 아무것도 몰랐을 것이다. 그럼에도 불구하고…… 문득 나는 미키가 사고 이전 일을 조금씩 기억해내기 시작한 것이 아닐까 하는 생각이 들었다.

"L한테서 내 이야기를 직접 들은 건 아니지?" 하고 나는 다짐을 두었고 미키는 끄덕였다.

"'몽크'라는 가게, 괜찮으면 함께 가볼래?" 하고 '작가'는 내 귀에 뜨거운 숨을 불어넣듯 말했다.

"아, 함께 가죠. 다만 오늘은 안되겠고. 언제 한번."

"유감이네. 그럼, 나중에. 전화할게."

이것은 딱 한달쯤 전, 6월 초순 어느날 오후였다.

오전 중에 타무라 쪼오의 풀브라이트 사무국에 갔다 오는 길에 키노꾸니야 빌딩에 들어가 온갖 색깔로 창부처럼 진열된 책들을 한동안 희롱하고 있던 그때, 뜻밖의 인물을 발견한 것은 확률적으로 말하자면 희박한 경우임에 분명했지만 어쩌면 이면에는 나와 상대방의 행동이 확률적으로 독립해 있지 않았던 낌새도 있으니, 이런 비독립성의 실마리를 칭하여 숙명이라고 부를 수 있다면 그것은 그야말로 숙명적인 기우奇遇였으리라. 이런 시시껄렁한 감개를 느낄 여유가 있었던 것은, 상대방이 내 쪽으로 등을 돌리고 몇 권의 책을 카운터에서 포장하고 있었기 때문이다. 그것이 '작가'였다. 앞에서도 썼지만 그녀는 몇년 전, 우리 집에,라기보다는 '할망구'가 경영하는 하숙집에 산 적이 있었고, 나는 다른 하숙생들과 함께 그녀를 가리켜 '작가'라는 살짝 야유 섞인 닉네임으로 불렀는데, 실제로 그녀는 그야말로 느닷없이 작가가 되어버렸던 것이다. 그녀와는 일년도 넘게 만나지 못했었다.

'작가'는 키요미즈야끼의 청색과 비슷한 색의, 중국옷 같은 인상의 원피스로 몸을 꽉 감싸고 서 있었는데, 흰 쌘들을 신은 발, 그리고 다리는 상아 세공품처럼 보였다. 가느다란 목과 고양이 같은 귀를 드러내놓고 머리카락은 위로 묶어올려서 거의 몰라볼 정도였지만 썬글라스를 벗고 여점원에게 미소를 짓고 있었기에 레커그나이즈recognize 가능했던 것이다.

"안녕?" 하며 어깨를 건드렸더니 '작가'는 딸꾹질이라도 하듯이 놀라며,

"어머나, 너였구나."

그러고는 재빨리 썬글라스를 벗었다가 다시 쓰고는 엷게 립스틱을 바른 입술로 웃었다. 그 입술에 떠오른 미소와 미키의 미소 사이에 어떤 공통점이 보인다는 사실을 나는 이전부터 눈치채고 있었다. 무엇보다 입술 선이 무척 닮아 있었다. 게다가 여성에겐 흔치 않은 델리커시를 지닌 입으로 웃으면 수줍음이라고도 씨니시즘이라고도 할 수 없는 주름이 입 끝에 새겨지고 윗입술은 독특하고 매력적으로 벌어졌다.

"독특한 헤어스타일이네요."

"그러게" 하고 작가는 멋쩍어하며 입술 한쪽으로 뾰족한 혀끝을 살짝 내밀었다. "마침내 나도 쏘프트아이스크림 모양으로 틀어올려봤는데 이 나이가 되면 그렇게 안 어울리진 않지?"

"실례지만 스물여덟이었던가?"

"후후, 그 언저리지. 어때? 뭐 찬 거라도 좀 마실래?"

"오랜만에 얻어먹어야지. 생맥주라도 마실까?"

"그거 좋네. 책을 반만 들어줄래?"

"OK. 전부 들게. 그런데 하나 더 감상을 말하자면, 뭐랄까, 새댁 같은 품격이 느껴지네요."

"하하, 얼핏 봐도 새댁? 그렇겠지, 나 결혼했거든."

나는 놀랐고 동시에 생각나는 일이 있었다. 올봄 처음으로 황사바람이 불어대던 날이었는데 나는 긴자에서 '작가' 비슷한 인물을 발견했던 것이다. 토덴 철로 너머였기에 확실하진 않지만 어쩐지 나는 그것이 '작가'가 분명하다고 믿었다. 그 모습은 망원렌즈로 끌어온 상처럼 부자연스러울 만큼 명료했다. 구두가 진열된 쇼윈도우에 얼굴을 비추며 그녀는 웃고 있었다. '작가'의 것이라곤 믿기지 않는 미소였다. 결혼한 여자가 남편에게만 보이는 미소. 나는 '모카'가 남편에게 보이는 미소를 보아 알고 있다. 순식간에 유리 너머에 내 상상의 산물처럼도 보이는 점토와 같은 남성상이 나타났고 그녀는 그 남자에게 다가섰다. 그러고는 팔짱을 끼듯 하고 걸어간다. 젊은 부부의 일요일 쇼핑. 그렇다, 그건 4월의 어느 일요일이었다. 하마 같은 몸체로 잇달아 께느른하게 움직이는 토덴 사이를 뚫고 그녀의 모습을 좇았지만 이미 보이지 않았다……

"정말 신기하다. 그 여자가 분명 나였어. 하지만 그건 일요일이 아니라, 아마 금요일 저녁이었을걸. 그 사람과 NET에 갔다가 그후에 긴자에 나간 날이니까."

"그 사람이, 「Blue Journey」 이래, 당신 소설에 되풀이해서 나오는 '그'인가요? 그 「Blue Journey」에서 실종되게 만들었던?"

"넌 그렇게 생각해?"

"그렇게 생각 안해요. 분명 다른 남자일걸요."

"맞아. '그'가 아니라 S라는 남자야. 나와 그 S가 결혼하게 된 이야기는 이번에 낼 단편집 속에 쓰여 있어."

"그렇겠지" 하고 나는 많은 일들을 떠올리며 말했다. '작가'와 나 사이에는 꽤나 깊은 기억의 우물이 있었다. 그 우물 안에서 나는 그녀의 동생 같기도 비서 같기도 한, 기묘하게 친근한 사이였다.

"그 사람은 어쩐지 당신의 '그이'라곤 여겨지지 않았거든. 그렇다곤 해도 그때의 웃음이 너무나 확실하게 머리에 남아 있는 것이 신기해."

"어떤 웃음? 이런 거?" 작가는 맥주잔 너머에서 몇종류의 웃음을 지어 보였다. "전부 아닌가? 거울이 있으면 한 다섯종류 정도는 더 만들 수 있는데."

"이런, 섬뜩하네. 그때는 뭐라 할 수 없이 일상적인, 가짜 행복에 목까지 잠겨서 조금씩 죽어가며 웃고 있는 듯한 느낌이었어."

"베께뜨의 연극에 여자가 모래에 파묻혀 그런 웃음을 짓는 게 있었는데. 하지만 왜일까?"

"S 씨와 결혼했으니까요. '그'는 어떻게 된 거죠?"

하지만 '작가'는 입을 굳게 다문 채 고개를 흔들 뿐이었다.

이 '작가'를 우리 집으로 주워들인 것은 '할망구', 즉 우리 엄마였다. 우리 집에서 그다지 멀지 않은 스코틀랜드풍 낡은 양옥에 (잘 보면 난파선의 파편 같은 나뭇조각들을 이어붙여 지은, 폐옥에 가까운 물건이었다) 하숙하고 있던 작가는, 집이 팔려버린 것도 모른 채 메를로뽕띠 따위를 읽고 있었다. 그리고 어느날 아무런 예고도 없이 새 주인이 이 집을 부수기 시작할 때 그녀는 그것이 엄청난 흙먼지에 휩싸여 힘없이 무너져내리는 광경을 어린애처럼 멍하니 바라보고 있었다. 땔감을 주우러 갔던 '할망구'가 그걸 보고는, 그 자리에서 자기 집 새 하숙생으로 정해버린 것이었다. '작가'는 엄청난 책 속에 섞여 이사를 오더니, 우리 집 남쪽 끝의 가장 좋은 (따라서 방세가 가장 비싼) 방에 자리를 잡았다. 이렇게 우리 집 방 하나에 기거하기 전의 전, '작가'는 I 공원을 내려다보는 철근 아파트 사층에서 살고 있었다. 어느날, 그녀가 집을 비운 사이에 노트 세권이 방에서 없어졌다. 그 노트 내용은 미완성 (그녀에게 작품은 언제나 미완성이지만) 소설이었다. 이인칭으로 쓰인 '그'와 '당신'에 관한 가설로서의 소설이었는데, '작가'는 그것을 Blue Journey라는 이름으로 불렀다. 그것이 아직 '작가'의 몸에 속한 피부이고, 그것 자체로 존재한다!라는 말을 하기에 이르지 못한 단계일 때, '작가'의 방에서 들고 나간 것이었다. 누가 훔쳐낸 것일까? '그'가 분명해, 하고 '작가'가 말했다. 이때부터 나는 '작가'가 그라고 부르며 결코 다른 호칭을 쓰려하지 않던 인간의 존재, 아니, 오히려 그 부재를 알았다. 만약 내가 그 공룡 알 비슷한 '작가'의 마음속에 손을 집어넣을 수가 있었더라면 내 손은 계열발생 중 물고기 단계에 있는 어린 공룡의 그림자를 느낄 수 있었으리라. 물고기 모양을 한 허무를 확인할 수 있었으리라. 그리고 이따금 나는 자궁 입구를 더듬는 산부인과 의사의 손을 닮은 호기심의 손으로 '작가'의 비밀을 더듬어보았지만 그때마다 나의 탐험은 도회韜晦의 자기장으로 훼방받아 나아갈 방향을 잃어버리곤 했다. 대체 '그'는 정말로 존재했던 것일까?

"'그'는 실종된 거야, 어느날 갑자기" 하고 '작가'는 말한다. 나는 몇번이나 그 말을 들었지만 그럴 때 '작가'의 억양은 거의 쇤베르크의 「삐에로 뤼네르」의 한 구절에 가깝다. 그리고 이때 웃음에 싸인 눈동자 색은 아지랑이처럼 연해서, 제대로 보기가 어려웠다.

"「Blue Journey」 속 '그'가 소설 자체마저 néant의 구멍 속으로 끌고 들어가 완전히 소멸해버린 거지. 너 이런 SF를 읽은 적 있어? 어떤 남자가 일상생활 속에 열려 있는 바기나 입구 정도의 구멍을 발견해서 열심히 조사하기 시작한다는 이야기. 그러다가 이 구멍에 이어진 새카만 어둠, 이른바 이차원 세계, 패러렐 월드에 대한 정열에 사로잡혀서 구멍에 손을 집어넣고 실이나 바늘을 떨어뜨리거나 하고 있으려니까, 느닷없이 엄청난 힘에 의해 구멍 속으로 끌려들어가게 되는 거지. 그리고 이 남자와 함께 이 남자가 관계되어 있던 세계 전체가 바람이 빠져 쪼그라드는 낙하산처럼 질질 끌려 구멍 속으로 빨려들어가는 걸 깨닫고 공포에 질려 소리를 지르는 이야기인데, 나 자신도 날마다 그런 공포에 시달리면서 살고 있는 거야. 그러니 구멍엔 늘 봉인을 해두고 싶고 내 몸에 있는 구멍에 관해서도 그렇게 하고 있어. 뭐, 쉽게 말하자면 나는 '그'의 실종 이래 그걸 사용하지 않기로 한 거야."

이런 식으로 '작가'의 이야기는 멋대로 점프를 하니까 나는 늘 야바위꾼이 떠드는 소리라도 듣듯 무책임하게 귀에서 퍼셉트론으로 통하는 회로를 활짝 열어놓고 이야기를 듣곤 했다.

'그'의 실종 이야기를 할 때, '작가'의 입술은 사람을 매혹하는 웃음으로 말려올라가고 눈빛은 백일몽처럼 열어지는 것이었다. 어쩌면 그녀의 '그'는 그녀 속으로 실종되어버린 것인지도 모른다. '그'가 그렇게도 그녀를 사랑했고, 그녀가 그리도 '그'를 사랑했다면 남자가 여자 속으로 숨어들어가버린다는 것은 얼마든지 있을 수 있는 일 아닐까? 나는 진지하게 그런 생각을 해본 적도 있다.

이와 관련하여 나와 '작가' 사이의 가장 중요한 사건에 관해 적어두기로 하자. 그때 나는 '그'(K)가 죽었다는(이라고 나는 상상하고 있다) 소식을 들은 '작가' 옆에 있었던 것이다.

어느해에서 이듬해에 걸친 겨울, '작가'는 나라奈良와 쿄오또의

사찰들을 부지런히 돌아다니고 있었다. 그때 '작가'에게서 받은 두 세장의 엽서를 나는 아직도 가지고 있다.

지금 '그'와 함께 사랑의 유적들을 순례하고 있어요. '그'는 이미 환상의 몸을 지닌 상냥한 유령이랍니다. 사랑을 나눌 수도 없지요. 하루 순례가 끝나고 나면 나는 너무 지쳐서 진흙처럼 무너져내립니다. 하지만 아침이 되면 또 '그'가 나타나 나에게 보이지 않는 팔을 내밀고 우리는 절망을 찾아내기 위한 순례를 시작합니다……

오늘 토오다이지 남대문 앞에서 멍하고 있으려니 당신처럼 늠름하고 아름다운 수사슴 하나가, 뿔 잘린 머리로 있는 힘을 다해 내 꼬리뼈를 들이받더군요. 아프기도 하고 우습기도 해서 눈물이 쏟아졌습니다. 이것이 과거로의 여행의 끝. 네댓새 쿄오또에서 쉬고 돌아가겠습니다.

이런 감상적인 소식 뒤에 나는 그녀로부터 지급전보를 받았다.

눈 쌓인 쿄오또에 오세요 / 꼬 옥 와 / 기다릴게

나는 이튿날 '제1코다마'를 타고 출발했다. 토오꾜오는 눈은커녕 쾌청했다. 세끼가하라를 지날 무렵부터 눈 풍경이었다.

쿄오또 역에 닿았을 때, '작가'는 마중 나와 있지 않았다. 나는 역에서 한참을 기다리며 계속 내리는 눈의 풍경, 무수한 흰나비의 주검이 거리 바닥에 천천히 가라앉아가는 광경을 바라보고 있었다. 그리고 차를 탔다. 완곡한 앞 유리에 눈송이가 무리 지어 쏟아진다. 두개의 와이퍼가 쉴 새 없이 눈 조각들을 닦아내리고 내 앞으로 부채꼴의 투명한 공간을 확보한다. 그곳으로 '눈 쌓인 쿄오또'의 단편이 보였다. 그림책처럼. 카와하라 쪼오에서 길이 막혔다. 나는 거기서 내려 눈썹이 하얗게 된 채 쿄오또 호텔까지 걸었다. 프런트에 물으니 '작가'가 내 방을 잡아두었다고 한다.

'작가'의 방을 들여다보니 그녀는 담요를 눈 아래까지 끌어올리고 누워 있었는데, 그 눈은 언제나처럼 씨니시즘으로 반짝이고 있었다. 명랑해 보였고,

"잘 왔어. 나 죽어가고 있었거든."

'작가'의 농담은 늘 이런 식으로 지구의 찢어진 구멍에 발을 들여놓는 듯한 섬뜩함이 있었다. 담요를 조금 끌어내리고 보니 가느다란 목과 벌거벗은 가슴이 나타나는 바람에 나는 기겁을 했다. 마치 관을 열고 미라라도 본 것 같았다. 대낮부터 알몸으로 자고 있었던 것인데, '작가' 말로는, 이런 일은 너무나 쉬르레알리스뜨풍인 것이다. 하지만 진짜로 아픈 것 같았다.

"아침에 눈을 떴을 때, 내가 죽어 있다는 걸 알았어. 언제 죽었는지는 몰라. 하지만 죽고 나서 이미 한 세기나 지나 있었지. 살은 썩어서 흙이 되어버렸으니까 뼈만 남아 가뿐한 느낌이었는데, 그런데도 꼼짝할 수 없는 건 묘비가 나를 누르고 있기 때문이구나 싶어서 뼈다귀를 써서 흙을 긁어내어 좀더 자유롭게 움직일 수 있는 곳으로 이동하려고 했지. 물론 절망적이었고 그러다보니 한심하다는 생각이 들어서 차라리 시체가 될 각오를 하고…… 아아, 슬슬 교화

사가 기도하러 올 시간이네."

"돌아다니다가 감기에 걸린 거죠?"

의사가 들어왔다. 검은 양복을 걸치고 있어 나는 처음엔 어떤 종류의 인간인지 알 수가 없었다. 다음 순간, 나는 정말로 그가 임종의 자리를 찾아온 교화사가 아닐까 생각했다. 남자가 검은 진료가방에서 청진기를 끄집어내는 것을 보고도 나는 그것이 '작가'의 가슴에서 마지막 참회를 듣기 위한 마술적인 도구일 거라고 어렴풋이 생각하고 있었다. 그리고 의사에게 물었다.

"어떻게 된 거죠?"

"심장발작이에요. 과로 때문이죠. 아니, 그보다 극도의 긴장이 계속된 후에 줄이 끊어져버린 듯한 상태라고 해야겠죠." 의사는 사무적으로 말했다. "이제 괜찮겠지만 아침에 주사를 한대 놓았습니다. 한대 더 놓읍시다. 그러고 나서는 좀 자야 합니다. 어떤 관계이신지?"

"동생입니다." 나는 능숙하게 거짓말을 했다.

"아아, 그렇구나. 저녁때까지 이야기는 하지 않는 편이 좋겠습니다."

"이제 다 나았어요" 하고 '작가'는 말하며 살집이 얄팍한 등을 보이며 엎드렸다. 옆에서 보니 올리브색 반달 배(船) 같았다. 그때 의사는 선 채로 등의 대칭축을 따라 척추가 있는 곳을 더듬듯이, 손바닥 전체로 천천히 등을 어루만졌다. 어깨뼈 사이에서 아래로, 거의 꼬리뼈 근처까지…… 그리고 놀랄 만한 일이 일어났다. 물새가 머리를 물속에 집어넣듯이 자연스러운 동작으로 의사는 벌거벗은 등의 가장 깊이 파인 곳에 재빨리 입술을 갖다댄 것이다. 아련한 여자 음성이 새어나오고 등의 표면을 투명한 경련의 파도가 훑고 지나갔다. 일어선 의사의 얼굴엔 아무런 표정도 없었다…… 지극히 천천히 이어진 환시였다.

의사는 나에게 목례하더니 욕실로 들어가 손을 씻고 다시 한번 눈인사를 하고 나갔다. 담요를 끌어올려주며 나는 '작가'에게 언제부터 이렇게 앓았느냐고 물었다.

"'그'가 찾아왔을 때부터. '그'가 찾아왔으니까."

"'그'라니?"

느닷없이 작가는 미친 듯 웃기 시작했고 입안의 벽까지 나에게 보이며 침대 위에서 가슴을 출렁거렸다.

"좀전에 나간 게 '그 사람'이야."

차가운 음성으로 돌아가 그렇게 말하면서 '작가'는 헝클어진 머리카락 더미를 베개에 내리누른 채 알몸으로 손을 뻗어 나이트 테이블 위의 종잇조각을 모으려 했지만, 그것은 미끄러져내려 바닥에 흩어졌다. 내가 주워모으는 동안, 작가는 팔을 침대에서 늘어뜨리고 있었다. 그러고는 잠의 누에고치 속으로 기어들어갈 때의 나른한 음성으로,

"좀 잘게."

그 종잇조각을 나는 지금도 가지고 있다. 그 이유는 나 자신도 잘 모른다. 다만 그녀는 그것을 돌려받으려 하지 않았고, 나 역시 돌려줄 기회를 놓치다보니 그냥 돌려줄 이유도 잃어버린 거였다. 그녀 쪽에서는 이미 이 종이쪽지는 잊어버렸을지도 모른다. 그것

은 소설을 위한 메모였는데, '그'가 등장하고, '그녀'와 ('그녀'는 소설을 쓰고 있다) 함께 이 호텔에 있으면서 몇시간의 소설적 시간이 흐른 부분에서 갑자기 중단되어 있었다. 그것은 씨놉시스 문체로 쓰여 있었다. 이걸 읽었을 때, 나는 이 '그'가 실은 내가 아닐까 상상하기도 했었다. 도대체 그녀는 어째서 나를 전보로 불러들인 것일까?

"너랑 같이, 어디 세또나이까이의 햇볕 좋은 따스한 섬으로 여행을 하자 싶었거든. 하지만 그것도 어젯밤 전화로 불가능해져버렸어."

그 전날 밤 늦게 그녀의 집에서 전화가 걸려왔다는 것이다.

"끔찍한 전화. 심장을 갈고리로 끌어당기는 것 같은 전화……"

"아버지라도 돌아가셨어?"

"아버진 작년 겨울에 급사해버렸는걸" 하더니, '작가'는 턱을 끌어당겨 담요 속으로 코까지 숨겼다.

"어쨌든 내일 K 시로 출발해야만 해. 거기서 '그'가……" 하다 말고 그녀의 얼굴은 움직이지 않았다.

그날밤, 나는 그녀 곁에 있었다. 침대 위에 기다랗게 몸을 눕히고 자고 있는 그녀는 하나의 식물처럼 보였다. 이건 놀랄 만한 발견이었는데 그 뻣뻣한 짐승의 털에 싸인 '작가'의 머릿속에는 부드러운 꿈의 꽃들이 가득 차 있었고, 그러니 잠들어 있는 그녀는 틀림없이 식물이었다. 이것은 '작가'의 본성일지도 모른다. 가늘고 기다란 식물 하나. 손발톱도 없고 이빨도 없고 눈도 없다. 게다가 이 엷은 색 난 꽃은 아직 병病 기운 속에 그 뿌리를 담그고 숨소리도 내지 않고 잠들어 있었다. 어떤 불길한 전화가 한순간에 그녀를 묘비로 바꾸어놓았으리라. 그때 그녀는 치사량의 독약을 빨아들여 몸을 쇠하게 한 것이다. 차라리 연약한 줄기처럼 부러져버린 것이다. 나는 부러진 그녀를 똑바로 펴서 침대에 뉘어주었다. 그때부터 줄곧 그녀는 눈을 감고 있었다…… 마침내 나는 그녀 옆으로 몸을 들여놓았다. 나는 자신의 몸이 서툴고 압박적인 어뢰를 닮았다고 느꼈다. 어떻게든 나도 부드러운 수피를 두른 식물이 되어야 한다고 생각했고, 금속성 회전음을 내는 심장의 엔진을 정지시키고 폐와 기관지 대신 피부로 호흡하고자 했고, 다리와 팔을 바람에 휘날리는 포플러처럼 부드럽게 만들어 그녀를 끌어안고 있었다. 그녀의 입술 틈에 얼굴을 갖다대고 냄새를 맡고 절망의 독이 온몸에 퍼져버렸는지 어떤지를 조사했다. 점차 내 입술은 무미 무취한 입술 위로 떨어져내려갔다. 이때 놀랍게도 (나에겐 뱀의 입술이라도 핥은 듯한 놀라움이 엄습했다) 그녀의 입술 사이에서 뾰족한 살로 된 붓 끝이 나와 내 혀를 간질인 것이다. 이 뜻밖의 신호가 나에게 팔 안에 있는 식물의 성性을 알려주었고 에로틱한 수액이 고양되는 것을 기별해주었다. 내 손은 나무줄기를 기어가는 개미와 같은 움직임으로 이 식물의 성을 더듬어 맞췄다. 그것은 분명 매혹적인 이슬을 머금은 식충식물의 함정을 닮아 있었음이 분명하다. 하지만 나는 이미 조심성도, 탐색의 정열도 잊은 채 그 안으로 들어갔다. 아무런 위험도 없었다. 나는 동물적으로 거칠게 소란을 떨지 않았고, 그녀 안에 접목된 또 하나의 식물로서 고요히 나와 그녀 사이에 흘러넘치며 서로에게 침투해갈 때를 느끼고 있었다. 해마다 하나씩 나이테를 늘려가는, 그 속도로 나는 그녀를 밀어젖혔고 동시에 또한 같은 리듬으로 파상波狀적인 조임을 받았다. 그것은 거의 동물의 감각을 넘어선 리듬, 식물적인, 너무나 긴 주기의 리듬이었다. 아마 그녀 자신, 알아차리지도 못했으리라. 이 성적 식물의 꽃에 아주 살짝 붉은 기가 돌았다. 그리고 입을 조금 벌리고, 날숨의 냄새가 진해져왔다. 그대로 몇년인가 지났다. 그녀는 잠든 채였고 나 역시 완만한 지각 변동으로 그녀를 흔들고 있을 따름이었다. 이미 밤이 샌 것 아닐까 싶었다. 하지만 태양은 아직 나타나지 않았다. 밤의 검은 얼굴이 우리의 시간을 내려다보고 있었다. 얼어붙은 달은 동에서 서로 달리는 것이 아니라 카디오이드 비슷한 폐곡선을 그리며 우리를 가두고 있었다. 마침내 마지막 절규가 우리를 찢었다. 나는 이미 화분을 쏟아낸 수술일 뿐이었다. 그녀는 사라졌다. 그 팔과 다리의 '덩굴'이 어느샌가 점점 강해져 이제는 끔찍한 힘으로 나에게 엉겨붙은 채 죽은 식물로 변해 있었다. 그녀의 때는 복류수처럼 대지 아래로 숨어들어버렸다. 몇초 후 그녀 위에 쏟아져 있던 나는 저열한 분별심을 되찾아 그녀의 실신에 당황했다. 사라져버린 그녀의 소리를 들으려 관 뚜껑에 귀를 들이댔다. 불규칙한, 걸음마다 고꾸라질 듯한 발소리가 들렸다. 돌아오는 발소리일까, 사라지는 발소리일까? 그녀는 돌아왔다. 심장 엔진은 높고 규칙적이 되었다.

눈을 뜬 것은 태양이 떠오른 후였다. 그녀도 눈을 뜨고 나를 기다리고 있었다. 그녀가 맨 처음 한 말은 고마워,였다. 왜 고마워,일까? 그렇게 멀리까지 가버렸던 것이? 그 일에 대해서라면 좀더 원망에 찬 음성으로, 상처에서 돋아난 풍요로운 혀로, 다른 언어로 말했을 것이다. 그녀는 단순히 감사하고 있었다. 요컨대 나는 그녀에게 일종의 치료를 행한 것이었다. 식물끼리의 약알칼리성 아가페가 우리가 접촉했던 부분을 통해 교류했다.

그녀는 '그'가 없어지고 나서 처음 아니었을까, 나는 생각했다. 그걸 물어보려 했지만 말로 물을 수는 없는 일이었다. 마치 처음인 것 같아. 그러자 그녀는 눈썹을 추켜올리고 여자라면 누구나 보여주는 그 윤나는 눈으로 나를 흘겨보더니 너무나 우아하게 내 귓불을 깨물었다. 만약 그런 것이었다면 나는 그녀를 수술하고 치료를 베풀었다는 영예를 누리리라. 그것도 그녀 안의 '그'가 죽은 자의 영으로 변한 밤에.

"무슨 일이야? '그'에게 무슨 일이 있었어?" 그리고 마침내 나는 그녀의 침묵을 부술 기세로 말했다. "죽었어?"

그녀는 거울 속에 노오멘能面[17] 같은 얼굴을 떠올린 채 머리를 빗고 있었다. 결코 대답할 낌새를 보이지 않고.

"난 지금부터 '그'에게 갈 거야. 오오사까까지 바래다줄래?"

오오사까에서 K 시까지는 젠닛꾸우全日空 항공 편이 있을 거야. 나는 오오사까로 가는 전차 안에서 그렇게 말했지만 작가는 하얀 시트 위에 주름이 잡히는 듯한 미소를 입가에 띠고 이젠 서두를 필요가 없다고 말했다. 이 대답이 나의 불길한 예감을 부채질했다. 피우기 시작한 숯불처럼, 새파란 일산화탄소 불꽃처럼 나의 불안은 또다시 타올랐고 맑게 갠 하늘 아래 마른들에 퍼져나갔다. 유난히

17 일본 전통 가면극인 노오(能)에서 쓰는 가면.

밝던 한겨울 풍경을 기억한다. 달걀을 집어삼킨 뱀처럼 군데군데 부풀어올라 빈약한 물줄기가 흐르던 것은 요도가와의 중류였다. 우리는 케이한京阪 특급전차의 좌석에 나란히 앉아 그 강을 따라 달리고 있었다. "날씨가 좋네" 하고 '작가'가 말했다. 무의미하게 밝고 투명한 음성으로. 그것이 어떤 슬픔을 머금고 있었는지, 나는 모른다. 오히려 그것은 '그녀'의 찢긴 틈에서 배어나온 허무 그 자체였는지도 모른다. 하얀 아스뜨라한astrakhan 외투 속으로 그 가냘픈 몸을 감싸고, 목에는 외투와 같은 감으로 된 머플러를 과장된 붕대처럼 두르고, (차 안은 난방이 지나칠 정도였건만) 그녀는 앉아 있었다. 나는 폭신폭신한 양모 아래 그녀의 손을 더듬어 잡았다. 그것은 불에 달군 포크처럼 차갑게, 얼음처럼 타오르고 있었다.

하늘이 갑자기 흐려졌다. 전차가 외설스러운 거리를 가르고 오오사까라는 악성 종양의 중심부로 돌진해갈 무렵, 하늘은 축약 렌즈처럼 수축되어 급속히 푸른 광휘를 잃어갔다. 삶은 달걀의 노른자 같은 태양도 점차 그 윤곽을 잃고 구름 속 지저분한 얼룩으로 변했다. 오오사까 역에 도착했을 때, 아직 한시간쯤 시간이 남아 우리는 역 앞의 지하상가를 돌아다녔다. 벽 구석마다 각 지역 특산품을 진열한 가게였다. 말벌 유충, 개다래나무, 자리공 된장 장아찌, 태아 머리 크기만 한 자몽, 성게 알, 고래 연골 쌀겨 장아찌, 호두, 카쯔오부시, 양갱. 싸구려 책과 에로틱 잡지를 쌓아놓은 책방, 남자 여자 할 것 없이 포렴에 고개를 박고 서서 먹는 꼬치구잇집. "맛있겠다. 먹어볼래?" '작가'는 귀부인풍 하얀 외투 차림으로 스탠드에 들러붙어 내장을 굽는 냄새 속에서 꼬치구이를 몇개나 먹어치우고 맥주를 한잔 반 마셨다. 작가에게는 보기 드문 비정상적 식욕이 나를 불안하게 했다. 인간은 죽을 결심을 한 후에 이런 식으로 활발하게 먹어대는 것 아닐까……

재앙을 알리는 듯 요란스런 발차 벨이 울리기 시작했을 때, 우리는 오렌지색과 녹색으로 나누어 칠해놓은 열차의 자동문 앞에서 모호한 포옹을 주고받았다. 내 팔에 남은 것은 하얀 아스뜨라한 모피의 감촉과 도망쳐가버린 무언가가 남긴, 가슴을 에는 공허였다. 그녀의 입술도 얼어붙은 손도 금세 이 포옹에서 벗어나버렸다. "남들이 보잖아." 그녀는 더없이 요염해 보이는 항의의 미소를 띠며 말했고, 그것에 내가 다시 항의하려 하자, 두 손을 뻗어 내 외투의 벗겨져 있던 단추를 끼워주면서 온종일 태양의 항적이 보이는 섬으로 가는 여행을 입에 담았다. 우리 사이에서(라고는 하지만, 거의 그녀 혼자서 열중하여 계획을 세우고 있었지만) 이야기가 된 그 여행이 사실상 무기한 연기되었음을 그녀는, 그 억지스러운 명랑함에 들뜬 음성으로 고지했다. 나는 고개를 끄덕였다. 이것이 우리의 마지막 대화였다. 벨이 그쳤고 닫혀버린 문 너머에서 하얀 여자의 모습이 윤곽을 잃어갔다. 이제 두번 다시 그녀를 보는 일은 없겠구나, 생각했다.

그때 이후 처음이었다. 내가 '작가'와 마주 앉아 이야기를 나눈 것은. 우리는 다시 만났고 그녀는 결혼을 했다고 한다. 그것도 '그'와 한 것이 아니라 S와. 친하게 지내던 여자의 결혼에 대해 어떤 남자라도 느낄 법한 질투 섞인 분노를 나도 느꼈다.

"부군이신 S 씨는 어떤 남자죠?" 나는 꽤나 노골적인 비난과 경멸을 담아 물었다.

"시시한 남자야." '작가'는 아무렇지도 않게 말하며 손가락으로 자기 뒤를 보라고 신호를 보냈다. "저기, 좀전에 나간 남자…… 봤어? S야. 온종일 나를 미행하지. 미행한다기보다 개가 주인을 맴돌듯이 나를 맴도는 거야. 나는 전혀 눈치채지 못한 척하면서 내 멋대로 살고 있지만. S는 내가 조만간 반드시 '그'와 연락을 해서 만날 것이 분명하다고 믿고, 한시도 눈을 떼지 않고 나를 감시하고 있는 거야."

나는 '작가'의 어깨 너머로 비어홀의 출입구를 관찰해보았지만 그럴듯한 남자의 모습은 없었다. 언제나처럼 농담이리라.

"S는 너를 '그'라고 착각했을지도 몰라. 그래서……" 하며 작가는 신난다는 듯이 말했다. "격앙되어 우리를 찌르려고 칼을 사러 뛰쳐나갔는지도 모르지."

"그런 남자에게 찔리는 건 좀 그런데?" 하고 나는 어깨를 움츠렸다. "만일 남편이 험상궂은 얼굴로 쳐들어오면 나는 당신 동생인 걸로 하죠. 알겠죠, 누나?"

이 낱말로 나의 '가짜' 누나, 즉 '작가'는 어떤 사실을 떠올린 것이 분명하다. 그래서 그녀가 말한 것이다.

"그런데 좋은 가게가 있어, 가르쳐드릴까? 내가 고문 비슷하게 되어 있는 가게인데 모던 재즈라도 브루벡이니 하는 스퀘어한 것들은 한장도 없고, 완전히 힙한 것들하고 이른바 new thing, 그리고 현대음악을 들려줘. '몽크'라는 가게. 괜찮으면 같이 가볼래?"

"아, 그러죠. 다만 오늘은 안돼. 언제 한번."

"안타깝네. 그럼, 또 언제 전화할게."

이때 '작가'가 나더러 가자고 했던 속셈은 지금 생각하면 '몽크'에 있는 L과 나를 만나게 하려는 것이었음이 명백하다. 하지만 나를 L과 만나게 하려던 의도는 무엇일까? 그것은 '작가'가 적잖이 지니고 있는 친절한 마음, 그것도 호기심에서 비롯된 선인장과 같은 친절에 불과했던 것일까? 아니면, (하고 생각하면서 나는 싱그레 웃었는데) 그녀는 L과 나 사이에 일어난 일을 냄새 맡고, 이런 이상한 냄새를 풍기는 간음으로 연결된 누나와 동생을 대결시키는 것에 가슴이 두근거렸을지도 모른다. 하지만 '작가'가 그 사실을 알고 있을 가능성은 거의 없을 것, 하고 나는 생각한다. 만일 알았다고 한들, 하고 나는 가정법으로 생각해보았지만 그다지 동요되지 않았다. 이미 미키에게 이야기를 한 이상, 내 뼈에 스며 있던 수치의 독성은, 이 공개에 의해 분해되어버렸던 것이다. 그것은 이제 와서 보자면 삼인칭으로 이야기할 수 있는 하나의 사실에 불과했다. 이러한 효과는 무엇보다 나를 안정시켰다. 혹은 나에게 깔보는 마음을 품게 했다. 요컨대 내가 필사적으로 불법 소지하고 있던 흉기는, 막상 남들 앞에 끄집어내고 보니 내 기대에 어긋나게도 온 세상을 얼어붙게 만들 위력을 떨치기는커녕, 곧바로 이해되고 무력화되고 너그러운 미소와 함께 압수당해버린 것이다. 나는 청자였던 미키에게 실망한 것이 아니었다. 그녀는 추상적인 두개의 귀로 변하여 내 이야기를 빨아들이고 있었다. 아무런 과장된 반응도 드러내지 않고. 다시 말해 그녀는 이상적인 청자였다고 나는 생각한다. 나는 모습이 보이지 않는 정신분석의를 앞에 두고 이야기를 하고 있었던 듯한 생각이 든다. 하지만 이것이 비속한 의미에서 정신분석과 비슷한 효과를 가져왔다 하더라도, 한가지 마음에 걸리는 것은 환자인 나의 무저항이었다. 절대로 남의 손이 닿게 해선 안될 암흑을 나는 너무 쉽게 이야기해버렸던 것이다. 그렇다면 실은 그것이 나에게 있어 본질적으로는 암흑이 아니었다는 것 아닐까? 이제야 나는 그 사실을 깨달았다. 내가 자신의 누나와 뒹굴었다고 하는 사실 그 자체에 대해서는 그다지 큰 의미를 부여하지 않았었다고 해야 할 것이다. 외면하고 싶은 사실임에는 틀림없었고 자진해서 남들에게 떠들어댈 일은 아니었지만, 그렇다고 그것이 나의 존재 구조를 일변할 만한 위기는 아니었고 따라서, 또 그것을 빛 속으로 끌어냄으로써 다시 한번 나 자신의 존재 구조를 일변할 만한 드라마 없이도 공개할 수 있었던 것이다. 입회인이 미키(혹은 '작가'라도 좋다)와 같은 공백의 정신이기만 하다면 그것은 가능했다.

이렇게 하고 보면 나는 나 자신의 '현 존재 구조'의 완강한 안정성에 놀라지 않을 수 없다. 그것은 마치, 멋들어진 '적응제어계' 같은 것이다. 근친상간이라고 하는 이상한 사건에 의해서도 이 체계는 파괴되지 않고, 또 광기라 불리는 비정상적으로 왜곡된 체계로 이행해버리는 일도 없었다. 이 강력한 안정성의 조건은 무엇인가 하면, 명백히 도덕적 감각의 결여이다. 혹은 차라리, 부負의 도덕적 감각이라고 하는 편이 좋을지도 모른다. 근친상간이라는 사실에 대해, 나의 내부엔, 나를 파멸적으로 진동시킬 만한 죄의 감각이 전혀 생겨나지 않았다. 근친상간은 어째서 악인가, 하는 질문을 받았을 때 나는 미키 앞에서 열심히 이론을 세워 보였지만, 이 문제에 대한 나의 솔직한 대답은, 간단히 말해 '곤혹'이었다. 왜냐하면 이 질문 자체가 나의 내면에서는 성립되지 않았기 때문이다. 그것은 나에게 있어 의미가 없었다.

그렇다면 L과의 만남을 기피할 이유도 없을 것이다. 그렇다. 나는 언제라도 L과 만날 수 있을 것이고 딱, 눈이 맞는다면 우리는 다시 한번 사랑을 나눌지도 모른다. 두마리 전갈처럼 부둥켜안고. 그런 식으로 생각하며 나는 무시무시한 미소를 얼굴에 떠올려보려 했지만 제대로 안되었다. 절대 L을 만나고 싶지 않아, 하고 나에게 고하는 음성이 있었다. 나는 극심한 피로를 느꼈다.

내 쪽에서 '작가'에게 전화를 건 것은 그로부터 사흘 뒤 이른 아침이었다. 처음 전화를 받은 것은 약간 쉰 듯한 남자 음성이었으니, '작가'의 남편이 분명했다,라기보다 그것은 일반적인 남편이라는 존재의 목소리였다. 예를 들어, 이 짜증이 날 정도로 안정된 음성은 '작가'를 가리켜 '집사람'이라고 부른 것이다. 이름을 묻기에 나는 끓어오르는 악의 그대로 '그'의 이름을 말해주었다. 그러자 상대는 침묵했고, 전화를 끊어버렸다. 한시간쯤 지나 '작가'가 너무나 불쾌한 음성으로 전화를 걸어와, 무슨 심보로 심술을 부린 거냐고 따졌다. 그녀의 말에 의하면 남편은 질투와 불안 때문에 자기 꼬리를 물려고 하는 개처럼 끊임없이 주변을 맴돌고, 미친 팽이가 될 것 같다는 것이었다.

"그 남자를 너무 놀리지 말아줘. 그런데 무슨 일이었어?"

"미키 일인데," 하고 순간적으로 나는 생각지도 않았던 소리를 했다. 사실은 L 문제를 '작가'와 이야기해보고 싶다고 생각했던 것이다. "꼭 의논을 하고 싶어요."

"요컨대 미키를 '갖고' 싶다,라는 이야기?" '작가'는 음성을 낮추어 내 겨드랑이라도 간질이는 듯한 말투로 말했다. "좋아, 이야기를 듣지, 뭐."

밤, 신주꾸의 '블루 노트'에서 나는 '작가'를 만났다. '작가'는 내가 미키네 집에 들러 다시 빌려온 노트를 테이블 위에 펼쳐놓고 교사가 답안지를 보듯이 신중하게 읽었다.

"어떻게 생각해요?"

"재미있네, 이 소설" 하고 '작가'는 열기 담긴 눈을 들어 말했다. 나는 되물으며,

"소설? 이게 소설이라는 거야?"

"안 그래? 소설 문체잖아?"

"그 말은 노트가 지어낸 이야기라는 건가요?"

"거짓말이지, 헛소리야" 하며 '작가'는 어깨를 으쓱해 보였다. "사실 같은 게 어딨어?"

이 단언은 나를 후려쳤다. 하지만 작가의 이 경련적인 말은 미키의 노트에 관한 의견이 아니라는 사실을 알았다. 그녀는 노트 따위는 잊어버렸다는 듯이 인식론에 관해 떠들기 시작했고, 나는 잘 모르는 화제지만 현상학 속을 엄청나게 헤매고 다니더니, 그 수다는 로브그리예가 만든 「불멸의 여인」에까지 튀어갔다. 이 영화 속에

서 그녀가 무척 좋아했던 프랑수아 브리옹이 "거짓말이지, 헛소리야" 하고 반복하는 부분이 더없이 마음에 들었다는 것이었다.

"그런데 이 노트 말이야," 하고 나는 가까스로 '작가'를 미키의 노트에 착륙시켰다. "이게 다 꾸며낸 이야기란 건가요?"

"몰라, 그런 거" 하고 '작가'는 잘라 말하고는 재키 맥린의 「One Step Beyond」에 맞춰 고개를 흔들더니, "어쨌든 이건 소설이야. 소설이란 게 당신이 사실이라는 낱말로 생각하고 있는 것에 대해, 어떤 패러독스한 관계를 지니는 거거든. 당신은 미키 씨가 이 소설을, 무언가를 전하고자 썼다고 생각하겠지만 오히려 무언가를 숨기기 위해 썼을지도 몰라." "그러고 보니" 하고 나는 내 나름의 얄팍한 이해에 근거하여 말했다. "이 노트에는 일부러 빠뜨리고 쓴 것이 너무 많아. 결정적인 사실에 관한 것은 무엇 하나 안 쓰여 있어."

"예를 들어 어떤 거?"

"예를 들어 파파라는 인물과 미키의 관계죠. 파파는 미키 엄마의 옛 애인인 것 같지만 어쩌면 미키의 진짜 아버지일지도 몰라. 만약 그렇다면 이건 완전히 근친상간이죠. 그런데 그런 중요한 점에 가면 언제나 모호하게 만들어놓죠. 도대체 이걸 쓰던 때의 미키 자신이 사실을 알고 있었는지 어떤지도 모르겠어. 그렇죠? 만약에 그녀가 파파가 자기 아버지라는 걸 알면서도 여기 있는 것 같은 짓을 하고 있었다면 이건 엄청난 근친상간이지. 우리 경우와 견줄 수 없는."

"우리라니, 당신과 L 씨?"

"어, 알고 있죠?"

"알아."

"정말? 근데 어떻게?"

"보면 알지. 당신과 L 씨는 대화하지 않는 연인들이었잖아. 결코 이야기를 나누지 않았던 건 왜였어?"

"끔찍한 죄를 범했기 때문이죠." 나는 대답이 궁해져 장난치듯 말했다. "우린 남매 사이면서 사랑을 하고 있었거든요."

"그렇구나. 그래서, 그건 미키 씨의 용어로 하자면……" 하고 '작가'는 노트를 뒤적이며 말했다. "한자로 사랑했던 거야, 히라가나로 사랑했던 거야?"

"미키도 같은 질문을 하더군요. 양쪽 다요."

"L 씨는 당신을 한자로 사랑하고 있었던 거야. 그리고 지금도. 그러니까 당신에 대해 말을 하지 않는 거지. 몸은 맡기지만."

"잘 모르겠네, 그 논리."

"당신에 대해 언어를 자기 안에 가둬버린 것은 사랑의 전압을 높이기 위한 거라고. 일종의 충전 작용이지."

"그러다가 방전이 일어나면 그 번개가, 말하자면, 사랑해, 하는 절규가 된다……"

"그렇지. 하지만 두 존재 사이에 충분한 거리가 있을 때만 그런 번개가 일어나는 거지. 사랑해,라는 날말은 남매 사이에선 결코 할 수 없는 말이니까."

"그런데 나는 그걸 입에 담았거든요. 자기 누나를 향해."

"그걸로 알았어. 그 사랑의 천둥을 맞고부터 L 씨는 당신을 한자로 사랑하기 시작한 거지. 그리고 당신에게 말을 하지 않게 된 거고. 말로 할 수 없는 말을 축전해서 존재의 에너지를 높임과 동시에, 당신으로부터 거리를 두려고 했던 거네. 언젠가, 사랑의 천둥으로 당신을 쳐서 죽이기 위해."

"그 설명은 알겠는데" 하고 나는 어딘가 납득되지 않는 것을 느끼며 말했다. "거꾸로 이런 식으로 생각할 수는 없을까요? 분명히 L은 그후 나에 대해 언어를 사용하지 않게 되었다, 그건 요컨대 언어를 쓸 수 없기 때문이죠. 다시 말하자면 언어를 사용할 수 있을 만큼의 거리가 우리 사이에 없었기 때문인 거예요. 우리 관계는 짚신벌레의 접합 같은 거지. 멀리 떨어진 두가지 성적 존재가 정자를 보낸다거나 난자를 맞으러 내보낸다거나 하는 식의 형식적인 언어의 주고받음은 불필요했던 겁니다. 이런 종류의 결합은, 우리에게 있어 너무나 자연스러운 것이었다, 즉 몸으로 뒤엉킨다는 것이 너무 자연스러워 아무것도 아니었다. 이건 동물의 레벨, 아니, 차라리 식물적인, 무성생식적 수준의 사건인 거죠. 만약 여기서 우리가 언어를 분비하고 있었더라면 그거야말로 끈적끈적한 분비물이라고밖에 할 수 없을 만한 언어여서 우리는 그 안에 갇혀서 녹아버렸을 거야."

"어째서 당신과 L 씨는 그런 식으로 접합하는 존재가 된 걸까? 어쩌다가 언어조차 사용할 수 없을 정도로 가까운 거리에 있었지?"

"남매니까 그렇죠. 아니, 그런 것이 남매인 거지."

"그럴까? 분명히 태어나기 전에 같은 태 안에 있었다든가, 한쪽이 다른 쪽의 존재 근거였다든가, 요컨대 형제라든가 부모 자식이라는 관계는, 출생 이전에 두 존재를 연결해버린다, 하는 이야기는 할 수 있지. 존재론적으로 말이야. 하지만 당신과 L 씨의 경우, 주된 이유는 어린 시절부터 항상 서로 바라보고 만지고 하면서 살아왔기 때문에 거리를 잃어버렸다는 것 아닐까? 존재론적인 의미에서의 남매…… 도대체 L 씨는 당신의 진짜 누나이긴 한 거야?"

'작가'는 그 독특한 방식으로 나를 응시했고 내 눈의 창문으로 머릿속까지 시선의 존데Sonde를 집어넣었다. 나는 빈혈을 일으킬 것 같았다. 나와 L이, '할망구'가 낳은 아이들이 아니라 주워온 아이라는 사실을 전에 가르쳐준 것도 '작가'였다. '할망구'도 '아저씨'도 (그들은 나의 법률상 부모이지만) 내가 이 사실을 알고 있다는 것을 모른다. 그런데 '작가'는 이번엔 나와 L이 사실은 남매가 아니라는 사실을 나에게 가르쳐주려는 것일까?

"뭔가 아는 게 있어요?"

그러자 '작가'는 입을 다물고 고개를 저었다.

"우리는 명실상부한 남매야. 적어도 나는 지금까지 그걸 의심한 적은 없어요."

"거의 닮지 않은 거 같은데."

"그야 남자와 여자니까 그렇죠. 발 모양, 손 모양, 귀나 코의 형태 같은 게 쌍둥이 형제보다 더 많이 닮았는데…… 그런데 당신은 나에게 그런 소릴 넌지시 흘려놓고 어쩔 속셈이죠? 만일 나와 L이 진짜 남매가 아니라면, 그것이 나에게 조금이나마 구원이 되기라도 한다는 건가요?"

"아니. 당신에겐 구원 따위는 필요없을걸. 요컨대 두사람은 남매이고, 어느날 갑자기 몸이 맞부딪혀 비명을 지르고, 그 이후 남매이면서 한자로 사랑을 하려 했으나 성공하지 못해. 그런데 미키 씨의 경우는," 하고 '작가'는 다시 한번 미키의 노트로 돌아가 무릎에 노트를 펼쳤다. "당신들과는 다른 시도를 하고 있는 것 같아…… 어쩌면 L 씨도 미키 씨처럼 비밀 노트를 적어가며 같은 시도를 하고 있을지도 모르지만, 그건 다시 말하자면 언어를 사용하여 가공의 사랑을 만들어내는 것, 있을 수 없는 상상의 사랑을…… 아버지와 딸의 근친상간을 성화聖化할 만한 연인끼리의 사랑이지. 미키 씨는 소설가가 하는 일을, 그 어두운 관계 속에서 하고자 했던 거야. 예를 들자면 이 노트에는 파파와 침대에서 연인들의 언어로 애무를 주고받았다고 적혀 있었지. 그런 식으로 파파와 '한패'가 되어 연인을 연기하고 있었던 거 아닐까 몰라. 적어도 그녀는 자기만이라도 그렇게 하려 했던 거죠. 그 노트 속에서."

"그렇다면 미키는, 그리고 파파 역시 자기들이 아버지와 딸이라는 사실을 알면서 그렇게 했다는 이야기가 되나요?"

"난 그렇게 생각하는데" 하고 '작가'는 말하며 머리카락에 손가락을 집어넣어 살짝 흩트려놓았다. "와, 멋져, '프리 재즈'가 시작됐네."

오넷 콜먼과 에릭 돌피의 더블 꽈르떼뜨가 하는 '집단 즉흥연주'였고, '작가' 말로는 모던 재즈 레코드는 딱 이거 한장이면 된다고 한다. 그런 까닭에 '작가'는 눈을 감고 귀만 열어놓은 채 경청했고, 한 이십분 정도는 내 이야기에 상대를 하지 않았다. 그리고 '프리 재즈'가 끝나자 진이 빠졌다는 듯 미키의 노트에 관한 관심도 잃어버리고, 가야겠다고 했다. 말없이 나왔으니까, '마이 허즈번드'는 분노와 질투, 내가 다시는 돌아오지 않는 것 아닐까 하는 불안으로 미칠 지경일 거야. 그녀는 하얀 손을 살랑살랑 흔들고는 택시에 올랐다.

나의 관심은 미키와 '파파'를 떠나 있었다. 물론 여전히 관심은 있었지만 솔직히 말해 그것은 일종의 의무감 같은 것에 근거하고 있었다고 해야 할 것이다. '작가'와 헤어지고 나서 나는 밤하늘을 빨강, 흰색, 금색 실로 지그재그 누벼놓은 재봉틀 광고 네온을 올려다보며, 미키가 생부와 근친상간의 피를 들이켰다 한들 그게 어쨌다는 거야, 하고 생각한 것은 사실이다. 나는 입을 벌릴 듯해진 머릿속 상처를 재빨리 무관심의 실로 지그재그 꿰매붙였고 도덕적 감각에 마취주사를 놓아, 그런 일에 별 의미는 없지, 하고 중얼거렸던 것이다.

오늘은 여러가지 일이 있었다.

우선 오전에 '미대'에서 전화가 와서 가봤더니, 당신의 '코뮤니스트'로서의 경험에 관하여 솔직하게 말해주길 바란다, 하는 것이었다. 아마도 전부 조사가 끝났으리라 생각하지만, 하고 나는 말하고 나서, 더없이 솔직하게 그들이 알고 싶어하는 것을 들려주었다. 그리고 '안보' 이후 내가 어떻게 안티코뮤니스트로서 얼마나 프리덤을—이 낱말을 나는 최고의 열의와 경건함을 담아 발음했다—사랑하는 인간이었는지를 강조했다. 이런 일에 나는 아무런 거리

낌도 없었다. 내가 생각해도 나는 더할 수 없이 감상적이지 않은 인간이라고 생각한다. '미대'는 내 이야기에 호감을 느낀 듯했고, 당신의 '아메리카' 입국은 거의 확실하게 허가되겠지요, 다만 절차상 약간 늦어질지도 모르지만, 하고 말했다.

그후, 나는 미키에게 전화를 걸었다. 미키는 없었다. 전화를 받은 것은 굵다란 음성으로 너저분하게 말하는 그 할멈이었다.

"미키는 없는디" 하는 어투였다. "파파가 위독허다고 어젯밤부터 병원에 가 있어."

그리고, 오후 6시쯤 '석류'에 와 계세요, 연락할게요, 하는 전언이었다.

이 할멈(차라리 '할망구'라고 부르고 싶은)의 말엔 한두가지 내 호기심을 자극하는 구석이 있었다. 그 한가지는, 고용인이 그 집의 '아가씨'를 미키라고 막 부른다는 점이다. 이것은 할멈의 몰상식하고 조야한 말투의 일례에 불과할지도 모르지만, 어쩌면 그녀가 미키 집에서 옛날부터 차지하고 있는 특별한 위치를 드러내는 것으로 볼 수도 있다. 하지만 어느 쪽이든 대수로운 문제는 아니다. 그것보다도 나는 할멈이 미키의 아버지를 '파파'라 부른 것에 놀랐다. 처음에는 이 말이 괄호 안의 파파, 다시 말해 미키의 노트 속 '파파'를 의미하는 것으로 착각했을 정도였다. 이 할망구도 그 '노트'를 훔쳐보고 미키의 비밀을 전부 알고 있는 거 아닌가? 그러나 이것은 나의 비약이었다. 그녀는 미키네 아버지, 반신불수 병자라는 아버지를 가리켰던 것이다. 그렇다고 해도, 이 할멈이 미키네 아버지를 파파라고 부르는 것은 이상한 일이었다. 미키가 평소에 아버지를 파파라고 불렀다면 미키의 유모(?) 같은 입장에 있는 할멈도 미키와 일체화되어 파파라는 명칭을 습관적으로 쓸 수야 있을 터이다. 하지만 내가 미키의 노트를 보고 상상한 그녀의 아버지는, 시골뜨기 실업가로서 아이에게서 파파라고 불리기에 어울리는 사내는 아니다. 왠지 나는 '안보' 무렵 우리의 LIC에 자금을 원조해 주던 어느 중소기업 사장의 풍모를, 미키 아버지에 중첩시키곤 했다. 그 남자는 전전戰前의 코뮤니스트였고, 판에 박힌 전향을 하여 지금은 맹렬한 '안티요요기' 휴머니스트이며, 끔찍하게 순진한 과대망상을 품고 우리 '젊은이'(이 낱말을 그는 즐겨썼다)에게 기대를 걸고 있었다. 넌더리가 날 만큼 바이털리티하고, 한없이 야비하여, 한마디로 직립원인을 연상케 하는 인물이었다. 내가 이 인물과 비슷하게 미키의 아버지를 상상하고 있었던 것은 암묵적으로 '파파'가 미키의 진짜 아버지는 아니라고 가정하고 있었기 때문인지도 모른다…… 나는 처음 미키네 집에 갔던 날에, 그녀의 아버지를 만났어야 했다. 그랬더라면 오늘 이후에 알게 될 일을 훨씬 이전에 알 수 있었을 텐데.

타무라 쪼오로 나가면서 나는 신바시까지 가지 않고 토라노몬에서 지하철을 내렸다. 미키의 '파파'네 덴털 클리닉이 토라노몬에 있다는 사실이 생각나서였다. 나는 늘어서 있는 빌딩을 올려다보며 신바시 쪽으로 걸어갔다. 빌딩으로 잘라내진 다각형 하늘이 빛을 잃고 쥐의 껍질을 벗겨 펼쳐놓은 듯한 구름이 무리 지어 있는 것은, 보기 드문 석양의 소나기가 내릴 조짐일지도 모른다. 6시 전이었다. 이 시각, 낮과 밤이 교체되는 시각은 언제나 나를 불안하게 만든다. 웃기는 감상이지만, 보다 적절히 말하자면 나는 천둥벌거숭이 어린애가 되어 소리를 지르며 인파 속으로 뛰어들고 싶을 만큼 쓸쓸함을 느끼는 것이다. 나처럼 현재 속에서만 살아 있는 인간에게는 시간의 흐름이 간만이 바뀌는 때의 조류처럼 빨라지는 이 시각은 견디기 힘들다. 나는 신바시 역 앞의 비어홀에 들어갔다.

안은 만원이었다. 거의 75폰은 될 소음 속을 헤치며 나갔더니 이층 구석 쪽에 이와따와 함께 LIC 이래의 동료가 셋, 장화만큼이나 커다란 맥주잔을 늘어놓고 있는 것이 보였다. 이 우연이 단박에 나를 울鬱 상태에서 조躁 상태로 전환시켰다. 나는 손을 들어 보이며 다가갔고 그들 역시 기성을 질렀다. 그리고 비자 건을 묻기에 오늘 아침 '미대'에서의 심문 상황을 씨니컬하게 재현해 보여 모두를 웃겼고 결국 비자는 머잖아 나올 것이라는 점에 의견이 일치되어 우리는 마음껏 마셨다. 모두 대학원에 남아 있는 녀석들이었지만 여전히 돈 버는 쪽도 순조로운 모양이니 뭐, 다들 좋은 일이었다. 내 환송회는 공식, 비공식 포함하여 몇번이고 성대하게 열자고 그들은 말했고, 나도 찬성했다.

비어홀을 나와 녀석들과 헤어졌을 때, 이미 7시가 넘어 있었다. 술에 취한 나는 비어홀에 울리던 「블루스 마치」에 맞추어 행진을 계속하여 '석류' 계단을 내려갔다. 가게 안엔 손님이 몇 있었다. 계산대엔 마흔을 넘긴 듯한 우아한 키모노의 여성이 있어서 한순간 내겐 미키 어머니로 보였다. 물론 다른 사람이었다. 나는 이름을 대고 미키에게서 전언이 없었는지 물었지만, 없다는 대답이었다. 벽쪽 자리에 앉으려 했을 때, 옆자리에서 열대어 어항에 머리를 기대

고 있던 젊은 여자가 '하일 히틀러!' 하듯이 기세 좋게 팔을 꺾어올려 내게 신호를 보내더니,

"○○ 씨 아니신가요?" 하고 내 이름을 말했다.

"그런데요."

이 여성을 기억해내기 위해 나는 꽤나 시간을 들였고, 여자의 새빨간 손톱이니 불 같은 색으로 칠해진 입술 등을 바라보고 가까스로 그녀를 어디선가 본 적이 있다는 느낌이 들었을 때, 상대가 겉멋 든 손동작으로 명함을 내밀었기 때문에 나는 현에서 주최하는 씨름 대회에서 이긴 씨름 선수처럼 손칼질을 하고 받아들었다. 이래도 웃지 않는 것을 보면 이 여자는 꽤나 둔한 인간이다. 명함에는, ○○사 출판부, 마스다 미사오. M이다! 미키의 노트에 등장했던 M이다.

"오랜만" 하고 M은 말했다. "기억 못하시려나?"

"어디선가 본 듯한 얼굴인데" 하고 나는 솔직히 말했다. "생각이 나지 않네요. 여대를 나온 여자들 중에 흔한 얼굴이라서, 어디서 본 적이 있다는 것도 착각일지 모르겠네. 어쨌든 만나는 건 처음이라 해도, 당신에 관해서는 미키를 통해 많이 알고 있어요."

불문학과를 졸업한 이 젊은 편집자는 지금은 까페의 여자애가 곧잘 하듯이 머리를 쓸어올려 경이롭게 머리카락을 부풀리고, 기다란 손톱에는 핏빛 매니큐어를 바르고, 터키석 이어링과 목각 펜던트, 거기다 황금색 팔찌라는 장식품으로 답답할 만큼 번잡하고 부조화한 무장을 하고 있었다. 민소매 잉카풍 블라우스에서 나와 있는 팔은 묘하게 외설스러운 느낌이었고, 허벅지를 꽉 조이고 있

는 흰 슬랙스에 비쳐 보이는 팬티 라인을 보고 나는 거의 분노를 느낄 지경이었다. 그래서 눈을 그녀의 손으로 옮겼지만, 그러자 살집 좋은 젊은 여자의 손이 갑자기 꿈틀대기 시작하더니 손가락과 손가락을 맞잡았다가 손가락을 뒤로 꺾었다가 하는 것이었다.

그녀의 설명에 따르자면 나는 삼년 전쯤에 한번, '작가'를 찾아왔던 그녀와 만난 적이 있다고 한다. 그녀는 그 무렵 대학 동인지에 관계하고 있어서 대학 축제 강연을 '작가'에게 부탁하러 왔는데 거절당했다는 것이다. 그 말을 듣고 나도 생각이 났는데, 그런 거야 아무래도 좋은 일이다.

"대단한 기억력이네요."

"기억만으로 당신에게 말을 건 건 아니죠. 실은 저, 미키 씨 부탁으로 한시간 전부터 기다리고 있었어요."

"저런, 꽤 기다리시게 했네. 미안해요. 그런데 미키가 뭐라고 했죠?"

"당신 참 엄청 '세이끼'가 넘치는 것 같네요" 하고 M은 시건방진 말투로 딴청이었다. 세이끼生氣? 세이끼精氣? 나는 자신이 껍질 벗겨놓은 뱀처럼 비린내 나는 세이끼精氣를 풍기고 있나 싶어 나도 모르게 손수건을 꺼내 땀방울을 훔쳐냈다.

"그런 소릴 하려면 차라리 사이끼[18]라고 해줬으면 좋겠네."

"미키는" 하고 M은 이번엔 제멋대로 용건으로 돌아가더니 "당분간 못 만난대요."

18 '재기(才氣)' 혹은 '싸이키델릭'. 일본어로는 둘 다 '사이끼'로 발음함.

"그래?" 나는 약간 발끈해서 말했다. "지금 어느 병원에 있죠?"

"나한테도 말 안했어요. 아무튼 당분간은 아무도 만나고 싶지 않다는군요."

"오늘, 일부러 여기까지 와주신 것이 나한테 그 이야기만 전하기 위해선가요?"

"당신에 대한 흥미도 있었고."

"왜?"

"이유 같은 건 없어."

"뭘 알고 싶은데? 어떤 질문이라도 괜찮아."

"계수공학이라면서요?"

"아, 전자계산기를 주무르며 놀고 있어요."

"미키와는 언제부터 알게 됐어요?"

"아주 옛날요."

"아주 옛날?"

"아주 옛날이죠. 미키와는, 거의 남매 같은 사이죠. 지금은 약혼했지만."

M은 제대로 고개도 끄덕이지 않고 빨간 손톱에 이빨로 줄질을 하는 듯한 몸짓을 했다. 갑자기 나는 미키 노트의 한 구절이 떠올랐다. M이 입학한 대학 불문학과의 노교수가 신입생 환영회에서 어떤 여학생에게 와인을 입으로 옮겨 마시게 했을 때, 그 망나니짓에 분개해서,라기보다는 약이 오른 나머지, 글라스를 집어던진 여학생이 있었다는 이야기를 M은 미키에게 했다는데, 바로 그 흥분했던 여학생이 M 자신이 분명하다고 짐작했다는 것이었다.

"왜 웃죠?"

"아니, 미키에게서 전해들은 당신과 실제 당신과는 여러가지 다른 점이 있어서 그게 재미있네요."

"예를 들어 어떤?"

"이번엔 내가 질문할 차례인데요."

"그럼, 어서" 하고 M은 의자에 기대더니 담배를 든 손가락을 얼굴 앞에 갖다댔다.

"당신과 미키는 레즈비언 관계였나요?"

"그런 질문엔 대답 못해요" 하고 M은 얼굴이 굳어졌지만 '레즈비언 관계'라는 말을 잘 모르는 듯했다.

"당신은 고교 시절, 토요일이면 늘 미키네 집에 자러 갔었죠?"

"늘은 아니었고 가끔요."

"그 무렵, 당신은 엉덩이에 닿을 만큼 머리를 기르고 있었죠?"

"어떻게 아세요?"

"지금은 별로 안 긴 것 같은데 왜 잘랐어요?"

"왜라니, 대학에 들어가서 활동적인 생활을 하게 되니까 귀찮았거든요."

"미키는 그걸 두고 뭐라고 했죠?"

"그거라뇨?"

"머리를 자른 것에 대해 말예요."

"별로. 약간 유감스러워했지만."

"미키와 함께 잔 적이 있나요?"

"그런 걸 물어서 어쩔 작정이죠? ……예, 그런 적 있는데요."

"함께 자면서 어떤 일을 했나요?"

"상상력이 없는 분이네."

"나는 약혼자로서 미키의 과거를 남김없이 되새겨볼 권리가 있지. 아니, 그보다 이건 미키 자신의 기억 회복과 재활을 위해서죠. 그래서 당신한테도 협력을 구하는 겁니다" 하고 나는 그럴듯하게 말했다. 본심을 말하자면, 나는 이 여대 출신의 무지와 무치의 전형인 M, 미키 노트의 M의 이미지를 이렇게까지 배신하고 있는 M을, 마음껏 괴롭히고 싶어진 것이다. "……미키는 그 과거에 결코 기억하고 싶지 않은 무언가가 있어요. 미키의 기억상실은 기질성이라고 하지만, 아무리 그래도 미키가 과거의 일부를 잊었다는 것은 그것을 기억하고 싶지 않았기 때문이지. 그런 존재 방식을 선택했다는 것에 의미가 있어. 이 의미를 미키 자신이 이해하지 않으면 과거는 미키 안으로 돌아오지 않아. 그래서 나는 치료를 돕기 위해서도 그 사건 이전의 미키에 관해 알고 싶어요. 나는 어쩌면 당신도 굉장히 중요한 역할을 하고 있었던 건지도 모른다고 일단 생각한 거고요."

M은 약간 머쓱해져서 담배를 피우며 듣고 있었다.

"하지만 미키와 나의 관계는 이른바 동성애와는 달라요. 미키는 분명 좀 유별나긴 하지만 변태적인 구석은 없고, 나 역시 여자로서 완전히 노멀하다고 생각해요…… 난 연인도 있다고."

나는 금세 열성적인 얼굴로 되물었고, 마침내 그 상대방이 꽤나 이름이 알려진 좌익 문예비평가라는 사실을 알아냈다. M은 끝까지 이름만은 밝히지 않았지만 나는 간단히 짚어낼 수가 있었다. 이

삼년 전에 '요요기'에서 쫓겨났고, 지금은 '요요기'를 향해 컹컹 짖어대는 것과 고전적 코뮤니즘의 시시껄렁한 수정에서 존재 이유를 발견하고 있는 전중파戰中派 사내였다. ◯◯죠? 하고 느닷없이 나는 말해보았다. M은 분명 당황했지만 고개를 저었다. 아닌가, 이상하네…… 어쨌든 ◯◯라는 놈은 형편없는 멍텅구리예요. 그 녀석은 지금이야 잘난 낯짝을 하고 '요요기'를 욕하고 돌아다니지만, 제명 당시에는 마누라하고 같이 본부에 찾아가서 울면서 용서를 빌었다고 하더라고요. M은 잠자코 있었다. 마치 가득 찬 방광을 끌어안고 필사적으로 참고 있는 것 같았다.

"뭐, 당신의 프라이버시야 좀더 친해지고 나면 보여줄 거고," 나는 상냥하게 말했다. "미키 이야기로 돌아갑시다. 실은 그녀는 나에 대해 불감증이랍니다."

물론 이건 그냥 한 소리, 우선 나는 아직 미키와 사랑을 나눈 적도 없었지만 만약 가까운 장래에 사랑을 나눈다 하더라도, 그것은 아마도 불감증적인, 아니, 그보다 더 이상한 식물적인 교접이 되리라는 예감이 내겐 있었다. 나는 시치미를 떼고 계속했다.

"그 원인을 알고 싶어요. 그 속엔 기억상실의 비밀도 숨어 있을 듯하거든요. 동성애적인 경험이 그와 무관하다고 한다면…… 당신은 뭔가 짚이는 게 없나요?"

"특별한 건 없어요, 난 미키와 그다지 깊은 교제를 했던 것도 아니니까."

"그런가요? 그래도 미키는 당신에게 여자끼리가 아니면 할 수 없을 듯한 이야기까지 뭐든지 털어놓았던 거 아닌가? 우선, 당신이 처음 미키를 만난 날, 당신은 피를 흘리고 있었죠?"

이 말로 M의 얼굴 가죽은 흉측하게 뒤집혀버린 것 같았다. 나는 그 노트 속에서 미키가 M에 관해 써둔 부분은 거의 사실 그대로임이 분명하다고 느꼈다. 거기서 한층 더 이 확신이 강해져 말했다.

"미키에 의하면, 당신은 보살상의 발과 비슷한 발을 하고 있죠. 물론 지금은 갈색 펌프스 자국이 생겼을지도 모르지만. 한번 보고 싶군. 그리고 몸에는 거의 털이 없고 전신이 순백이라던데. 미키는 당신에 관해 거기까지 알고 있는 거죠. 당신 역시 미키의 구석구석까지 알고 있겠지요? 맹장 수술 자국이 있다든가."

"그 사람은 맹장 자국 같은 건 없어" 하고 M이 더없이 진지하게 말하는 바람에 나는 무심결에 웃음 지을 뻔했다. "도대체 당신은 뭘 알고 싶은 거지? 징그러운 사람이네."

"아무래도 우리 사이에선 이야기가 외설스러워지네요. 그렇다면 화제를 약간 바꿉시다. 미키는 처음으로 남자와 잤을 때, 그 이야기를 당신에게 고백했나요? 아마 당신과 미키가 대학에 들어가던 해 4월쯤이었을 텐데."

"예에, 들었지."

"어떤 식으로 말했는데?"

"별로 자세히는 기억 안 나. 분명 상대방이 치과 의사였다고 했을걸. 마흔 넘은…… 자동차가 있고…… 알파 로메오였던가, 어쨌든 미키는 그 차로 드라이브를 하고, 호텔 바에서 술을 마시고, 그대로 침대로…… 그런 식의 이야기."

"그 신사를 본 적은 없나요?"

"미키 이야기만 들었죠. 어디까지 진짜인지 믿을 수가 없어."

"파파의 이름은?"

"파파라니?"

"그 상대 말예요. 미키가 파파라고 불렀죠?"

"그랬었나? 어쨌든 이름은 몰라. 그다지 흥미있는 이야기도 아니었으니까."

"당신은 약이 올라 듣고 싶지 않았던 거야. 그래서 제대로 듣지도 않았고 기억도 잘 못하는 거지. 곤란한 사람이군. 그밖에 파파에 관해 아는 것 없어요?"

"파파라니, 그 치과 의사 말이죠? 내 느낌으로는, 글쎄……"

그때 나는, 당신의 느낌 따위 전혀 믿을 수가 없겠지만, 하고 쏘아붙이려다가 참았다. 그 덕에 귀중한 정보를 입수할 수 있었다. M의 느낌으로는, 파파라는 인물은 큰 키에 매력적인 플레이보이 타입의 남자가 분명하다는 것이었는데 여기까지는 아무런 가치도 없는 감상이었다. 그렇다곤 해도 M의 빈약한 표현력은 놀랄 정도여서 나는 짜증이 솟구쳤다. 그녀는 나의 상상력을 도취하게 할 만한 단어를 거의 쓰지 않고 추상적,이라기보다는 어딘가 조금씩 의미가 모자라는 낱말이나 '플레이보이 타입'이라는 틀에 박힌 소리, 캐치프레이즈 따위를 성가시다는 듯이 늘어놓았을 뿐이었다. 그래서 그녀의 요약에 따르자면 미키와 파파 사이에 일어난 사건은, '소악마적인 소녀와 중년의 플레이보이와의 정사'라는 식의 진저리 나는 라벨을 붙여 분리해버려야겠지만, 그후 그녀는 별생각 없이 이렇게 덧붙였던 것이다.

"미키는 그런 타입의 중년 남자들을 좋아하나봐, 미키네 파파 같은."

"파파라니, 미키의 아버지 말이야?"

"그렇죠. 미키네 파파는 멋진 사람이었어. 암으로 내일이라도 돌아가실지 모르지만."

"잠깐만." 나는 두 손을 내밀듯 하며 말했다. "이야기가 많이 다르네. 지금 죽어가고 있는 미키네 아버지는—난 아직 한번도 본 적이 없지만, 암인 거야? 뇌출혈이 아니라?"

"암이야. 뇌출혈에 걸릴 나이가 아닌걸. 아마 아직 마흔너덧 정도일걸요. 거기다가 뒤룩뒤룩 살이 찐 고혈압, 이런 타입이 아니거든. 진짜 젊어 보이는걸요. 난 처음 만났을 때 서른대여섯으로 보았을 정도."

"로사노 브라찌 같은 느낌 아닌가요?"

"로사노 브라찌…… 그렇지, 좀더 하드보일드한 느낌의 스포츠맨. 골프도 잘 치셨던 같은데, 그보다는 요트를 좋아하셔서 어딘가에서 선수도 하셨던 것 같아."

"그건 완전히 '파파'잖아!" 하고 나는 소리를 높였지만 M은 이해하지 못하고 우둔하게 눈썹을 찌푸렸다.

"그게, 무슨 소리?"

"미키의 아버지와 미키가 잤다는 상대가 너무 닮았다는 거지."

"어쩌면 그럴지도 모르겠네. 미키의 상대라는 사람은 본 적 없지만."

"미키는 어째서 그 남자를 파파라고 불렀던 걸까?"

"자기 아빠 정도인 사람인데다가 파파와 공통점도 많아서겠죠? 게다가 어떤 여자애들은 연상의 남자를 그렇게 부르고 싶어하는 거 아냐?"

"당신은 어때?"

"파파라는 둥 안해. 어린애나 물장사도 아니고. 잠깐 실례할게."

M은 가방에서 콤팩트를 끄집어냈다. 그리고 나의 무례한 이야기 덕에 생겨난 얼굴의 균열을 덮어 가리려고 거울 속의 자신을 점검해가며 웃을 때처럼 입을 옆으로 끌어당기기도 하고 입술을 벌리기도 하면서 대담한 손놀림으로 입술을 선명한 색으로 다시 덧발랐고 두세번 과장되게 눈을 깜박였다. 나는 원숭이의 자위 행위라도 보는 듯한 눈으로 지켜보고 있었다. 그런 나의 눈을 깨달았을 때 (실은 내가 보고 있다는 사실은 충분히 알았겠지만) M은 유혹에 성공한 암캐처럼 웃었다. 그래서 나도 순수하게 암컷 동물을 보는 눈길을 유지한 채, 자지 않을래, 하고 물었던 것이다. M은 승낙의 표시로 침묵하고 있었다. 테이블 아래로 나는 발을 뻗어 그녀의 무릎 안쪽을 건드려보고 그 사실을 확인했다.

그날밤, 물론 나는 M과 잤지만, 써서 남길 만한 일은 거의 없다. 결코 아름답지 않은 것은 아닌데도 기묘하게 특징 없는 그녀의 얼굴(여자가 짙은 화장을 지웠을 때 보이는 뻔뻔스러운 얼굴과 같은 성질의 것이다)을 이미 기억하지 못하듯이 그녀와 사랑을 나눈 기억 역시 이미 흩어져버렸다. M은 햇볕에 그을린 내 가슴이니, 건장한 근육 다발에 싸인 다리, 기타 등등을 칭찬하려고 판에 박힌 소리를 몇가지 늘어놓았지만 그것은 마치 채점 후에 강평을 하는 여교사의 말투 같았고, 또 그녀는 그 중년 애인의 시들어버린 몸과 내 몸을 비교했지만 그것은 비교해부학 강의 같은 냄새가 났다. 그리고 이 둔감한 여자는 틀에 박힌, 즐겁게 해줘, 같은 말을 하고 열심히 원하는 주제에 막상 그 일엔 극히 무성의했다. 오직 한가지, 그녀가 나와 자는 일에 새 책을 읽는 것과 같은 종류의 호기심을 지니고 있었던 것만은 확실하다. 아마 그녀는 그 이유로 남자와 자는 것이리라. 나는 성의 없는 치과 의사가 환자 입을 벌리게 하듯이 그녀의 몸을 벌려 주사를 놓고, 잠들었다.

Ⅳ

요 며칠, 미키로부터 연락이 끊겨 있었다. 그사이에 나는 딱 한 번 전화를 걸었다. 그때는 할멈의 조카인 듯한 소년의 음성이 미키가 아직 병원에 있다고 알려줬는데 그것은 미키의 파파가 아직 죽지 않았음을 의미한다. 미키는 죽어가는 '파파'를 지키고 있으리라. 이 일에 관해서는 더이상 상상력을 발휘할 마음이 들지 않아 나는 미키를 머릿속에서 쫓아낸 채 며칠을 보냈다. 그런 나의 상태는 말하자면, 거미가 없는 거미줄 같았다. 미키의 파파에 관한 나의 가설도 테스트되지 못한 채 남아 있었다.

결국 나는 미키를 생각하지 않고 지낼 수 있을 만큼 바빴다,고도 말할 수 있다. 이 동안에 나는 이와따 일행과 거의 매일밤 술을 마셨고, 책을 '작가'에게 갖다맡기고, 냉장고 따위를 팔아치우고, 도미渡美용 트렁크를 사들이는 등, 비자가 나오기만 하면 언제라도 출발할 수 있도록 준비를 해나갔다. 또 이 동안에 집행유예가 붙은 채 받은 징역 8개월, 그 집행유예 기간도 끝났다. 이제 비자만 기다리면 된다.

그런 연유로 내가 쓰기 시작한 노트 역시 중단된 채였는데 실은, 분주함 말고도 나는 이것을 쓰는 데 저항을 느끼기 시작했던 것이다. 그 이유는 간명한 것 같다. 나는 이것을 씀으로써 미키에 대한 나의 태도를 결정하는 것인데 나는 그 결정을 가능하면 미루고 싶었던 것이다. 나 대신 '미대'가 결정해주리라, 나는 생각했다. 비자가 나오지 않을 경우에는 나는 미키의 인력에 몸을 맡길 것이다. 비자가 나오는 경우엔 나는 자신의 의지를 발동할 여지도 없이 미키의 인력권 밖으로 탈출하겠지…… 이러한 결정 방식을 '작가'는 비겁하다고 평했지만, 나는 그렇게 생각하진 않는다. 결정을 내리려면 상황과 조건을 이해하는 것이 필요하다. 그러고 나서 문제를 풀어 '최적해'를 구하는 것이 나의 방식이었다. 그보다 이것이 통상적인 남자들의 행동 원리, 혹은 차라리 행동하지 않는 원리인 것이다. 여자는 이것을 비겁의 원리라고 비난하지만 그것은, 남자는 여자를 위해 만용을 발휘해야 마땅하다고 하는 뻔뻔스러운 가치기준에 근거하고 있다. 만약 당신이 정말 나를 사랑했다면, 하고 여자는 말한다, 모든 것을 버리고 나를 택했을 거야. 그리고 이 원리를 의심하는 남자를 여자는 비겁하다고 정의한다. 하지만 정말로 사랑했다면,이라는 조건 그 자체가 실은 이제부터 결정되어야 할 일에 속하는 것이다. 몸속에 심장이 있는 것 같은 존재 방식으로 사랑이라고 하는 것이 있는 것은 아니다. 여자를 택한다고 하는 행동이 있을 뿐이고, 더구나 그것은 사랑을 증명하는 것도 아무것도 아닌데 여자는 적어도 그것을 사랑의 증거라고 믿는 것이다.

"결국, 당신은 미키 씨를 사랑하는 거야?" 하고 '작가'는 몇번이나 나에게 물었다. 그리고 나는 그때마다 사랑하고 있다고 대답해 두었지만 그것은 일종의 인사치레에 불과하다. 사랑하고 있는지 어떤지 하는 '상태'에 관한 질문은 의미가 없다는 것이 내 생각이었으니까. 오히려 이렇게 대답하는 것이 정확하다고 생각한다.

"네, 나는 미키를 생각하고 있어요."

요컨대 나는 의식을 미키에게로 향하고 있다. 혹은 나는 미키와 관련하여 존재하고 있다.

내가 겨우 미키에게 전화를 걸어본 것은 미키 아버지의 장례식 날이었다. 물론 나는 미키 아버지의 죽음을 몰랐고 전화를 건 것은 호텔 수영장이어서 내 옆에는 노란 수영복에 튀어나온 가슴을 하고 콜라를 마시고 있는 M이 있었다. M의 제안으로 우리는 이후에 M의 아파트로 (그녀는 니혼바시의 집을 나와 혼자서 아파트를 빌려 살고 있었다) 갈 예정이었지만 M은 장례식에 가기 위해 바로 니혼바시 집으로 돌아갔다. 풀사이드에 남은 나는 더는 헤엄칠 기분도 아니어서 오후의 께느른한 열기가 온몸의 껍질을 녹이는 대로 내맡겨두었다. 녹기 시작한 것은 나의 '현재'였다. '영원한 여름'은 금이 갔고 백골 같은 '미래'가 엿보기 시작했다. 그것은 한 인간의 죽음이 불러온 흔해빠진 감상에 불과했을지도 모르지만…… 의자에 늘어진 채 나는 잠깐 잠들어버렸던 모양이다. 태양은 그사이에 쾌속선처럼 크게 이동해 있었다. 몸은 완전히 말라서 너무 구운 크래커 같았다.

내가 그후 미키네 집에 가본 것은 장례에 참석하기 위해서가 아니었다. 말하자면 구경하러 들러본 것이나 마찬가지였다. 현관과 테라스가 있는 마당에 많은 사람들이 보였다. 그것은 '검은 원유회'라고나 할 만했다. 나는 집 앞을 지나치려 했지만 그때 현관으로 나오던 미키를 본 것이다. 검은 키모노를 입고 있었다. 그 우아한 모습은 나를 놀라게 했다. 슬픔의 옷을 두르고 서 있는 그 가냘픈 카리아티드, 특히 가느다란 목덜미와 그것이 받치고 있는 묵직한 머리카락(가발이었을지도 모른다)이 내 눈길을 빨아들였다. 그것은 지금까지 본 적이 없는 '여자'였다. 그녀를 위해 나는 낱말을 찾았다. 예를 들어 명부에서 나타난 동양풍 여신…… 미키는 얼굴을 들었을 때 문밖에 서 있던 나를 보았을지도 모른다. 하지만 나는 재빨리 등을 돌리고 걷기 시작했다.

오늘, 나는 미키에게 전화했다. 미키는 있었다. 평소와 달리 음성에 신기한 울림이 있었다. 슬픔의 깊은 우물로부터 들려오는 목소리 같았다. 나는 어쩐지, 이미 미키가 나와 만나기를 원치 않는다는 느낌이 들었기에 일부러 바쁘다는 듯이 굴며 이쪽에서 전화를 끊은 뒤 곧장 미키네 집으로 갔다. 미키는 당연히 내가 찾아올 줄 알았다는 듯이 상냥하고 평온하게 나를 맞았다. 장례일로부터 이미 닷새가 지나 있었기에 집 안에는 망자라든가 의식의 흔적은 없었다. 다만 공허만이, 동굴에 사는 박쥐처럼 천장에 매달려 있었다. 그리고 같은 것이 미키의 내면을 날아다니고 있는 것은 아닐까 나는 생각했다.

미키는 내 앞에 고개를 숙이고 앉아 있었다. 나는 뭐라 할 말을 찾지 못했고, 말이 없는 공간을 룸 쿨러 소리가 흔들어대고 있었다. 문득 미키는 고개를 들었지만, 그것은 나를 얼어붙게 만들 듯한 하얀 가면도, 절망의 어두운 상처를 지닌 얼굴도 아니었고, 사랑을 품은 소녀가 상대 청년 앞에서 가까스로 마음을 정하고 얼굴을 들었다고나 할 법한, 격앙된 고백의 낌새와 부끄러움으로 가득 차 있었다. 내겐 이해하기 어려운 일이었다. 아마 내 머리는 곤혹으로 가득 차 있었으리라. 그 때문에 나는 미키의 입에서 나온 첫 낱말을 거의 알아듣지 못할 뻔했다.

"저, 파파를 만났어요."

언제, 어디서, 그리고 어쨌는지, 하는 어리석은 일련의 질문을 혀로 누르고 나는 그저 고개를 끄덕였다. 그리고 스스로도 생각지 못했던 발견을 그대로 입 밖에 내고 말았다.

"그러니까, 모든 것을 기억해낸 거겠죠?"

이번엔 미키가 끄덕였다. 갑작스레 그 눈에 눈물이 차올랐다. 한번 차오르기 시작하자 멈추지 않았다. 나는 곤혹스러움으로 굳어져 '생각하는 사람'의 자세를 취한 채 테이블을 바라보고 있었다. 이것은 남자가 여자의 이해 못할 눈물 앞에서 속수무책이 된다고 하는, 전형적인 경우였다고 생각하지만, 그럴 때 남자는 여자가 어떤 형이상학적인 암흑에 빠져 울고 있을 듯한 착각에 매달리는 법이다. 하지만 많은 경우, 여자는 실로 시시껄렁한 이유로 울고 있을 뿐이고 눈물을 흘리는 것은 달콤한 쾌락이기조차 하다. 나는 미키의 경우에도 그렇게 생각했어야 할지도 모른다. 그러나 나에겐 미키의 눈물이 청천벽력, 놀라움이었다. 언제부턴가 나는 미키는 눈물을 보이거나 하지 않는 여자라고 가정하고 있었던 것이다.

이렇게 시간이 흐르고, 방 안이 어두워졌기에 나는 일어나서 불을 켰다. 빛을 받으며 미키는 나에게 웃어 보였다.

"배고파."

그래서 나도 안심하고 웃었고 미키가 원하는 대로 롯뽄기에 나가 '안또니오'에서 이딸리아 음식을 먹었다. '안또니오'를 나온 것은 9시 넘어서였다. 우리는 아오야마의 전찻길까지 걸었다. 미키는 기분이 좋았다. 물론 그것은 나에겐 불가해한 일이었지만 나 역시 거기 맞춰 기분이 좋아졌고 맞잡은 손을 그네처럼 흔들기도 하면서 인적이 끊긴 길을 걸었다. 우리는 십대 연인들 같았다.

"달려갈까요?" 미키는 말하더니 내 손을 풀고 뛰기 시작했다. 금세 숨이 차는 듯한 미키를 나는 뒤에서 붙잡았다.

"우리가 처음 만나서 '에스키모'랑 모두 같이 요꼬하마에 갔을 때" 하고 나는 갑자기 생각난 것을 입에 담았다. "그 크레이지 파티 후에 다들 잠들어버리고 나서 둘이서 해변을 달린 적이 있어. 기억해?"

미키는 입을 다문 채 미소 지었다.

그때 바닷가 아스팔트 위를 우리는 전속력으로 달리고 있었다. 발바닥에 들러붙은 지구를 차내버리고 도망치기 위해 입으로는 공포를 토해내면서. 어쨌든 우리는 인적 없는 밤의 경기장에서 연습하는 단거리 주자 정도의 스피드로 내달렸다. 무서웠다. 나는 미키가 무서웠고, 미키는 또 미키대로 내 옆을 빗자루에 올라타고 활주하는 마녀 같은 믿지 못할 속도로 달리면서 무언가를 두려워하고 있었던 것이다. 아마도 그것은 우리의 목덜미에 숨을 내뿜으며 고색창연하게 머리카락 휘날리며 쫓아오고 있는 사신 같은 존재였음이 분명하다. 눈썹도 없고 달걀 같은 밋밋한 얼굴을 한 성별 불명, 연령 미상의 사신이 분명 그때 내 바로 뒤에 있었고 지금도 이걸 적는 내 어깨 너머로 그는 모든 것을 보고 있는 것이다. 뒤돌아보아서는 안된다. 숨차게 적어나가야지. 그 밤도 숨을 헐떡이며 나는 달렸다. 어느 쪽이든 반걸음이라도 늦어지는 쪽이 사신에게 걸려 밤을 향해 벌어진 입속으로, 은銀갈퀴 같은 손으로 끌려들어갈게 분명하다고 생각했다. 그래서 나는 공포에 질려 무릎이 무당게 다리처럼 굳어진 채 달렸지만, 미키는 바람 속에서 그 머리카락 갈기를 곤두세우고 라이언처럼 유연하게 내달렸고, 나를 추월할 듯한 속도였다. (그녀가 100미터를 12초대에 달리는 러너라는 사실은 후에 알았다.) 새벽이 가까운 바다가 솜털이 일어선 얼굴로 눈을 뜨기 전에 우리는 계단을 뛰어올라 방으로 돌아왔다……

그때처럼 우리는 계단을 올랐다. 미키가 화장실에 가 있는 동안, 나는 미키의 되살아난 기억에 관해, 무엇보다 그 '파파'와의 일에 관해 어떤 식으로 물어야 할지를 생각하고 있었다. 마치 오랫동안 상처를 덮고 있던 붕대를 풀어주는 듯한 것이어서 자칫했다간 미키를 아프게 하고 또다시 상처를 헤집어 피를 흘리게 만들 수도 있다고 나는 생각했다.

돌연(이라지만 나는 노크 소리를 못 들은 것뿐일지도 모른다) 머리에 수건을 두른 할멈이 들어왔다.

"오늘밤에, 자고 갈겨?"

악의에 가까운 호기심인지 자기 딴엔 친근감인 건지 그녀는 뜬금없이 이런 소리를 하더니 내 얼굴을 바라보며 차가운 레몬 스카치 두잔을 테이블에 올려놓았다. 마치 싸구려 모텔의 종업원 같은 느낌이었다. 그리고 내 대답을 기다리지도 않고,

"자고 갈 거믄 옆방에 침대를 준비해둘게" 하고 말했다. "파파 방이었지만서두."

이때 나는 이 오랑우탄 같은 할멈에게 미키에 관해 물어보았어야 하는지도 모른다. 미키와, 파파와의 일을. 실제로 나는 할멈에게 두세마디 말을 걸었다. 하지만 이런 종류의 괴팍한 늙은이들이 늘 그렇듯이 이 여자는 남의 말을 거의 귀담아듣지 않았고 그 대신 고함을 지르는 듯한 큰 소리로 떠들어댔는데, 요컨대 혼잣말을 하는 형식으로 주절거리는 것이었다. 나는 할멈이 커튼을 치면서 늘어놓는 혼잣말을 들었다. 미키 아버지는 방광암으로 죽은 것이었다! 천벌을 받은 거여, 그눔은, 그렇게 나쁜 짓만 골라 했으니까, 정말, 그건 자업자득이라는 거지, 지 딸허구 짐승 겉은 짓을 허구…… 그에 이어 이 할멈이 내뱉은 이야기는 거의 같은 소리의 반복이었고 지극히 알아듣기 힘든 염불 비슷했다. 실제로 할멈은 그 찝찔한 입속에서 경전을 외고 있던 건지도 모른다. 그녀는 어떤 종교단체의 독실한 신자였으니까. 하지만 어찌 되었든, 그것은 결코 아무런

목적도 없이 흘러나온 혼잣말이 아니었다. 날말은 하나하나 쐐기처럼 내 주위에 박혔고, 나를 감옥에 가두었다. 그 효과의 적확함에 나는 압도당했다. 이 할멈은 단순히 무지한 시골 노파가 아니었다. 표현은 너무나 정연했고 몇개의 관념적 단어에 섞여 '근친상간'이라는 날말까지 사용되었다. 그녀의 논고는 미키를 모친 살해자로 규정하고 있었다. 이런 말을 할멈은, 정의의 수호자인 검사처럼이 아니라 진흙탕을 휘젓는 듯한 혼잣말로 늘어놓더니 나의 반응엔 아무런 주의도 기울이지 않은 채 원숭이처럼 기다란 팔을 덜렁거리며 나갔다. 나는 마비되어 있었다.

"당신도 목욕을 하면 어때?"

아내가 남편에게 하는 듯한 미키의 말에 떠밀려 나는 욕실로 갔다. 샤워기를 잘못 눌러 뜨거운 물을 머리에 뒤집어썼을 때, 비로소 깊은 마비가 풀렸다. 정전되었던 내 눈에 불이 켜졌다. 하지만 온 세상에서 의미가 사라지고 없었다. 밝은 빛 속에서 더운물이 무의미하게 쏟아지고 있었고, 근친상간도 비누도 타월도 빠진 겨드랑이 털도, 모든 것이 거기 존재하고 있었다.

그러고 나서 얼마간 시간이 흐르고, 나는 검은 소의 혓바닥을 닮은 밤의 열기 속을 걷고 있었다. 이상한 온기가 미간을 조여들었다. 나는 밤의 고래 배 속에 들어온 요나였다. 나의 '시간'은 피처럼 흐르는 '시간'이 아니라 밤의 괴물의 장기를 이루는 둥그런 근육이 되어 나를 강력하게 포획하고 있었다. 그 증거로, 어디까지나 걸어도 나는 이 생고무 같은 시간의 창자로부터 빠져나갈 수가 없었다. 무슨 생각을 하고 있었던가? 생각하는 것이 너무 많아서 거의 아무것도 생각하지 않는 것에 가까웠던 듯하다. 나는 미키 생각을 하고 있는 것은 아니었다. L이 내 머리로 뛰어들어왔다. 나는 어둠속에서 갑작스레 태양을 만나듯이 L을 본 것이었다. 그 순간에 근친상간이라는 낱말이 음악이 되어 울려퍼지고 동시에 그것은 순금처럼 물질화했다. 이 L의 상상 속 출현은 너무나도 생생해서 그것이 불러온 고통은 견딜 수 없었다. 나는 통증을 없애기 위해, 사랑해, 하고 주문을 외쳤을 정도다. 하지만 L은 사라지지 않았다. 그녀는 내 머릿속 검은 벽에 핏빛으로 칠해져 금색으로 윤곽이 그려져 있었다. 그 기괴한 성性의 입으로 태양 같은 것을 내보이며.

에스빠냐어로 '불'을 뭐라고 하더라? 푸에고라던가, 뭐, 그랬지? 어쨌든 내가 닥치는 대로 들어섰던 술집이 그런 이름이었다. 이니셜의 F 자가 두꺼운 나무문 위에서 수염처럼 타오르고 있었다. 모좌익 작가의 아들이라는 쓸데없이 험상궂어 보이는 한량 하나가 카운터 안에 있었고, 이 좁아터진 술집에서는, 억지로 우리 안에 욱여넣은 엄청나게 커다란 호랑이처럼 보이는 프로야구 선수들도 와 있었다. 내가 브랜디를 마시고 있으려니 옆자리에 와 앉았던 여자아이가 그 사실을 알려주었다. 그런데 댁도 운동선수 아냐? 몸이 좋으시잖아. '자이언트' 2군에 당신 닮은 선수가 있었던 것 같은데. 그래서 말해주었다. '올림픽' 후보선수였어. 단거리에서. 지난번 전일본육상대회에서 10초 2로 일본 신기록을 세웠지. 하지만 이번 전일본학생대회에서 100미터를 9초대에 뛰고서 은퇴하려고. '올림픽'에서 금메달 따기를 기대하고 있는 일본인을 배신하고…… 여자애는 무의미하게 팔짱을 끼며 기대왔고, 나는 달걀형 얼굴의 바텐더를 향해 장뽈 벨몽도풍의 찡그린 얼굴을 지어 보였고, 그후에도 한정없이 바보 같은 소리를 해대며 계속 마셨으니 그 사이에 지구는 몇번이나 자전을 한 것 같았다. 그리고 밖으로 나오니 여전히 밤이다. 시계를 보았지만 바늘은 읽을 수 없었다. 무엇보다 내 시계는 썩은 살구처럼 녹아 있었다. 그런데도 나는 얼핏 보기에는 흔들림 없는 발걸음으로 밤거리를 가르며 나아갔고 L이 있다는 '몽크'를 피하면서, 집요하게 '몽크'를 목적으로 삼고 있었다. 내 머릿속에서 명멸하는 충혈된 거리의 불빛. 그리고 괴상한 까페 하나.

그 까페는 얼핏 보기에, 더없이 외설스러운 길거리 생활의 집적集積의 틈새로 이쪽을 노려보는 사악한 눈동자를 닮아 있었다. 거무스레한 나무토막들을 끼워맞춰 완성된 새장처럼 조그만 가게였는데, 그 이름은 모른다. 좁은 문을 어깨로 밀고 들어가려 하자, 여자의 손이 문을 당기며, "어서 오세요." 나는 사다리 아래 의자에 앉았다. 이 밖에 의자가 몇개. 어두컴컴한 가운데 한쌍의 남녀가 입술의 움직임만으로 이야기를 나누고 있었다. 부드러운 여성의 글씨체로 자잘하게 적힌 메뉴. 씨줄 날줄로 짜인 섬유 사이로 수천년 세월이 먼지가 되어 앉아 있고, 혹은 변색한 핏자국을 연상케 할 만큼 손때가 묻은, 파피루스 같은 지질이었고, 그 위의 글자를 나는 가까스로 판독할 수 있었다. 까페오레, 까페 느와르, 러시안 커피, 비엔나커피, 멕시칸 커피, 브라질, 모카, 블루 마운틴, 꼴롬비아. 내가 비엔나커피를 가리키자, 곧바로 순백의 거품으로 뒤덮인 커피가 날라져왔다. 차갑고 부드러운 생크림 아래서 쓴맛을 지닌 뜨거운 커피가 튀어나와 내 입술을 지진다. 그 감미로운 쓴맛은 악마의 음료 특유의 것이었다. 마침 발아래 몇 미터에선가 지하철이 달리고 있었고 가게의 대각선 위쪽으로는 국철의 고가선과 고속도로가 십자형을 그리고 있을 것이다. 그럼에도 불구하고 가게 안의 정적, 낮아서 들리지 않는 이야기 소리와 먼 소나기 소리 같은 피아노 말고는 지상의 소리가 거의 들리지 않는 이 고요함은 관 속의 정적과 닮아 있었다. 문득 내 귀를 때린 음성, 부드럽게 젖은 혀를 느끼게 만드는 나른한 여자 음성, 어머, 벌써 이런 시간? 세상에, 이건 뭐야? 저런, 박쥐처럼 너덜너덜해진 시간이 떨어져내려왔네…… 그 목소리의 주인은 L 아닌가? 그 아련한 부드러움을 지닌, 억양이 강한 말투로부터 나는 단박에 L의 입 모양, 혀의 움직임을 연상했고, 날숨의 따스함을 느끼며 몸서리쳤다. 직립한 '에고'를 제외하고 나의 온몸은 날카롭게 깎인 귀가 되었다. 하지만 음성은 그쳤다. 아니면 내 귀 안쪽에는 민들레 씨앗 같은 흡음성 흰 곰팡이가 빼곡히 퍼져 있었던 건가? 웨이트리스 소녀가 카운터에 기대 이야기하고 있었지만, 이쪽은 열여덟살 안팎으로 보이는 그 나이에 어울리는 설익은 인생 그대로의 말투였다, 그렇다면 이 소녀의 이야기 상대, 양주라든가 수입 시럽병들이 늘어선 카운터 안쪽에 있는 인물이 그 음성의 주인임이 분명하다는 것을 나는 깨달았다. 턱을 테이블에 붙이고 사냥개의 자세로 살펴보자니, 가까스로 선반 사이에서 웃고 있는 여자의 입술과 치아가 보였다. 무의식중에 누나, 하고 고함을 지를 뻔했다. 마음을 가라앉히려 물을 마시고 커피를 한잔 더, 이번엔 악마의 담즙보다도 진한 것으로 주문한다. 그러자 여자의 입은 웃기를 멈추었다.

"이런, 술꾼인가?" 하고 요괴의 음성.

"아까부터 이쪽을 노려보고 있어." 그렇게 말하고 나서 웨이트리스는 나를 향해, "알겠습니다" 하고 외쳤다. 그렇군, 나는 취해 있었을지도 모른다. 술은 아니었다. 나는 간혹 술 이외의 많은 것들에 취하곤 했다. 정말로 몽롱해져오는 반달 같은 눈으로 나는 주변을 둘러보았다. 벽에는 기괴한 것들이 장식되어 있음을 깨달았다. 십여개의 크고 작은 수리검, 사슬낫, 갑옷, 투구, 그리고 화승총 몇정. 철은 오래된 핏빛으로 녹슬어 있었다. 오랜 세월 동안 사악한 망집妄執이 녹이 되어 배어나온 듯 보였다. 문득 내 손이 늘어나 화승총 하나를 집어들고, 그 믿을 수 없는 무게에 저항하며 가까스로 총구를 잡아올리고, 웃고 있는 입밖에 보이지 않는 요괴 L을 겨누어 의미도 없이 방아쇠를 당긴다. 이 무슨 얼간이 짓인가? 흉기는 굉음을 울리고, 현실 세계는 일거에 무너져내렸다. 여전히 끔찍한 소리와 함께, 투두둑 떨어지는 것은 벽의 수리검, 화승총, 그리고 셀 수 없는 병과 유리잔, 비명과 고함 속에서 전등은 꺼지고 흙먼지와 나무 파편들이 쏟아져내렸다. "지진이다" 하고 소리쳤을 때 나는 짓밟힌 새장 같은 까페 문을 부수고 몸을 내던지고 있었다. 눈앞에 남자가 서서 소변을 보고 있다. 주변은 가로등으로 밝아서 이 남자는 어쩔 줄 몰라하며 몸을 오그라뜨리고 조금씩 발아래 물웅덩이를 만들고 있었는데, 그렇게 해봤자 속수무책이었다. 남자는 한 손으로 거수경례를 붙이며 "저녁이로군요" 하고 나에게 말을 걸었다. 아마도 이 남자는 한참 몽중유행 중이지 않았나 하고 나는 생각했다. 어릴 적, 꿈속에서 방뇨를 할 때면, 항상 이런 식으로 해서는 안될 곳에서 볼일을 보고 있다는 꺼림칙함이 조금이나마 있었고, 그럼에도 불구하고 일종의 무력한 해방감에 몸을 맡기고 나는 이 남자처럼 조금씩 현실 세계를 적시곤 했었다. 그리고 돌이킬 수 없는 데까지 가고 나서, 찌르는 듯한 암모니아 냄새가 풍기는 회한과 젖어버린 아랫배의 냉기로 눈을 번쩍 뜬다. 할망구의 분노……

눈을 떴을 때 나는 내 방 침대 아래 있었다. 침대 위에는 내가 아닌 누군가가 자고 있다. 아니, 어쩌면 내 시체일지도 모르겠다고 나는 생각했고, 흠칫거리며 담요를 걷어보니 노란색 여자의 갈비뼈가 나타났다. 이런 물건을 어디서 주워온 것일까? 나는 세상의 멸망을 알리듯 조종을 울려대고 있는 술에 전 머리를 쥐어짜보았다. 지금 나는 어디 있으며 지금이 언제인가 하며. 나의 '때'는 똬리를 틀고 있는 뱀이다. 그리고 몇년 전 일도 현재 일도 이어져 있어 구별이 되지 않는다. 요컨대 나는 그때도 술에 취해서 여자애를 주워왔었다. 그것은 몇년 전, 내가 친구들과 강도질을 한 후의 일, 사건은 '미궁'에 빠졌으나 나도 노획물을 다 써버려 또다시 무일푼이 되어버렸을 무렵, 청바지에 샌들을 신은 오디세우스로 거리를 표류할 때의 일이었다. 그곳엔 저 '포도색 바다'도 없고 '아침마다 장밋빛 손가락으로 하늘을 물들이는 에오스'도 없는 대신, 거리 전체가 파찐꼬의 파도 소리와 두 다리로 헤엄쳐다니는 너저분한 물고기 떼로 가득 찬 외설스러운 바다였다. 그리고 에게 해의 섬만큼이나 많은 섬들이 나의 표착을 기다리고 있었다. 다시 말하자면 바로 나, 비참한 오디세우스가 조우해야 할 여자들 말이다. 열일곱살에 이미 모략에 뛰어난 사자의 머리를 지니고 있는 나와 같은 '더러운 미소년'(특히 '작가'는 이 낱말을 열렬히 사용해주었다)은 고급 수입품 같은 권태를 입가에 띠고 쇼윈도우 앞에 서 있는 것만으로 간혹 연상의 여자들이 말을 붙여오곤 했다. 이런 종류의 여자들에 관해 말을 꺼냈다간 끝이 없다. 요컨대 그녀들은 결혼 전 군것질의 상습범들이고, 평균 이십오세라는 정규분포를 따르는 연령대 여자들로서, 전혀 '쿨'하지 않았다. 여자라는 것만으로 내겐 모두 똑같아 보였다. 아마도 여자라는 건 그런 존재인지도 모른다. 그런 까닭에 나는 내가 여자들을 구슬리는 횟수 대비 약 30퍼센트 정도의 비율로 여자로부터 서로의 배를 겹치고 하는 놀이의 유혹을 받은 경험이 있었고, 거리의 '세이렌'이나 '칼립소', '나우시카' 들 사이를 표류하고 있었던 것이다. 하지만 그날은 운이 나빴다. 혼잡 속을 뚫고 나는 여자의 다리를 보며 걸었다. 남자라면 모두 그렇게 하지만 나 역시 여자를 우선 다리부터 보는 것이다. "왜?"라고 언젠가 '작가'가 물었다. "다리를 보면 여자의 모든 것을 상상할 수 있거든요." "그다음엔 어디를 보는데?" "전차 안에서 가까이 있을 때는 손. 뒤에서라면 '목덜미'. 엉덩이. 앞으로 돌아가서 가슴. 맨발이면 발가락과 '복사뼈'." "우아한 낱말을 알고 있네. 얼굴은 안 봐?" "어느 틈엔가 조금씩 봐버리는 거죠. 그래도 할 마음이 있을 때 아니면 제대로 안 봐. 눈이라는 게 있어서 그 녀석을 만나면 성가시니까." 나는 여자의 다리를 보며 계속 걸었다. 생각해보면, 내 눈에 비치는 세상은 여자만이 동물이고 남자는 배치되어 있는 도구이며, 더구나 여자라는 동물은 섹스와 다리로 이루어진 이상한 체형의 우주 생물과 같은 존재로서 나의 세계를 부유하고 있었다. 그것은 내가 최초의 몽정을 경험한 해 여름, 유이가하마 해변에서 바라보던 세계와 다르지 않다. 미지근한 파도가 다리를 핥아대는 젖은 모래 위에 엎드려 딱딱한 기관총을 배 아래쪽에 접어 깔고 무수한 다리들을 바라보고 있었다. 정말이지 엄청난 다리와 엉덩이 들이었다. 저것들을 모조리 내 것으로 만들어야지, 생각하는 것만으로 나의 온몸은 절망으로 가려워졌고 아랫배에서는 흉포한 게 다리가 된 나의 에고가 부질없이 지구를 할퀴어가며 구멍을 뚫고 있었다. 그 무렵의 나는 아직 여자를 몰랐고, 몹시도 불행했다. 얼굴이 붉어질 정도의 불행, '작가'의 애용어로 말하자면 '옹뜨'honte; 수치에 물든 불행이다. 이런 저주받은 시대로부터 한시라도 빨리 도망칠 수만 있다면 나는 무슨 짓이라도 했을 것이다, 예를 들어 나는 언제 한번 양돈장을 찾아가 고무 앞치마에 긴 장화 차림을 한 노련한 거세인의 손으로 중성화 수술을 받아야겠다고 심각하게 생각했을 정도였다. 하지만 이런 문제엔 정말 신중해야 한다고 생각했기에 나는 그 실행을 좀 유보했다. 그 때문에 나의 지옥은 여전히 계속되고 있는 거지만 그래도 정신의 비상에 있어 쓸데없는 추錘로밖에 보이지 않는, 추잡하고 우스꽝스러운 불알이라는 것 없이는 어쩌면 날아오를 에너지 자체도 없는 것 아닐까? 나는 책방에서 책방으로 걸어다녔다. 평균적 일본인에겐 곤란하지만 나로선 쉽사리 손이 닿는 선반 위쪽에서 나는 커다란 화집이나 값비싼 미술서적을 끄집어내어 펼쳐보고, (특히 그 당시 나는 모스크라든가 인도 사원

들이 마음에 들었다) 그러고 나서 눈을 아래쪽으로 돌려 『장미의 기적』부터 노버트 위너[19]의 『싸이버네틱스』[20]에 이르기까지 새로 나온 책은 모조리, 재빠른 바퀴벌레처럼 입질을 해두었다. 게다가 나는 보기와는 다르게 박람강기형에 속했다. 왜냐하면 나는 어떤 일이든 이해하는 대뇌피질을 지니고 있었으니까. 학교 수업 따위는 말할 것도 없고, (나는 이른바 '수재'였다, 그것도 교장의 말을 빌자면 '본교 개벽 이래의') 교사들에 대해서는 그 빈약한 몸뚱이와 마찬가지로 빈약한 지성을 경멸하는 것 말고는 아무것도 하지 않는 학생이었다. 그들은 마흔을 넘었지만 나의 반도 책을 읽지 않았다. 나에게 있어 책은 음식물과 비슷한 정도로 필요한 것이고, 하루 평균 200페이지는 활자를 먹지 않으면 곧장 정신의 영양실조를 일으켰다. 그런데 내 손은 아직 십 엔짜리를 쥐고 있는 것이었다. 그때 나는 어느 헌책방 앞에 서서 『가르강뛰아』나 『빵따그뤼엘』[21]이라도 슬쩍할까 생각하고 있었다. 그것은 꼭 손때를 묻혀보고 싶은 책이다. 다만 내가 발견한 라블레 전4권은 엄중하게 묶여 가게 앞 쇼케이스에 들어 있어서 그것을 훔쳐내기란 백주에 형무소에서 죄수를 탈옥시키는 것보다 어려웠다. 이 헌책방을 위시하여 온 세상 곳곳에 다이너마이트를 설치하여 폭파시킬 것을 꿈꾸는 혁명가 중 하나가 되어가며 사라지려다가 문득 눈에 들어온 것은, 도둑을 잡

19 미국의 수학자. 싸이버네틱스의 창설자로 유명함.

20 통신공학과 제어공학을 융합하여, 생리학, 기계공학, 씨스템 공학을 종합적으로 다루려는 학문.

21 프랑스 르네상스 시기 인문학자인 프랑수아 라블레가 쓴 연작 소설의 1, 2권. 거인 일족을 둘러싼 황당무계한 이야기.

아준 분께 3000엔 드립니다,라는 종이쪽지.

"겨우 석장이야?"

이튿날 이 말을 들은 '후작'은 얼굴의 왼쪽 반을 찡그리며 말했다. '에스키모'가,

"셋이서 나누면 한장씩이네."

"할까?"

"관둬라, 관둬" 하고 나는 가능한 한 명랑하게 말했다. "도둑 역할 했다가 붙잡힌 녀석을 나중에 빼내는 건 진땀 난다고. 그보다는 열심히 도둑질을 하는 편이 낫지 않을까?"

"나는 유괴가 나을 것 같은데" 하고 '후작'이 말했다. "좀 진지하게 생각해보지 않을래?"

"이번엔 차를 못 쓰니까 불편해" 하고 내가 말했다. 그후에 '매독' 자신이 여자애를 싣고 심야의 아오오메 도로에서 가드레일에 올라타는 바람에, '매독'은 다치지 않았지만 여자아이는 팔이 부러졌고 클라이슬러는 흉물스러운 갑각류처럼 뒤집혀서 한쪽 눈이 찌부러져버렸던 것이다.

"영감님 '힐먼'이 안되면 매형의 '피아뜨'를 빌릴 수 있을지도 몰라." '후작'이 열성스럽게 말했다. "이찌가야에서 개업한 소아과 의사거든, 매형은 예스, 하겠지만 누나 쪽이 깍쟁이라서 말이야."

"『육법전서』를 보자면," 그렇게 말하면서 '에스키모'가 가방을 열었다. "……형법 제224조. 미성년자를 약취 혹은 유인한 자는 3개월 이상 5년 이하의 징역에 처함."

"턱없이 가벼운걸."

"다음의 '영리 등 목적 약취, 유인'이라는 것이 무겁지. 제225조. 영리, 추행 혹은 결혼을 목적으로 사람을 약취 또는 유인한 자는 1년 이상 10년 이하의 징역에 처함."

"잡혔다간 10년으론 안될걸." 내가 말했다. "어차피 죽여버릴 거니까."

"케이스 바이 케이스야" 하고 '에스키모'가 대학생 같은 어조로 말했다.

우리는 '에스키모'가 가진 최후의 0.3장(당시 우리는 쇼오또꾸 태자[22]를 단위로 말하고 있었다)을 믿고 '펑키'에 가서 오후 몇시간을 죽이면서 필담으로 계획을 세우고 검토하여 결국엔 일주일 안으로 셋이서 분담하여 린드버그 사건을 비롯한 동서고금의 저명한 유괴 사건 및 유괴를 다룬 추리소설 중 걸출한 것들을 읽고, 특히 유괴 방법, 가족과의 연락 방법, 돈을 뺏는 방법, 시체가 발생할 경우의 처리 방법 등의 항목에 대해 각각 계획을 세우기로 정했다.

"이 몸은 어린애하고 노인은 질색이야. 손이 너무 가니까."

"그러니까 스무살 이전의 여자애로 하자."

공복을 알리는 늑대가 배 속에서 울부짖었지만 우리는 이 계획에 가슴이 벅차 충분히 행복해져서 '펑키'를 나왔다. 그리고 '에스키모' 일행과 막 헤어진 참이었다. 구리로 된 매직 핸드 같은 손이 뻗쳐와 내 어깨를 두드리더니,

"무슨 일이야? 생기발랄하네. 또 무슨 나쁜 짓을 꾸미고 있는 거

22 쇼오또꾸 태자가 그려져 있던 5000엔짜리 지폐를 가리킴.

죠?”

‘작가’였다.

“돈 벌 계획을 세우고 있었어요.”

“이번엔 또 뭘 해? 나도 끼어도 되는데.”

“유괴.”

“얼간이. 유괴만큼 비열한 범죄는 없다는데. 좀더 남자다운 짓을 하면 어때? 남자다운, 예를 들어 은행 강도라든가. 게다가 우선 제대로 돈을 뜯을 수나 있어?”

“계획에 달렸죠. 그런데 지금 한장 정도, 없어요?”

“있지. 아침에 집에서 보내왔어. 마침 ‘할망구’가 파찐꼬를 하러 간 뒤라서 다행이지. 알았다간 또 방세를 미리 내라고 뜯길 참이었거든. 알겠지? ‘할망구’에겐 절대 비밀. 입 다무는 값으로 한장 줄 테니까.”

“꼭 진짜 누나 같네” 하고 내가 살짝 애틋해졌더니 ‘작가’는 목덜미를 잡힌 채 매달린 새끼 고양이 같은 표정을 지으며,

“누나라고 하니, L 씨가 와 있어. 아까 나오면서 보니까 자기 방에서 자고 있는 것 같던데.”

나는 아무런 감상도 흘리지 않고 입에 지퍼를 꽉 채우고 ‘작가’와 헤어졌다. 그대로 나는 L이라는 구심력과 그것에 길항하는 원심력 사이에서 몸이 찢어질 듯 되어 타원을 그리며 거리를 헤매고 다녔다. 그리고 어떤 모던 재즈 가게에 들어가려던 참에 나는 기다란 황색 가로등이 켜진 기둥 그늘에서 술이 떡이 되게 취한 채 나타난 여자아이와 부딪혔다. 한눈에도 하이미날 같은 걸 잔뜩 삼키

고 휘청휘청한다는 것을 알 수 있었지만, 내가 손을 내밀자 맹견이 으르렁대는 소리를 내며 뿌리치더니, 이번엔 그야말로 주저없이 내 목에 매달렸고 그 무게중심을 하체에 집중시키며 질척질척 엉겨왔다. 마치 모양이 잡히지 않은 흙덩이를 느닷없이 떠안은 것 같았다. 그래도 한순간에 나는 이 뜬금없는 재난을 뒤집기 한판 하여, 근사하게 황금 알을 토하게 만들기로 마음먹었다. 그래서 우체통 그늘로 돌아가 좌우 뺨을 꽤 세게 한번씩 후려쳤고 물에 젖은 각설탕처럼 녹아내리는 의식을 불러내어 주소와 이름을 물으려 했지만 이건 제대로 안되어, 그대로 근처의 수상쩍은 여관으로 끌고 갈까 하다가 그전에, 일단은 자동차, 하고 판단하여 마침 지나가던 택시를 세워 이 여자아이와 나의 몸뚱이를 구겨넣었으며 순간적으로 우리 집이 있는 곳을 운전수에게 말했다.

"호텔로 데려가는 거 아냐?" 여자애가 나오는 대로 지껄였다. 나는 잠자코 가방을 집어들고 되는대로 뒤져 신분증을 찾았더니, 어떤 미대 디자인과 1학년 토오야마 미야꼬. 집은 거기서 멀지 않았다. 나는 전화번호를 적고 나서 말했다.

"안심해, 집까지 잘 데려다줄 테니까."

"싫어싫어싫어싫어" 하며 고개를 마구 흔들더니 여자는 내 볼에 얼굴을 비벼댔다. 떨어지면서 타액에서 실이 늘어지는 바람에 기분이 더러웠다. 내 방으로 데려왔을 때 여자애는 아직 의식이 있었다. 나중에 떠올리려 하면 그때는 기억이 물 위의 기름방울처럼 흩어져버리겠지만 내 경험으로는 정말로 의식을 잃어버린다는 것은 기적에 가깝다. 그 소녀만 하더라도 엉켜버린 실과 같은 의식으로 그 손발을 조작하여 인형처럼 움직이고 있었던 것이다. 방에는 내 침대와 L의 침대가 있었는데, 서로를 격리하려는 듯 한껏 떨어져 놓인 그것들 사이의 공간에 L을 앉혔다. 머리를 짧게 잘라서 포로 수용소나 형무소에 들어간 여자 같았다. 무참한 자기처벌처럼 보였다.

"도와줘" 하고 말했지만, 물론 L로부터 아무런 대답도 듣지 못했다는 사실을 위장의 통증 같은 느낌으로 확인해가며 나는 여자아이를 나의 불결한 침대가 아닌 L을 위해 봉인해두었던 불길한 침대에 누이고자 했으나, 이미 침대 커버는 벗겨지고 시트엔 상형문자가 뒤섞인 듯한 주름과 부드럽고 따스한 무게가 누웠던 흔적이 뚜렷했고, 문득 망설이는 사이에 L은 허리가 기다란 그레이트데인[23]을 연상케 하는 몸놀림으로 그 침대로 뛰어올라갔다. 맛있는 뼈다귀를 움켜쥔 개와 같은 자세로 엎드려버린 것은 내가 자기 침대를 쓰지 못하게 할 작정에서였으리라. 그래서 나 역시 건방진 개를 쫓아낼 작정으로 혀를 차가며 격렬하게 'ʃ 소리'를 내보았지만 헛일이었다. 그렇다면, 하고 나는 일단 여자아이를 바닥에 굴려놓고 L의 겨드랑이니 옆구리에 간지럼을 태워서 침대에서 몰아내려 시도해보았다. 그런데 놀랍게도 L은 자벌레처럼 늘어났다 오므라들었다를 반복할 뿐 전혀 웃지를 않는 것이었다. 이건 뜻밖이라기보다는 섬찍한 일이었다. 두사람이 우주인적 성관계로 결합되기 전, 우리는 언어의 실로 서로를 끌어당기는 대신 네장의 손바닥을

23 개의 한 품종. 커다란 몸과 온화한 성격으로 유명함.

말미잘처럼 흐늘흐늘해가며 서로 간지럼을 태우면서 뜨거운 숨결과 경련하는 웃음소리를 함께 토해냄으로써 몹시도 앵띰intime한 사이가 될 수 있었건만. L에게 간지럼을 태우고 있는 나의 기괴한 손짓을 보았던지, 여자아이는 기특하게도 일어나 나를 말리면서 L을 향해 한 손을 들어 인사 비슷한 손짓을 해 보이더니,

"어떻게 된 거야? 이 사람과?"

"너야말로 어떻게 된 거야? 하이미날은 몇알이나 먹었어?"

"승천하게 해줘. 몽글몽글 구름 위에서 자게 해줘. 나 이 사람하고 잘 거야. 저기…… 이 사람, 당신의 정부?"

"어어."

"아니면 누님?"

"어어. 어느 쪽이든 벙어리야, 이 인간은."

여자아이는 초점이 맞지 않는 두 눈을 어항처럼 커다랗게 뜨고 있었다. 그것은 시선이 없는 불투명한 눈으로, 내가 스커트를 튤립 모양으로 말아올릴 때까지 줄곧 그렇게 뜨인 채였다. 그러고는 갑자기 조개껍데기처럼 꽉 닫혔다. 어떤 무의식적 의지가 작용한 것일까, 나는 모른다. 그것은 죽음 말고 어떤 힘에 의해서도 두번 다시 열 수가 없으리라 여겨질 정도였다. 꽉 아물린 조개껍데기 사이에서 증류수 같은 눈물이 엷게 번져 있었다. 잠들었을 때는 내 눈도 이렇게 말간 눈물을 흘릴지도 모른다고 나는 살짝 감상적이 된 머리로 생각하면서, 동시에 아래쪽에서는 양계장에 들어온 여우만큼이나 품성 저열한 나의 '에고'가, 이미 잠들어버린 이 여자의 자율제어계와는 관계없이 깨어 있는 마녀의 눈을 노리고 달려들고

있었다. 아니, 정확히 말하자면 나의 '에고'를 빨아들이는 것이 있었고, 그보다 더욱 강한 힘으로 나를 뒤쪽에서 밀어넣으려는 힘이 작용하고 있었던 것 아닐까? 마치 나의 '에고'는 앞문의 호랑이와 뒷문의 늑대에게 쫓겨 진퇴양난, 잠든 여자의 배 속으로 도망친 것 같았다. 나는 뒤에서 달려드는 L의 눈을 느끼고 있었다. 그 예리한 시선으로 등가죽이 몇갈래 벗겨지고 골반 언저리까지 구멍이 뚫린 것처럼 느꼈을 때, 나는 끝났다. L의 응시 속에서의 시간屍姦. 처음부터 끝까지 보고 있었다. L은 손톱을 씹으며 침대 위에 앉아 있었다. 그 눈이 처음 깜박일 때까지 몇분의 일초 사이에 나는 L의 눈이 개기일식으로부터 회복되는 것을 보았다. 그 그늘, 그늘이라기보다 데운 우유의 표면에 생기는 점막 같은 껍질을 닮은 것으로 덮여 있던 L의 눈은 무엇을 보고 있었을까? 그것이 에로티즘의 바다에 빠져 죽을 때의 눈이라고 한다면, 보아야 할 것은 아무것도 없었을 것을. 어쨌든 나는 투우 소의 부러진 뿔 같은 것을 지닌 채 방심하고 있었다. 나는 나를 보는 L의 눈을 바라보고 있었던 것이다. 너무 눈부신 태양, 하지만 한줄기 빛도 발하지 못하는 죽음처럼 검은 태양, 눈을 감으면 눈꺼풀 안쪽의 우주 공간에 나타나는 한밤중의 태양.

"뒤처리를 부탁해" 하고 나는 말했지만, 나의 밀크상狀 성운을 먹은 입을 닦아줘라, 하는 것이라기보다는 살인 공범자에게 시체처리를 맡기는 듯한 어조가 되었음에 신경을 쓰면서 나는 아래의 '할망구' 방으로 내려가 전화를 내 방으로 돌려놓고, (할망구는 눈을 치뜨며 "시외에 걸지 마" 하고 소리를 질렀다) 다시 이층 내 방으로 뛰어올라왔더니, 여학생은 L의 손으로 상처가 봉합되고 수술 뒤의 환자처럼 누워 있어서 나는 안심하고 '후작'에게 전화를 걸었다. 상황을 이야기하니, 그는 목소리를 낮추어 내 귓속에서 나이프를 가는 듯한 어조로,

"했냐?"

"뭐라고? 아아, 그거. 그거야 했지."

"자고 있는 거지? 좋았냐?"

"좋지도 나쁘지도 않던데. 그보다 지금부터 한탕 해야지. 차 좀 어떻게 해줄래?"

"뭐야?"

"유괴엔 성공했으니까, 다음은 거래지."

"그런가? 그래도 차는 안돼."

"왜?"

"절망적으로 안되겠는데. 영감님 힐먼은 아침부터 마나님이 굴려서 슈우젠지에 가 있거든. 차가 꼭 필요하냐?"

"좀 생각해보자. 어쨌든 오늘밤 안으로 거래를 완료해야지."

한동안 나는 쥐덫에 걸린 시궁쥐의 처치를 생각하듯이 이 '유괴당한 소녀'의 처리에 관해 생각했다. 더없이 비열한 범죄의 경계에서 있는 유괴범이 공포에 강하게 사로잡히는 한순간이 있었다,고 하는 건 옳지 않다. 나는 극히 냉정한 게임 플레이어로서 이 상황 속에서 가능한 전략 하나하나를 음미, 검토하고 있었으니까. 여자아이는 때때로 말이 되지 않는 말을 껌처럼 씹으면서 깊은 잠의 밑바닥으로 가라앉으려 하고 있었다. 완전히 포기하고 물속으로 잠

겨가는 익사자처럼. 그때 나는 내 입장이 유괴범에 협박자보다는, 교활한 보호자에 가깝다는 사실을 깨달았다. 댁의 따님을 보호하고 있습니다. 바로 연락 주십시오. 다량의 수면제를 먹었으나 목숨은 건질 듯…… 그리고 감사와 함께 답례를 받는다…… 그러나 이 걸로는 현금을 손에 쥐기 어렵다……

나는 지금, 꿈속에서 악전고투하며 대책을 강구하고 있는 것이었다. 몇년 전처럼. 그리고 몇년 전의 나 역시 시체처럼 뻔뻔스레 내 침대를 점령한 여학생을 어떻게 처리하면 좋을지 몰랐었다. 결국 '에스키모'가 가져온 차로, 우리들, '후작', '에스키모', 그리고 나까지 세사람은 (츠또무는 이 범행에 가담하기를 거부했다) 자고 있는 여학생을 자동차로 I 공원 뒤까지 옮기고 물을 끼얹어 깨우고 나서, 간단히 말하자면, 윤간했던 것이다. 그리고 친절하게도 이 사건을 여학생의 집에 전화로 알리면서 피해자를 빨리 데리러 오는 편이 좋을 것이라고 충고했다. 그리고, 이런 짓을 한 덕분에 오래지 않아 발각되었다. 나와 '에스키모'와 '후작', 세사람이 퇴학처분을 받은 것은 고등학교 2학년 끝, 3월 말이었다. 퇴학 통보는, 몇번의 직원회의, 교장도 포함된 상담교사와 우리들 간의 대화, 부모님들과 교장과의 면담, 하는 식으로 길고 긴 민주주의적 창자 속에서 변비에 걸려 있던 끝에 가까스로 배설되어 우리 앞에 내밀어졌지만 그때쯤, 나는 이미 거의 무관심해져 있었고 교장은 메르카토르 도법으로 그려진 세계지도를 등지고 가끔 미합중국을 어루만져가며 청소년의 비행이라는 역병이 모든 선진문명국에 만연해 있다는 사실에 대해 뜸들여가면서 코멘트한 후에, 안됐지만 자네들은 이 학교에 더는 있을 수가 없게 되었다고 고했다. '후작'의 엄마가 (그녀는 얼마나 여우를 닮았던가. 완전히 하얀 벽 같은 얼굴의 여우였다!) 탁자에 한 손을 짚고는 두세마디 그 얼굴과 차가운 안경에 어울리는 음성으로 소리를 지르더니, 나를 노려보았다. 자기 아이의 본질적 결백을 믿어 의심치 않는 멍청한 어머니의 눈과 모든 타인을 재단할 수 있다는 듯한 살 떨리는 재판관의 눈을 나는 보았다. 분노가 열풍처럼 갈비뼈 사이에서 솟아나왔다. 그때 '후작'은 그 어머니의 머리카락을 휘어잡아 쓰러뜨리더니 발길질을 해댔다. 하지만 이와 같은 사건 때문에 '후작'에 대한 나의 우정이 약간이라도 되살아난 것은 아니었다. 그가 하지 않았다면 내가 같은 짓을 했을 것이다. '에스키모' 엄마는 뚱뚱한 몸뚱이를 둥글게 말고 병 걸린 코끼리처럼 늘어져서 잘 관찰하지 않으면 알아차리지 못할 정도로 울고 있었다. '에스키모'의 손을 무릎 위에 움켜쥔 채. 모든 것이 명배우들의 무대를 보고 있는 듯했다. 그리고 내가 학부형 대신 와달라고 했던 '작가'만은 방긋방긋 웃어가며 이 무대를 보고 있었다. 밖으로 나왔을 때 '후작'이 내 귀에 입을 갖다대고는, 밀고한 계집애한테 복수하지 않을래? 하고 말했지만 나는, 됐어, 하고 대답했다. 세쌍의 남녀는 교문 앞에서 말없이 헤어졌다. 경보 선수처럼 전속력으로 걸어가는 '후작'과 위엄을 잃지 않을 정도로 잰걸음으로 걸으며 간격을 벌리지 않으려는 그 모친, 어머니 어깨에 팔을 두르고 살찐 연인들처럼 걸어가는 '에스키모', 그리고 마지막으로 무책임하게 흔들거리는 양손을 늘어뜨리고 '작가'와 내가 역 쪽으로 내려갔다.

그런데, 지금도 침대에 살구색 여자가 있는 것이다. 어디서 어떻게 주워온 것인지 나는 기억나지 않는다. 이게 누구지? 미야꼬라던가 했던 그때의 여학생, 우에노 역에서 알게 되어 S 고원까지 함께 가출했던 마이꼬, 아니면 '성자'의 마누라 '모카', 아니, 차라리 L이라도 좋아, 하고 나는 생각했다. 이걸 어떻게 처분할까? 담요에서 발이 삐져나와 있다. 튼튼하고 견실해 보이는 뒤꿈치와 더러운 발바닥, 게다가 엄청 털이 많은 다리였다. 나는 문득 초현실적인 경악에 사로잡혔는데, 요컨대 내 침대에서 자고 있는 것은 남자였던 것이다. 나는 바닥에서 웃음버섯을 삼킨 뱀처럼 뒹굴어가며 웃어댔고, 웃으면서 기억의 필름을 되돌려 어젯밤 사건을 기억해냈는데 이 사내는 그 기묘한 까페 앞에서 소변을 보고 있던 남자였다. 나와 그는 쌍두의 큰 뱀처럼 바bar라고 하는 술독에 번갈아가며 머리를 처박았고, 마침내 나는 이 낯선 사내를 내 방까지 끌고 온 모양이다. 아니면 만취해버린 나를 이 사내가 바래다준 것일까? 그런 거야 뭐, 어쨌든 좋고, 나는 완전히 황폐한 기분이었다. 할 수만 있다면 문드러진 기억의 라오콘을 죽죽 머릿속에서 끄집어내어 시냇물에 헹구거나 냉장고에서 식히고 싶은 심정이었다.

사내는 빨간 눈으로 침대에서 내려오더니 심한 사투리로 정중하게 감사인사를 늘어놓기 시작했다. K 시에서 강습을 받으러 상경한 시립도서관 사서로, 시인이기도 하다고. 그리고 자신의 '본분'은 치한이라면서, 비닐 슈트케이스에서 시집 한권을 꺼내더니 나에게 증정한다는 것이었다. '암흑 속의 연인들'이라는 제목이었다. 이건 물론 치한 행위에 대한 찬가였는데 다음에는 근친상간을 주제로 한 시집을 자비 출판하겠다고 선언하고, (아무래도 전날밤 나는 그 문제에 관해 이 사내에게 논쟁을 걸었던 모양) 토스트 두 장과 토마토를 먹어치우고 돌아갔다.

그날밤, 나는 또 거리로 나가 이와따 일행과 마셨다.

미키에게서 노트가 들어 있는 대형 봉투가 속달로 배달되어왔을 때도, 나는 지독한 숙취에 시달리고 있어 심장처럼 고동치는 위장과, 달리가 그린 삐까소의 초상처럼 구멍 뚫린 머리를 끌어안고 침대 위에서 뒹굴던 참이었다. 미키가 하는 짓을 연극 같다고 느끼고 짜증이 났던 것도 반 이상은 숙취 탓이었으리라. 하지만 나의 짜증 속에 미키에 대한 적의가 몇 퍼센트인가 섞여 있었던 것도 사실이다. 평소와 달리 나는 미키에게 거리를 두었고, 더구나 비판적인 눈을 지닐 수 있었던 듯도 하다. 여하간, 오전 중엔 미키의 노트를 읽을 수 있는 상태가 아니었던 나는 신문을 구석구석 읽어가며 침대에서 뒹굴고 있었다. 그리고 오후가 되어서는 풀에서 헤엄을 쳤다. 태양열과 차가운 물의 반짝임이 머리를 상쾌하게 만들었다. 나는 풀사이드에 엎드려 다이빙 선수들의 연습을 바라보며 책상 위에 두고 온 끔찍한 노트가 어느샌가 사라져버렸으면 좋겠다 생각하기도 했다. 하지만 그렇게 생각한 것은, 내가 확실히 노트의 저주에 진 때였다. 나는 거미줄에 걸린 벌레처럼, 죽음의 턱을 흔들어가며 기다리는 금색 거미 쪽으로 이끌려갔다. 이번엔 누군가가 내 방에 몰래 들어와 노트를 집어가버린 것 아닐까 두려워하며.

미국으로의 도주 준비의 하나로 나는 수학 관련 책을 제외한 장서를 모조리 팔아버렸기 때문에 방은 해골 모형 같은 공허한 빈약함을 드러내고 있었다. 지금은 책상과 선풍기, 그리고 침대가 나의 전재산 목록을 구성하고 있지만 이것들도 같은 아파트의 학생들과 계약이 끝난 상태. 미키의 노트는 아무것도 없는 책상 위에 존재하고 있었다. 그것은 펼쳐져서 (나는 그걸 펼친 기억이 없는데) 하얀 페이지가 백랍 가면처럼 빛나고 있었다.

나의 '파파'는 죽었습니다. 그의 몸 안에서 암이 콜리플라워처럼 파열한 것입니다. 내 두배만큼 살았지만 아직 마흔네살의 젊은 나이로 '파파'는 썩기 쉬운 망자로 변해버렸습니다. 나와 둘이서 악업의 극한을 행해온 응보겠지요. '파파'는 그래도 응보를 받아 다행입니다. 나는 스스로 자신에게 벌을 줘야만 합니다. 죄를 찾아내기 위해, (그런 게, 발견될까요?) 최소한, 먼저 벌 속에 자신을 감금할 것. 유골함에 갇혀버린 '파파'처럼.

'파파'란 나의 아빠를 말합니다. 이미 살도 뼈도 태워져서 재가 되어버린 사람을 가리킵니다. 덴티스트 '파파'라는 둥, 어째서 당신을 속여온 것일까요? 아니, 실은 나를 속이기 위해 그렇게 썼던 거랍니다. 다 거짓말이에요. 소설이죠. 토라노몬에 클리닉이 있고 알파 로메오를 굴리는 치과 의사 '파파' 따위, 실재하지 않아요. 만약에 그런 파파가 있었더라면, 그 사고, 엄마의 죽음과 나의 중상이라는 일이 있어났을 때 내 앞에 나타나지 않을 리가 없죠. 그런데 당신도 잘 아시다시피 그런 인물 따위, 전혀 나타나지 않았습니다.

나타난 것은, 예컨대 '당신'. 기억을 잃었던 나의, 어두운 과거에서 출현한 망령인 그대는, 처음엔 깨진 거울에 비친 상처럼 보였습니다. 거울의 깨진 금이 메워져가면서 당신의 상도 말끔해졌고, 내겐 당신이 최고의 의사 선생님이라는 것을 알게 되었죠. 누구보다 당신은 나에게 강한 관심을 지니고 있었으니까. 다시 말해, 나는 당신의 관심, 당신에게서 풀려나오는 의식이라는 붕대로, 조각조각 나 있던 나를 묶어주기를 원했던 겁니다. 당신이 나를 사랑하고 있다고는 생각하지 않습니다. 하지만 당신의 관심은 나에게 있어 사랑과 마찬가지였습니다. 나는 사랑이 지닌 치유 작용에 몸을 맡기고 있었지요. 정말이지, 당신이야말로 훌륭한 의사 선생님. 너무나 감사해서 하얀 콜리가 되어 당신 손을 핥아드리고 싶을 정도랍니다.

그런데도 저는 당신을 속이고 있었습니다. 그 노트 이야기가 아닙니다. 그건 한마디로 실패한 소설에 불과한걸요. 그건 나만을 위해 쓰인 주문呪文. 맹세코 당신을 속일 생각은 없었습니다. 그러나 당신은 멋대로 그것이 사실이라고 믿어버리셨던 거죠…… 내가 당신을 속였다는 것은 다른 것, 말하자면 저는 오랫동안 당신 앞에서 기억을 잃어버린 척하고 있었던 겁니다. 제발, 격노하지는 마시기를. 그렇다고 저를 용서하셔도 안됩니다. 저는 당신의 손바닥을 핥는 대신, 야무지게 물어뜯는 짓을 해버렸습니다. 그리고 나의 송곳니엔 독이 있죠. 당신은 나의 독에 상상력을 침범당해 앰네지아라는 환상의 꽃 속에 나를 가두어버렸습니다. 나는 나오려야 나올 수가 없게 되었습니다. 그래서 내가 남몰래 이런 생각을 하고 있었던 건지도 모르지요. 당신이 사랑 비슷한 관심을 내게 쏟아주시는 것은 무엇보다도 그 기괴한 노트 때문이라고. 그리고 내가 그것을 썼고, 지금은 기억을 잃은 병자라는 것 때문이 분명하다고. 당신에게 계속 치료를 받기 위해서는 거짓의 붕대를 풀어서는 안된다는 것을 나는 알고 있었던 거예요. 어떤 짓을 해서라도 당신을 잃고 싶지 않았습니다. 어떤 비굴한 짓을 해서든. 내가 당신에게 이런 태도를 취했던 것은 왜일까요? 당신을 사랑했기 때문은 아닙니다. 오히려 반대였죠. 당신을 사랑하지 않았기 때문에, 오히려 나는 당신을 의사로서 내 곁에 묶어둔다고 하는 목적을 위해서는, 아무렇지도 않게 비열해질 수도 비굴해질 수도 있었던 것이겠지요. 만약 당신을 사랑했더라면 저는 당신에게 마법을 걸어 새끼 악어로 만들어서라도, 아니면 아예 당신을 죽여서라도 나의 꿀 속에 가둬버렸을 거예요. 자신이 사랑하지 않는 이상, 당신에게 사랑받는다는 것은 생각도 해보지 않았답니다. 그러니 저는 당신 앞에서는 '불쌍한 병자'일 수밖에 없었던 겁니다.

자, 그렇다면 내가 기억을 되찾은 것은 언제였는가. 그것은 당신이 노트를 돌려주러 오셔서 제 입술에 긴 입맞춤을 하신 날과, 풀에서 수영을 한 후 당신이 누님에 관해 이야기하신 날 사이의 어느 날이었습니다. 긴 입맞춤의 날, 내 머릿속은 아직 유물 발굴 현장처럼 파헤쳐진 상태였습니다. 기억엔 크고 작은 구멍이 뚫려 있어서 저는 그것들에 뚜껑을 덮어 맥락을 맞추느라 곧잘 그때그때 거짓말을 하곤 했어요. 예를 들어 아버지에 관한 것. 저에게 아버지란 깊은 우물 모양을 한 새카만 어둠의 일종이었습니다. 나는 아버지에 관해 아무 말도 할 수가 없었습니다. 물론 과거의 다른 부분과 함께 기억 속에서 도려내져 있었기 때문이기도 하지만 그것 이상으로, 저에겐 특히 더 어두운 피 같은 것이 엉겨 있는 듯한 이 구멍을 피해 지나가고자 하는 힘이 작용하고 있었던 것이겠지요. 그래서 저는 당신 앞에서 아버지에 대해 닥치는 대로 지껄여 '뇌출혈로 쓰러져 반신불수인, 반쯤 폐인이 된 늙은이'라고 하는 아버지 상을 만들어내고 말았습니다. 다행스럽게도 당신은 이 '가짜 아버지'의 이미지를 그대로 믿어주시는 듯했습니다. 그리고 그런 까닭에 (다시 말해 이 '가짜 아버지' 이미지가 노트 속 '아버지'의 이미지를 보강했기 때문에) 당신은 한층 더 확신을 지니고, 나와 '파파'에 관한 '가짜' 이미지의 미로 속으로 헤매어들어가게 된 것이죠. 그렇지만, 실은 그날 아버지는 더없이 건강했습니다. 반신불수로 침대에 뒹굴기는커녕, 오랜만에 직접 운전해서 회사에 가 있었던 거죠. 무엇보다 아버지의 병은 뇌출혈이 아니었습니다. 아버지의 병은…… 그전에 나는 역시 그를 '파파'라 부르렵니다. 그가 살아 있는 동안 그것 말고 다른 호칭으로 그를 부른 적이 없었으니까요.

나의 파파는 방광암이었습니다. 수술이 성공할 가능성 제로. 손을 닦아가며 진찰실에서 나온 의사는 엄마와 나의 얼굴을 보지 않고 죽음의 선고를 내렸습니다. 이때 나의 목은 꺾이고 얼굴은 새까매졌어요. 내 짐승의 머리는 한순간에 타버려 재가 되었습니다. 그때부터 저는 모든 것을 잊어버렸습니다. '파파'에게 내려진 죽음의 선고를 잊기 위하여. 나의 절망은 나에 대해 파괴적이었습니다. 머릿속 기억의 성은 순식간에 무너져내리고 다른 세상으로 굴러떨어지고 말았습니다. 앰네지아. 그것은 당신을 포함한 많은 이들이 굳게 믿었듯이, 충돌 사고에 따른 기질성 앰네지아가 아닙니다. 그 사고는 나의 기억상실의 원인이 아니라 하나의 결과에 불과했던 거죠. 다시 말해 나는 그 사고를 일으키기 전에 이미 기억도 언어도 잃고 인간으로부터 백치와 같은 괴물로, 아니, 여자의 모습을 한, 한마리 동물로 변해 있었던 겁니다. 이 끔찍한 메타모포스의 '때(時)'를, (지금 저는 그'때'를 확실히 기억해낼 수가 있지만) 도저히 말로 설명할 수는 없습니다. 그것은 마치 삶에서 죽음으로의 이행의 '때'를 말로 설명하기 불가능한 것과 같습니다. 하지만 그 '때'는 날카로운 칼날의 섬광과는 다르고, 완만한 목 조르기로 인한 죽음을 닮아 있었던 듯한 생각이 듭니다. 요컨대 내가 파파의 사망 선고를 듣고 나서 상심喪心을 완성하기까지는 시계의 '때'로 말하자면 아마도 몇십분인가 지나지 않았을까 싶습니다…… 저는 포르쉐 안에 앉아 있었어요. 엄마가 내 옆에 타더군요. 파파는 회사차로 이제부터 어딘가를 다녀온다고 했습니다. 그 사람에겐 죽을 때까지 말하지 맙시다. 그런 갈라진 여자 음성을 들은 것이 마지막, 제 귀는 더는 어떤 말도 듣지 않았고, (아마 엄마는 그런 다음 아무 말도 하지 않았던 거겠지요) 더는 아무것도 보지 않았고, (빨간 보닛 너머로는 거리도 보도도 하늘도 보이지 않았습니다) 저는 자동조종장치가 되어 포르쉐를 달리고 있었습니다. 바다를 목적 삼았던 것 같아요. 내 몸 안의, 녹아버린 기억이 바다 쪽으로 흘러가는 듯했습니다. 자동차는, 분명 한번은 바닷가 길을 달렸습니다. 요꼬하마의 어느 부두 근처였겠지요. 어두운 항구, 정박해 있는 배, 흐린 하늘에 이어진 바닷빛…… 저는 어렴풋이 기억하고 있습니다. 아무리 그래도, 사물을 보는 마음을 잃어버리고, 이미 아무것도 비치지 않는 눈을 그저 커다랗게 홉뜨고 운전대를 잡고 있는 나에게, 엄마는 아무런 이상도 느끼지 않았던 걸까요? 어째서 나를 말리지 않았을까? 공포에 질려 목소리도 안 나온 걸까요? 어쩌면 엄마는 자기들의 앞을 막고 있는 죽음을 알면서, 깊은 혼미 속에 가라앉아 손가락 하나 움직일 수 없었을지도 모릅니다, 예컨대 길 위에 고인 피 같은 기름을 보면서도, 이미 멈출 수가 없어서 그 위를 질주해 가는 운전자들처럼. 사실, 우리의 죽음은 그로부터 몇분 뒤에 암갈색 고대의 소(牛)와 같은 얼굴로 우리 앞에 버티고 서 있었습니다. 그것은 오오야이시를 가득 실은 대형 트럭이었지요. 저는 운전대를 놓고, 양손으로 얼굴을 감싸고 말았습니다……

그에 이어진 참사에 대해서는 경찰이니 목격자, 그리고 당신이 저보다 훨씬 많이 알고 있습니다. 엄마는 셀 수 없는 비참의 칼날로 온몸을 피투성이로 만든 채 그 자리에서 죽었고, 저는 머리를 부딪혀 거의 죽을 뻔했지요. 누구나 저의 기억상실을 이런 머리의 타박과 연결한 것은 자연스러운 일이었습니다. 하지만 신경과 선생님이 말씀하셨듯이 제 전두엽이 정말 손상되었다면 아마 회복 가능성은 거의 없었고 저는 망가진 인형 같은 생물로서 살아갈 수밖에 없었겠지요.

그런데 퇴원한 후로 저는, 실은 완전히 원래 그대로의 미키로 돌아가 있었던 겁니다. 오직 하나의 어두운 구멍, 끔찍한 것이 담겨 있음이 분명한 기억의 우물만 제외하고. 물론 그것은 파파. 거의 모든 것이 제게 되돌아왔지만, 파파만은 제 눈엔 어떤 의미도 퍼올릴 수 없는 새카만 어둠이었습니다. 그리고 동시에 저의 눈을 지질 듯한 격렬한 태양이었습니다. 퇴원하던 날, 저는 파파의 방으로 가서 고개를 떨구었습니다. 그는 파자마를 입고 침대에 앉아 있었지요. "얼굴을 들어보렴" 하는 나지막한 음성. 저는 얼굴을 들고 암흑 속에 앉아 있는 여래상이라도 보듯이 파파를 보았습니다. 눈을 내부로 향하여 아무것도 비치지 않는 두개의 구멍을 얼굴 한가운데 열어두고. 파파도 저도 말이 없었습니다. 그러고 나서 일어난 일은 완전히 예상 밖의 일이었어요. 파파는 제 무릎 위에 노트를 올려놓더니, 몸을 눕히고 눈을 감아버린 것이었습니다. 그것이, 말할 것도 없이 당신에게 보내드려 읽으신 그 노트였습니다. 바로 그, '지금 피를 흘리고 있는 참이에요, 파파'로 시작되는 부끄러운 노트였지요.

파파는 어떻게 이것을 손에 넣은 것일까요? 아마도, 내가 입원해 있는 사이에 제 방을 뒤져서 찾아낸 것이겠지만, 파파는 그것을, 피묻은 짐승의 생가죽이라도 벗겨내듯이 나에게서 훔쳐내어, 또다시 내 무릎에 돌려준 것이었습니다. 이 노트를 읽는 것은 저에게는, 기억의 깊은 구멍에 차 있던 거즈를 줄줄 당겨내는 것과 닮아 있었습니다. 하지만 이 노트에 의해 제 기억의 상처가 아문 것은 아니었습니다. 오히려 상처는 헤집어져서 원인 불명의 멈추지 않는 출혈이 시작된 것 같았습니다. 혈우병보다도 무서운 불안.

그 치료를, 저는 당신이 해주길 바랐던 겁니다. 당신은, 나에 대한 사랑 혹은 (같은 말이지만) 인식욕으로 저를 꽁꽁 동여매고, 틀림없이 그 지적인 혀로 부드럽게 상처를 핥아주실 것이라고 생각했습니다. 그래서 뻔뻔스럽게도 저는 당신 앞에서는, 그 노트의 의미도 해석하지 못해서 곤혹스러운 앰네지아 환자인 척을 계속했습니다. 하지만, 저 자신에게 그 노트의 해독이 불가능할 리 있겠습니까? 실은 저는 다음 사실을 금세 깨달았습니다. 적어도 노트 속 파파라는 인물은 가공의 존재이며, 그것은 나의 아버지를 모델로 삼고 있는 듯하다는 것. 이 추론에 이유는 없습니다. 노트를 읽었을 때, 날말의 냄새로 그 사실을 알았다고 말할 수밖에. 읽어가면서 일종의 부끄러움, 자신만을 위해 쓰인 소설을 그 모델이 읽고 말았다고 하는 부끄러움이 제 얼굴을 화끈거리게 만들었습니다. 하지만 서둘러 갈 길을 갑시다. 어차피 이런 것들은 모두, 직접 파파의 가슴을 두드리면 그 자리에서 명백해질 일이니까요.

제가 이해할 수 없었던 것은, 어째서 그런 것을 썼는가 하는 점이었습니다. 인간은 무엇 때문에 소설을 쓰는 것일까요? 소설가는, 소설을 분비하지 않고는 견딜 수 없다고 하는 업보를 돈과 연결함으로써 살고 있는 인간으로, 저에겐 이해 불가능한 종류의 인간에 속하지만, 아마추어의 경우, 자신의 삶에 의미를 주고 싶다고 하는 충동에서 수기 같은 것을 쓰고, 그것이 지극히 자연스럽게 변질되어 소설이 되는 것이겠지요. 다시 말해 그들에게 소설은 분명히 인식의 한 수단입니다. 그런데, 저의 경우는 그와는 다소 달랐습니다. 그 소설(혹은 그냥, 그 노트)은 저에게는 주술의 성격을 지니고 있었던 듯싶습니다. 제가 분비한 날말은, 현실을 녹여, 현실과 비현실의 경계에 아롱거리는 아지랑이 속에 저를 가두기 위한 주문이라고 하는 성격을 띠고 있었습니다. 이제 와 생각해보니, 저는 그 소설에 의해 '불가능한 연인'이었던 파파에 대한 나의 '불가능한 사랑'을 성화하려 했던 것이었습니다. 저의 어깨에서, 독사 같은 사랑으로 가득 찬 또 하나의 머리가 돋아나게 하려는 것이었지요. 가짜 연인 파파를 사랑하기 위해서.

파파를 아버지로서가 아니라 연인으로서 사랑하는 것. 이 관념은 언제부터인가, 아직 아주 어린 제 머리에 깃들었습니다. 그것은 아마도, 파파가 그 커다란 손으로 내 몸통을 붙잡고 가볍게 허공으로 들어올리고, 쿡쿡 웃어가며 작은 새가 부리로 쪼아대는 듯한 키스를 파파 입술에 해대던 내 버릇과 함께 깃들었던 것이겠지요. 저는 뾰족 내민 입으로 파파의 담배 냄새 나는 입술이니 거칠거칠한 뺨이니 살갗 얇은 이마를 쪼아대며 컸습니다. 급속하게 성장하는 식물처럼. 그리고 제 머리가 파파의 쇄골에 닿은 어느날, 저는 파파의 오래된 일기를 발견했던 것입니다. 그것은 예전 히몬야의 집에서 지금 사는 아오야마로 이사를 한 날. 엄마가 일을 보러 나간 뒤 저는 하녀와 둘이서 폐지로 버릴 것들을 정리하고 있었는데 오래된 일기장 한권을 발견했습니다. 거의 공백이었고 종이는 미라의 피부처럼 노랗게 변해 있었지만, 알고 보니 그것은 내가 태어난 해의 것이었습니다. 그래서 저는, 척추의 계단을 달려내려가는 전율에 몸을 떨며 제 생일 페이지를 펴본 것이지요. 파파는 저에 대해 썼더군요. 세상의 아버지들이 쓰지 않을 사실을. 파파에 따르자면, 저는 '원숭이처럼 추악한 생물'로 이 세상에 태어났습니다. 인간의 탄생에 대한 이런 관찰은 파파의 씨니시즘을 드러내는 것으로, 오히려 파파에 대한 경의를 불러일으켰지만, 다음에 나오는 엄마에 대한 절망적 증오는 나를 얼어붙게 만들었습니다. 파파는 이렇게 적었습니다. 그녀는 그 가랑이 사이로 나에 대한 원망을 배설했다. 이것이 내 아이다. 만약 이것이 '그'의 아이라고 한다면, 나는 어느 정도는 그녀를 용서할 수 있었으리라. 여기서 '그'라고 하는 것은 엄마의 사랑을 가지고 달아난 사람을 가리키겠죠. 이 사람은 젊은 의사로, 엄마가 나의 파파와 결혼하고 나서 얼마 안되어 독일에 유학했고 전쟁 중에 죽었다고 합니다. 당신도 기억하고 계시겠지요. 처음 당신을 만난 날, 제가, 우리 '파파'는 선의야, 하는 꾸며낸 이야기를 했던 것을, 그리고 지난번 보여드린 노트 속에 엄마와 둘이서 부두에 서서 배를 배웅한 기억에 관해 적혀 있던 것…… 엄마가 눈물을 흘린 것은 이때가 마지막이었습니다. 파파의 암을 선고받았을 때도 그녀의 눈은 말라 있었습니다…… 엄마의 원망은 당연히 이 사람을 향해 마땅했습니다. 하지만 뜯겨나간 사랑의 상처가 아물어버리자 이 원망은 출구를 잃고 엄마 속을 돌아다니는 독이 되었고 엄마는 사랑에 관해 고집스러운 만성 자가중독 환자가 되어버렸습니다. 그리고 이, 누구도 사랑하지 않는 여자, 개나 고양이도 사랑하지 않는 여자는 결혼해서 파파의 아내가 되었고 나의 엄마가 되었던 것입니다. 파파는 엄마에 관해 아무런 환상도 품지 않고 결혼했다고 했지만, (엄마의 아름다움과 좋은 집안만을 파파는 결혼 조건으로 삼았던 듯합니다) 아무리 감상적이지 않은 남자라 하더라도 자기가 사랑하는 한 여자로부터 사랑받기를 원하지 않을 리야 없겠지요. 하지만 엄마에게서 분비되는 것은 전혀 없었습니다. 마침내 파파는 엄마를 아내의 모습을 한 조각상처럼 다루게 되었고 저를 포함하여, 가정은 지극히 평안했습니다. 파파는 경멸에서 오는 상냥함으로, 엄마는 불모의 자기억압으로 근사한 균형을 잡고 있음을 어린 저도 잘 알고 있었습니다. 이미 내가 태어나던 날, 파파는 이렇게 적었습니다. 그녀의 구멍은 이것으로 할 일을 다한 셈이다. 그것이 더이상 나를 위해 열릴 일은 없다. 저는 철이 들고 나서부터 영롱하게 빛나는 눈으로 이 흥미로운 부부의 밤을 감시해왔지만, 그들이 사랑을 나누는 것을 본 기억은 끝내 없었습니다.

그런데 파파의 일기에 관해 또 하나 중대한 사실이 있습니다. 그것은 파파가 막 태어난 나에 관해 냉혹하게 적어둔 사실이지만, 여기서 그것을 당신에게 쓰기는 망설여집니다. 파파는 나의 틈이니 여자로서의 형태니 색에 관해 실망에 찬 비평을 내리고 나서, 저주와 같이 적어두었습니다. 하지만 이 아이는 (예정대로 '미키'라고 이름 붙이겠다) 제 엄마보다도 아름다워질 것이다. 그리고 나를 사랑하게 되리라. 연인으로서. 무엇보다 미키는 내가 만든 나 자신의 적이니까.

이것을 읽고부터 나의 파파에 대한 사랑은 돌연변이하여 확실히 근친상간적 사랑의 면모를 띠게 되었습니다. 파파의 언어의 손톱으로 뼈까지 꽉 붙잡힌 저는 유혹의 두려움과 환희에 저를 잊어버리고 말았답니다. 열두살. 처음으로 피를 보았을 때, 저는 그것을 (엄마에겐 말하지 않고) 사랑의 고백처럼 파파에게 털어놓았습니다. 그리고 창백한 얼굴로 파파를 노려보며 말했지요. 나는 언젠가

'파파'를 위해 피를 흘리고 싶어. 파파는 엄한 안과 의사 같은 눈으로 내 눈을 응시하고 있었지만 내가 울음을 터뜨릴 것 같은 얼굴이 되자, 싱긋 웃었습니다. 이제 미키와는 같이 목욕 못하겠구나.

이리하여 첫 묵계가 이루어졌고 파파와 나는 아버지와 딸 사이라고는 하기 어려운 말을 쓰는 공범자들처럼 되었던 겁니다. 그는 내 앞에서는 ○○ 공업사 사장이라고 하는 사회적 존재는 말할 것도 없고, 부친이라고 하는 위엄의 방패도 내던지고, 벌거벗은 정신, 그 자체였습니다. 말하자면 아이들 사이에 섞여들어, 아이와 같은 얼굴로 놀고 있는 어른처럼. 저는 그런 파파가 언젠가 갑자기 어른의 가면을 다시 쓰고, 미키, 그런 짓을 하면 안되지, 착한 아이니까, 라는 둥 하는 때가 오지는 않을까 하고, 그것만이 불안해서 어쩔 줄 몰랐습니다. 그래서 선수를 쳐서 나는 곧잘 말하곤 했답니다. 예컨대 파파의 턱 밑을 간지럼 태우며, 이런, 안돼, 침대에서 담배를 피우다니. 자아, 착한 아이니까 미키에게 주렴. 또는 파파는 곧잘 술을 마시고 늦게 돌아왔는데 엄마 앞에서 '회사 일로 바쁜 남편'을 완벽하게 연기한 뒤의 파파 방으로 몰래 가보면, 파파는 갑작스레 취기가 도는 듯한 눈을 하고 침대에서 담배를 피우고 있었습니다. 저는 파파의 파자마 단추를 끄르고 가슴을 살짝 할퀴어주면서, 오늘은 어떤 여자랑 잔 거야? 하고 이야기를 졸랐습니다. 어린애가 옛날이야기를 해달라고 하듯이.

그런데, 그러던 어느날 저는 파파와 타무라 쪼오에서 식사 약속을 하고 한껏 멋을 부리고 나갔는데 급한 일이 생겼다기에 너무 슬퍼하며 파파의 차 안에서 기다리고 있자니까, 뱃(梨)빛 여자를 데리고 파파가 나타난 적이 있었습니다. 어느 10월 저녁. 즉 친구들과 차로 달리던 당신과 처음 만난 날의 일이죠. 질투가 내 사랑을 곤두서게 했습니다. 나에게 있어 질투란 자존심 문제랍니다. '파파'는 어째서 그런 시시한 여자랑 자는지 몰라, 이런 내가 있건만. 그래서 저는 더더욱 '완전한 여자'가 되기 위해 노력했습니다. 손끝에서 귓불까지, 더할 나위 없이 사랑스러운 페르시아 고양이가 될 것.

하지만 그 노트에도 썼듯이, 처음 파파와 사랑을 나누었을 때 저는 참담한 꼴이었어요. 한사람의 여자로서 파파와 사랑을 나눈다는 것이 얼마나 힘든 일인지, 저는 모르고 있었던 것이지요. '만약 우리가 아버지와 딸이 아니었더라면' 우리의 사랑은 사산으로 끝났겠지요. 아버지와 딸이라고 하는 깊은 존재의 연결 덕분에 우리의 사랑에는 신기한 상냥함이 자리 잡았습니다. 파파는 자신이 만든 존재를 사랑했고, 만들어진 나는 만든 이를 사랑했지요. 이것은 (당신과 L 씨가 그렇듯이) 선택된 사랑입니다. 다만 이 사랑은 목숨이 짧은 사랑이었습니다. 눈이 멀 듯한 백색왜성의 사랑이 단숨에 팽창하면서 빛도 스러져 적색거성의 사랑으로 변해버리는 것 같았습니다. 점차 모호한 상냥함이 우리들 사랑의 모습이 되었고, 우리는 마치 부부처럼 상대방을 바라보게 되었습니다. 어둠속에서 안았던 상대가 신이었다 한들, 그 두려움과 환희는 덧없이 사라지고, 그냥 남자와 여자의 사랑으로 정착해버리는 것일까요? 저는 이미 그가 나의 진짜 아버지라는 사실을 실감할 수 없게 되었습니다. 그게 누구든, 한 남자를 사랑했다고 하는 사실만이 남습니다. 지금, 저는 그렇게도 그를 사랑했다는 사실이 혀를 깨물고 싶을 만큼 부끄럽습니다. 사랑한다는 것은 수치와 같고, 그것도 타인을 통해 자신을 사랑하고 있었던 것임을 깨달으면, 거의 죽음과도 같은 수치입니다.

하지만 우리의 사랑에도 쇠퇴와 부패가 스며들기 시작했습니다. 완전히 '닫힌계' 속에서, 너무나 뜨겁게 사랑하고 있으면 이 계 전체에 노폐물의 독이 퍼지는 건 금세랍니다. 저는 우리의 관계를 '열린계'로 바꿀 필요가 있다고 생각했습니다. 예컨대 내가 누군가와 결혼해서, 파파 말고 다른 남자와도 관계를 맺는 것. 지난여름, 파파와 세또나이까이를 여행하면서 당신에게 장거리전화를 걸어 청혼한 이유는 바로 그것입니다. 미안해요. 저는 당신을 이용할 작정이었어요. 만약 당신이 승낙했더라면 당신은 폐인이 되었겠지요.

자, 이제 더 쓸 것은 거의 없습니다. 하나만 더, 파파의 죽음을 적어둘게요. 당신이 노트를 돌려주러 오시고 며칠 후, 그리고 당신과 수영을 가기 전날, 밤중에 내가 베란다에 나가 있는데 파파의 손이 뒤에서 제 목을 잡았습니다. 저는 꼼짝 않고 있었어요. 점점 피의 흐름이 거칠어지고 맥박은, 목 언저리에서 그것을 막으려는 파파의 손바닥을 격렬히 두드리고 있는 듯했지요. 문득, 귀에 사신의 숨결이 느껴졌습니다. 앗, 하고 뼈까지 굳어져서 뒤돌아보니 파파는 검은 입을 벌리고 웃고 있더군요. 그 입에서 무게 없는 웃음과 함께 말이 새어나왔습니다. 나 곧 죽는다면서.

나의 제멋대로이던 앰네지아의 꽃이 찢어진 건 이때였습니다. 저는 모든 것을 기억해냈고 원래의 나로 돌아가 있었습니다. 파파의 여윈 손가락을 두개 입안에 넣고 우드득우드득 소리가 날 만큼 세게 깨물어가면서, 나는, '파파' 같은 건 죽어야지, 죽어버려, 하고 외쳤습니다. 피가 맺힌 손가락을 멈추지 않는 눈물이 적시고 있었습니다. 풀밭 너머 어둠속에 누군가 서서 이쪽을 보고 있는 기척이 있었습니다. 할멈이야, 하고 파파가 말했습니다. 저 인간은 우리 일을 처음부터 끝까지 관찰하고 있어……

그러고 나서 파파가 죽기까지의 '시간'을 여기 모두 적을 힘은 없습니다. 저는 그 '시간'을 모조리 지닌 채, 그것을 기르는 데 걸맞은 장소로 가고자 합니다. 예를 들어 당신은 완전히 명석한 상태에서 자신의 의지로 미쳐버리는 것을 생각해본 적이 있나요? 생각해봐주십시오. 만약 저에게 아직도 약간의 흥미를 지니고 계신다면.

오늘 비자가 나왔다. 이제 와서 보면 아무래도 좋은 일이지만, 어쨌든 비자가 오늘 나왔다. 그에 이어 일어난 일들을 적어둘 의무가 있다고 한다면, 그것은 이 소설을 (이게 도대체 소설이기는 한가?) 여기까지 써온 이상, 마무리를 지어 마땅하다는 정도의 이유다.

내가 맨 먼저 한 일은 미키에게 전화를 거는 것이었다. 나는 하얀 햇볕에 드러나 있는 전화박스로 들어갔다. 그것은 널따란 일급국도가 갑자기 튀어나와 비틀리면서 중앙선을 가로지르기 바로 전에 있는 전화박스였는데 하얀 햇빛을 뒤집어쓴 채, 정말 묘비 같았다. '미대'에서 온 전보를 움켜쥐고 나는 거기까지 걸어갔지만, 그 과정은 전혀 기억나지 않는다. 나는 어쩌면 좋을지 몰랐고, 자신이 어떻게 하고 싶은지도 몰랐다. 미국행과 미키, 한쪽을 택하고 한쪽을 버리기. 나는 지금 이 도박에 직면하고 있다는 망상이 머릿속에서 똬리를 틀어 어디서부터 풀어나가면 좋을지도 알 수 없었다. 만약 미키가 나를 사랑한다고 말한다면, 하고 나는 생각했다. 그 조건하에서라면 나는 망설임 없이 미국행을 포기할 수 있으리라. 그렇지 않을 경우는 차갑게 오그라든 마음을 트렁크에 담아 나는 로스앤젤레스행 비행기에 오를 것이다…… 지금, 이걸 쓰면서 비로소 깨달았는데 이전에 나는 미키에 대한 사랑을, 미국행이 실현되느냐 아니냐로 정하려 했었는데, 이번엔 미국에 가느냐 마느냐를 미키의 나에 대한 사랑으로 정하려 하고 있었던 셈이다. 나는 웃지 않을 수가 없었다. 하지만 그 전화박스까지 걸어가면서 나는 나아가 이런 식으로도 생각했다. 미키는 내가 미키 때문에 미국행을 포기하는 것에 강하게 반대할 것이다, 당신은 미국에 다녀와, 하고 말할 것이 분명하다. '기다릴게요' 하는 '멜로드라마'풍 대사까지 듣게 될지도 모른다. 요컨대 우리는 경사스레 약혼을 하리라. 내가 미키를 사랑하고 있는 것이 아니듯이, (아아, 내가 정말로 사랑했다고 할 수 있는 건 L뿐이다) 미키 역시 나를 사랑하고 있는 건 아니지만, 우리는 충분히 안정적인 이해와 동정과 권태를 지니고 약혼한다. 이미 인생의 본질적인 부분을 기다란 곰방대로 아편처럼 전부 빨아들인 자들끼리. 그리고 이 나쁜 여름의 한가운데, 일본에서 도망치는 나를 미키는 상냥한 약혼자의 얼굴로 배웅하리라…… 어쨌든 나는 여기까지 온 이상, '비자'를 움켜쥐고 미국으로 가야 하지 않을까?

열기가 가득한 박스로 들어가 수화기를 들었을 때, 나는 몇줄기

나 되는 땀이 지네처럼 얼굴을 기어다니는 것을 느꼈다. 미키의 음성이 들렸지만 나는 미키의 이름을 불러 확인했다.

"네, 미키입니다. 무슨 일이야? 음성이 좀 이상하네."

"실은 지금 비자가 나왔거든……"

미키의 음성이 들리지 않았다. 나는 어쩔 줄 몰랐다.

"왜 그래, 미키? 뭐라고 했어? 전화가 잘 안 들리네."

"그게 아냐."

"뭐라고?"

"비자가 나와서 다행이네."

"그런데 그렇지만도 않아."

"출발은 언제 하시려고? 비자가 나오면 다음날이라도 출발할 듯 말씀하셨잖아."

"미국에 갈지 어쩔지, 아직 몰라. 이제부터 정하려고. 어쩌면 좋을지 모르겠어."

"왜?" 이건 말끝이 올라가는 '왜애?'가 아니라, 차가운 바다에 추를 던져넣는 소리를 닮은 냉혹한 '왜?'였다. 내 가슴은 얼어붙었다.

"왜라니 무슨 뜻이야?" 하고 나는 말했다. "어째서 그런 목소리로 왜라고 하는 거야?"

"묻고 있는 건 내 쪽이야. 왜, 어쩌면 좋을지 모른다는 둥 말씀하시죠? 캘리포니아에 가는 걸 그만둘 작정?"

"넌 웃을지 모르지만" 하고 나는 울림이 나쁜 소리로 말했다. "웃지 말아줘. 말하자면, 난 미키를 두고 미국에 갈 맘이 없어."

미키는 잠자코 듣고 있었지만 전화 너머에서 그 얼굴이 심각할지, 웃음을 참고 있을지 상상도 되지 않았다.

"나랑 같이 가지 않을래? 아니, 한 반년 뒤에 와줘도 좋아. 나는 이달 중에 캘리포니아에 가 있는 게 낫겠지만."

"어째서 나한테 그런 말씀을 하시는데?"

"그런 광물성 음성은 그만둬. 평소의 미키랑 다르잖아. 분열증 환자가 말하는 것 같다고."

"후후, 눈치채셨네."

"뭐라고? 진짜 모르겠네. 아무래도 오늘 너 좀 이상해. 아, 그 노트는 읽었어요."

"그래서 내가 어떤 인간이었는지 잘 알게 되셨죠?"

"모르겠네요" 하고 나는 말했다. "네 말은 하나도 빠짐없이 머릿속 기억장치에 넣어두었어. 하지만 그렇다고 너를 이해했다는 건 아니지. 지금 바로 널 만나고 싶어. 이런 소리를 하는 널 보고 싶다고. 미국에 가는 건 그뒤에 할게."

"……못 만나요. 안돼요. 그건 안되죠."

노래라도 부르는 듯한 어조여서 오히려 내가 매달리는 것을 허용하는 듯했다.

"안된다는 둥 해봤자 안돼. 널 만나고 싶어. 네 얼굴을 보고, 아니, 코와 코를 문지르듯 하고, 네 눈을 보면서 너한테 하고 싶은 말이 있어."

"알고 있어요."

"너한테만은 안하려고 한, 이 세상에서 가장 웃기는 말인데."

"알고 있다고요. 그래도 말씀하지 마세요. 그 말이 귀에 들어오면 미키는 혀를 깨물고 죽을 거예요."

수화기 속 어둠은 침묵했다. 나는 공포에 질려 미키의 이름을 부르고, 사랑해,라는 말을 외치려 했지만 그때 박스 유리창에 한낮의 망령이 나타나 커다란 입으로 뭐라 고함쳤고 일순 나는 당황했다. 하지만 수화기를 움켜쥔 채 문을 밀어 열고 나는 땀범벅이 된 얼굴을 내밀고 맞고함을 쳤다. 길어질 거야, 중대한 이야기라고, 미안하지만 다른 데로 가주실래요?

"미키, 아직 거기 있어?"

"있어요."

"조금만 더, 끊지 말아줘. 지금 나랑 만나고 싶지 않다는 거라면 이대로 듣고만 있어줘. 혀를 깨물거나 하진 말고. 나는 이제 미국엔 안 갈 거야. 관둔다고. 관두고 미키랑 결혼할래."

"나랑 결혼해서 어쩌실 건데요?"

"어쩌긴, 언제나 널 보고 있고 싶은 거지. 나는 늘 네 생각만 했어. 하지만 생각하거나 상상하는 것만으로는 불안해서 죽을 것 같아. 네 곁에 있으면서 보고 만지고 하고 싶다고. 날마다 머리카락이 자라는 걸 지켜보고 차가운 엉덩이를 만지고 싶어…… 왜 그래, 듣고 있어?"

"네."

"어떤 얼굴로?"

"엄청 생글생글하고 있어."

"왜 생글생글하는데?"

"뭐라 대답해야 좋을지 모를 때는 언제나 생글생글하는데요."

"넌 어쩔 작정이야?"

"난 정신병원에 들어가려고요."

마치, 절로 들어가려고요, 하는 듯한 어조로 미키는 그렇게 말했다. 몸속에서 갈비뼈가 하나씩 빠져나가고 척추도 비틀려, 나는 순식간에 인간의 형태를 잃어가는 듯했다. 미키는 이미 미쳐버린 거야, 고요한 발광…… 미키, 너 미친 거야, 하고 고함을 치려다가 너무나 진부해서, 나는 혀가 딱딱해지고 얼굴이 굳어진 채 웃었다.

"나도 지금 웃고 있어."

"어떻게?"

"여자를 베어 죽이고 그 살점에 설탕을 발라 먹는 사내처럼. 콜린 윌슨이 이런 종류 남자 이야기를 질릴 만큼 썼었는데."

"당신에겐 내 시체를 남겨드려도 되는데. 와삭와삭 먹어도 되고. 다만 내 몸은 정신이라는 골격으로 가까스로 버티고 있었기 때문에 이걸 다 치우고 나면 남는 거라곤 시큼한 고깃덩어리뿐일지도 몰라요. 대머리수리나 하이에나조차 먹기를 망설일 듯한, 썩기 쉬운 고기. 나는 그런 걸 이 세상에 벗어버리고 말갛게 뼈만 남은 새처럼 어딘가로 날아가버리고 싶어."

"정신병원으로? 난센스야. 너는 진짜 분열증 환자를 본 적이 있어? 그놈들은 말이야, 이미 인간이 아니고 원숭이도 신도 아니지. 그냥 징그러운 괴물들이야, 인간 이하 레벨인. 네가 그런 존재가 될 작정이라면 그야말로 난센스라고."

"그렇게 화내지 마. 내가 이 세상에 시체를 버릴 장소라는 것이 정신병원인 거죠. 그러니까 삼년 지나면 한번 보러 오세요. 물에 빠진 사람처럼 살이 찐 여자 환자를 만날 수 있을 거야. 그리고 그 무렵, 진짜 나는 다른 세계를 너울너울 날아다니고 있는 거죠."

"농담은 그만두자" 하고 나는 짜증이 나서 말했다. 창에는 다시 유령의 얼굴이 떠올라 안을 들여다보고 있음을 알았다.

"농담이라고 생각하세요?"

"젠장, 그런 무당 같은 소리로 말하는 것 좀 그만둬. 넌 바보야. 미치광이로서도 최악의 가짜 미치광이라고. 난 손오공처럼 파리가 돼서 지금 바로 이 수화기 구멍으로 기어들어가 네 귓속까지 내달려 대뇌가 썩기 시작한 건지 봐주고 싶어. 도대체 어떤 표정을 짓고 있는지도 보고 싶네. 그 예쁜 얼굴이 노랑가오리 같은 으스스한 모습으로 변해서 히죽히죽 웃고 있는 거 아냐? 있잖아, 미키, 부탁이니까 그런 말은 제발 좀 하지 말아줘. 벌건 대낮에 땀을 팥죽같이 흘려가며 공중전화에서 그런 이야기를 듣고 있자니까 내가 미쳐버릴 것 같다고. 정신병원에 들어간다는 둥 절에 들어간다는 둥 그런 소리를 전화로 하는 것만으로도 머릿속을 벌 한마리가 붕붕거리고 날아다니는 것 같다니까."

"미안해요, 이렇게 수다를 떨어서. 다음 사람이 기다리고 있는 거 아냐?" 하고 미키는 너무나 정상적이고 평범한 소리를 했다.

"미치광이면 미치광이답게 그런 걱정 같은 건 하지 마!" 하고 나는 고함을 질렀고 밖에서 얼쩡거리고 있던 못생긴 주부를 증오에 찬 손짓으로 쫓아 보냈다. 그러고서 나는 협박하듯 말했다. "알겠어? 이것만은 잘 들어둬. 멍청하게도 나는 너를 사랑하는 것 같아. 그러니 나는 네가 어디로 도망가든 어디까지라도 쫓아가서 널 이해할 거야. 너를 노에마Noema의 핵으로 삼아버릴게. 너를 생각하니까 나는 존재해. 넌 도망칠 수 없어. 이런 말이야."

"그래서 나랑 결혼하고 싶다는 거군요" 하고 미키는 한숨을 섞어 말했다.

이때 나는 다소 냉정을 되찾고 있었기 때문에 미키를 내 의식으로 포획하여 끊임없이 애무한다고 하는 존재론적 욕구 외에, 내가 지극히 비속한 희망에 따라 움직이고 있다는 사실을 깨달았다. 다시 말하자면, 결혼이라는 소유의 형식은, 미키 같은 고급스러운 여자를 (내가 의미하는 것은, 잡종견이 아니라 콜리라든가 푸들, 테리어, 하는 것과 마찬가지다) 소유하는 경우, 의외로 중요하다는 것을 나는 알고 있었고, 처음 미키를 만나고부터 이런 종류의 여자와 결혼 계약을 맺는 것을 진심으로 동경해왔던 것이다. 이렇게 분석하고 보니, 기가 막힐 만큼 웃기는 고급품에 대한 욕망이나 허영심이 탄로 나긴 하지만, 그럼에도 나처럼 수상쩍은 가정이나 빈곤의 수치에 증오심을 불태우며 살아온 인간에게 있어서 사랑이라는 것이 때로 그런 형식을 취하는 것은 어쩔 수가 없다. 이제 나는 이런 목적을 달성하기 위해 행동을 개시했다. 미국행을 일시적으로 포기하고라도 미키를 택해야 한다는 것은 명백했다.

"당신은 변했네요." 가느다란 음성이 들려왔다. 나는 당황해서 되물었다.

"그게 무슨 뜻이야?"

"예전에 당신은 늑대처럼 굶주려 있고 흉포했어요. 하지만 지금은 달라요. 민들레 씨앗처럼 부드러운 의식만 있는 존재인 거죠."

"그럴지도 몰라. 나는 벌써 스물넷이니, 완전히 중년 남자거든."

"옛날 당신은 태양을 먹고 쑥쑥 살이 찌는 원생동물 같았어요. 태양을 빨아들이면 그 에너지가 그대로 살이 되고, 그 살이 다시 언제라도 에너지로 바뀌는 듯한, 근사한 전환 기구를 갖춘 생물이었죠. 당신에게 있어 태양이란 현실이었고 거기서 벗어나지 않는 한, 당신은 그 에너지를 먹고 얼마든지 살이 찔 수 있었던 거예요. 로버트 셰클리[24]의 '거머리'처럼. 당신은 강도 강간도, 혁명놀이나 몇 다스씩 되는 정사도, 인세스트incest까지도 했었죠. 그리고 이 세상의 질서와 도덕을 꽤나 먹어 없앴지만, 그래도 세상을 완전히 먹어치워서 자신이 세계를 대신한다는 것은 당신도 할 수 없었던 거예요. 당신처럼 강력한 거머리라도. 결국, 현실은 먹어치운다는 것은 누구도 할 수 없는 일인 거죠. 만약 전부 먹어치워서 없어져버리면 더이상 살 수 없는 거니까……"

"맞아" 하고 나는 자조적으로 말했다. "언젠가는 그런 끝없는 팽창을 그만두고 부정형不定形의 에너지를 딱딱한 번데기 속에 가둔 채 겨울잠에 들어가는 수밖에 없었던 거지. 그게 '안보' 무렵이었어."

"그래서 마침내 당신 속에 틀어박히려 하시는 거죠. 그리고 내 안에. 아마도 천천히 당신의 죽음이 시작되는 것이겠지요……"

내 귓속에는 점점 두꺼운 절망의 곰팡이가 피어나 미키의 음성

---

24 Robert Sheckley(1928~2005). 미국의 SF 작가, 극작가. 씨니컬한 아이디어의 단편소설의 명수로 유명함. 예측 불능에 부조리한 작풍으로 알려졌고 작품의 대부분이 코믹함.

으로부터 그 의미를 빨아들여버렸다. 그렇지 않았다면 미키의 말은 후끼바리[25]처럼 내 가슴에 박혀 나를 쓰러뜨렸을 것이다.

이미 나는 더 할 말이 없었다. 어쨌든 만나고 싶어, 하는 간청과 강요를 내가 되풀이하자, 미키는, 만날 수 없어요, 오셔도 저는 이제 여기 없어요, 하는 거절을 반복했다. 안녕, 하는 말이 들렸다. 그리고 침묵, 전화는 끊겼다.

밖으로 나오자 도로는 베이비파우더를 범벅해놓은 듯이 하얬다. 널따란, 낯선 도로였다. 어느새 토덴의 선로가 철거되어 있다는 것을 처음으로 깨달았다. 그것은 내 눈앞에서부터 완만하게 꼬이면서 밀려올라가 거기서 돌연 없어져버린 듯이 보였다. 그 앞쪽으로 지구가 텅 비어 있을지도 모른다. 썬글라스를 쓰자 국도는 병든 여자의 복부 같은 색이 되었고, 태양은 죽은 남자의 안구가 되었다. 신호가 바뀌었다. 서 있는 차들의 무리가 무수한 정충精蟲처럼 흐르기 시작하여 도로를 기어오르고, 거기서 홀연 자취를 감춰버린다. 길 위에 하얀 공백이 생겼다. 그 위를 나는 한마리 개미처럼 느릿느릿 횡단했다.

모든 가능성을 생각하여 희망을 살리는 것에 사용된 몇시간을, 나는 떠올리고 싶지 않다.

미키네 집으로 가본 것은 밤이 되고 나서였다. 어떤 최악의 사태라 한들, 그것을 확인한다는 것이 내 방식이다. 내 머리가 잘려 효수된다면, 맨 먼저 그것을 보러 가는 것은 나일 것이다. 하지만 이

25 吹針. 닌자들이 사용했다는 입으로 부는 침.

깊은 절망에도 불구하고, 사태는 거의 언제나 예상하던 것보다는 훨씬 좋은 법이다,라는 경험이, 나를 격려했다기보다는 뻔뻔하게 만들었던 것도 사실이다. 이 뻔뻔스러움은 미키 집에 도착해서 그 수건을 둘러쓴 할멈이 나왔을 때도 아직 남아 있었다. 미키는 있었다! 침대 위에서 몸을 일으키더니, 나에게 웃어 보였다. 그 미소의 끔찍함! 나는 거의 피를 쏟을 뻔했다,라고밖에 말할 수 없다. 어째서였을까? 미키가 굳이 흡혈귀의 얼굴을 하고 있던 것도 아니고, 그저 당연한 얼굴로 빙그레, 나를 맞았을 뿐이건만. 미키는 열려 있었다. 나는 받아들여졌다. 다만 그것은 아무도 없는 방에 들어서는 것 같았다. 어디선가 미키의 음성이 들렸다. 나를 간병해줘…… 나를 지켜보고 있어…… 내 생각을 해줘…… 나는 당신이 필요해. 이렇게 하여 미키는 나와의 결혼을 받아들였지만, 나는 이 계약에 즈음하여 나에게 무엇이 요구되고 있는지 이해했다고 말할 수 있을까? 기쁨은 없었고, 불안만이 나를 딱딱하게 부풀려놓았다. 그리고 밤이 깊었고, 나는 꼼짝 않고 누운 채로 병자 안으로 의미도 없이 미끄러져들어갔다. 이것은 치료법의 일종이라고 여겼다. 그녀에겐 이렇게 말을 건넬 필요가 있었다…… 이후의 일에 관해서는 이미 나 자신이 적어둔 부분을 거의 그대로 인용하면 된다. 요컨대 나와 미키와의 결합 상태는, 쿄오또의 호텔에서 '작가'와 지내던 시간을 그대로, 거의 똑같이 재현한 것이었으니. 단지 결말만이 다르다. 나는 미키 안에서 움직이지 않았다. 귀를 기울이고 미키로부터 대답을 기다렸다. 하지만 답은 없었다. 나는 천천히 죽어가고 있었다. 마치 괴저에라도 걸린 것처럼 나는 미키 안에서 녹아 없어졌다. 이

것이 우리의 결혼을 의미했다. 질 나쁜 농담처럼 말하자면, 정신병원으로 도망쳐 들어가는 대신 미키는 결혼 속에 자신의 주검을 유기할 수도 있었던 것이다. 바로 이것이 나에게 일어난 일이라는 사실을 나는 깨달았다. 요컨대 아무 일도 일어나지 않는다. 아무 일도. 밤이 끝나고, 해가 떠오르겠지. 나는 차가운 여신 같은 엉덩이를 어루만져보았다.

작품해설

일본 '안보' 세대의 '반'세계

쿠라하시 유미코의 『성소녀(聖少女)』는 근친상간에 관한 소설이다.

주인공인 고등학생 K, 즉 '나'가 친구 셋과 강도질을 하고 돌아오는 길에 미키를 만나는 장면에서 이야기가 시작된다. 미키는 주인공에게 "검은 속옷으로 애처롭게 감겨 있는 알몸"을(8면) 상상하게 만드는 미소녀. 이 만남 이후 K는 대학에 진학하고 학생운동의 물결 속으로 휩쓸려들어간다.

수수께끼의 소녀와 다시 만난 것은 몇년 후, 미키가 입원해 있는 병실이었다. 그녀는 포르쉐를 운전하던 중, 트럭과 충돌 사고를 일으키는 바람에 동승한 어머니는 숨지고 자신은 머리를 강하게 부딪혀 기억상실 상태였다.

미키는 기억상실 전에 쓰고 있던 일기를 "마치 사막의 유적에서 파낸 이상한 비문처럼"(13면) 해독을 도와달라며 K에게 맡긴다.

미키의 일기장과 '나', 즉 K가 써내려가는 소설, 이 두가지가 이 소설의 틀을 이룬다. 양쪽 이야기 모두 사실인 듯도 거짓인 듯도 하다. 미키와 '파파', 그리고 '나'와 누나 L. 불가능한 사랑을 갈망하며 같은 비밀을 공유한 두사람. 소설 말미에서 미키의 아버지가 암으로 사망한 후, K는 미키에게 청혼하는데 아마도 그녀는 정신병원 대신 결혼을 택할 것이고, '나'는 미키 속에 웅크리는 것으로 현실을 포기하게 될 것이다.

쿠라하시 유미코는 "나는 이 소설 속에서, 불가능한 사랑인 근친상간을 선택받은 사랑으로 성화(聖化)해보려 시도했습니다"라고 말한다.

이 시도는 성공했을까?

> 예를 들어 수많은 동물이 행하고 있듯이 근친끼리 성적으로 결합하는 것은 지극히 자연스럽다. 이것은 단순한 인력 법칙과 비슷하다. 그런데 자신과 동떨어진 존재와 결합하려면, 그리고 이 거리를 극복하려면 자연적인 인력과는 별개의 에너지를 필요로 하게 된다. 이 반자연적인 에너지를 담당하게 되는 것은 가장 인간적인 무엇, 요컨대 '언어'일 것이다. 언어에 의해 비행(飛行)하는 이 정신적인 에너지를

가리켜 일단 '사랑'이라고 부르기로 하자. 사랑이란 결국 상상력의 한 형태라고 말할 수도 있다……(134면)

읽는 이가 이 불편한 주제의 소설을 질척이거나 끈적거리는 불쾌감 없이 읽는다면 그것은 위와 같은 주장에 동의해서라기보다는, 주제를 다루는 작가의 감수성과 글쓰기의 힘 때문일 것이다.

스타일

많은 이들이 일종의 소녀 만화를 읽는 듯한 느낌으로 이 소설을 읽지 않을까? 주인공 미키는 '파파'를 마음과 몸으로 사랑함으로써 '소녀'라는 감옥에 갇히게 되고 타인과의 연결은 불가능해진다. 어쩌면 작가는 근친상간이라는, 일종의 금기를 부수는 것으로만 '성스러운' 사랑은 구현될 수 있으며, 그것이 가능한 것은 아직 어른이 되지 못한 '소녀'뿐이라고 말하는 듯하다.

작품 속에서 시공간의 연결은 자주 흐트러지고, 허구와 사실은 뒤섞이며, 등장인물들의 이미지는 고정되지 않는다. 예컨대 '파파'. 알파 로메오를 굴리는 세련된 바람둥이 덴티스트였다가, 뒤룩뒤룩 살이 쪄 뇌출혈로 쓰러질 듯한 예순다섯살의 속물 공업사 사장이었다가, 결혼 전의 연인을 잊지 못하는 아내에게 복수하기 위해 자신의 친딸과 의도적이고 계획적인 근친애를 실행하는 무서운 사내. 미키가 사랑하는 것은 과연 누구일까? 또 주인공 K를 미키와 깊은 연대의식으로 묶고 마침내 그들을 결혼하게 만든 동류의식의 근원은, 그 역시 L이라는 누나와의 근친상간이라는 원죄를 짊어진 때문이다. 하지만, K와 L은 친남매일까? 이에 대해서도 작가는 의심을 심어놓는다. 그 둘은 전혀 닮지 않았고, 그들이 어디서 태어나 생모도 아닌 '할망구'에게 거둬들여졌는지는 아무도 모른다.

더구나 미키가 기억상실 전에 적고 있던 것이 과연 일기였는지, 혹은 소설이었는지도 모호하다. 또 미키는 언제부터 언제까지 기억상실이었던 것일까, 아니, 정말 기억상실이었던 적이 있기나 한 것일까? 의문은 끝이 없고, 읽은 이들이 이렇게 갈피를 잡지 못하고 혼란에 빠지는 것, 그것이 영리한 작가의 노림수였던 듯도 싶다.

쿠라하시 유미코가 소설 『파르타이(パルタイ)』로 재학 중이던 메이지 대학의 총장상을 받은 것은 1960년, 스물다섯살 되던 해였다. 당시 메이지 대학 교수로 재직 중이던 히라노 켄(平野謙)이 『마이니찌신분(毎日新聞)』 문예시평란에서 이 작품을 언급하면서 주목을 받아 『분가꾸까이(文学界)』에 전재되었고 1970년 상반기 아꾸따가와상 후보가 되기도 했다.

'당(黨)'이라는 의미의 독일어 'Partei'를 제목으로 삼은 『파르타이』는 여대생인 '나'와 그녀의 연인이며 당원인 '당신' 사이에서, '나'가 입당을 할지 말지를 둘러싸고 반복되는 논쟁을 그렸다. 안보투쟁이라는 시대 배경 탓에 정치조직의 폐쇄성이라든가, 개인과

조직의 상극을 신랄하게 묘사한 작품으로 높은 평가를 얻었지만, 작가가 더욱 고민했던 것은 이러한 집단적, 조직적인 것에 대한 혐오감을 '어떻게' 표현할 것인가, 하는 창작방법이었다.

문학작품에서의 '문체'에 대한 작가의 고민은, 1961년에 발표한 그의 첫 장편소설 『우울한 여행(暗い旅)』에서도 뚜렷하다. 여주인공 '당신'이 실종된 약혼자 '그'를 찾아 토오꾜오에서 쿄오또까지 여행하는데, '그'를 찾는 여행은 곧 '당신'을 찾는 여행이기도 하니 구조적으로는 이른바 '자아' 찾기의 은유가 되었다. '당신'이라고 하는 이인칭의 사용법이, 프랑스의 소설가 미셸 뷔또르(Michel Butor, 1926~)의 『변경』(*La Modification*)을 모방한 것에 불과하다는 평론가 에또오 준(江藤淳)의 지적을 받았고, 이는 '외국문학 모방 논쟁'으로 발전하였다. 쿠라하시 본인은 『쿠라하시 유미꼬 전작품(倉橋由美子全作品)』에 붙인 '작품 노트'에서, 자신은 처음부터 읽는 이들이 뷔또르의 『변경』에 영감을 받아 쓴 것이라는 것을 전제로 이 작품을 읽으리라 상정했으며, 또 주인공이 '당신'이라는 이인칭으로 불리는 것 역시 뷔또르로부터 의식의 흐름 수법을 도입하려는 의도였다고 밝혔다. 문학적 선배들의 문체를 모방하는 것은 작가에게 지극히 당연한 일이고, 모름지기 작가는 오히려 그것을 자신의 스타일을 모색해가는 근거로 삼아 마땅하다고 그녀는 말한다.

이것을 문체라고 불러도 좋겠지만 문체라는 말이 문장의 개성 정도의 의미로 보통 사용되는 것에 비해, 저는 좀더 넓은 의미에서, 다시 말해 인칭 문제, '시간'의 컨트롤 방법, 의식의 심층에 파고들어갈 것인지, '사물'의 표면을 응시할 것인지, 수다스러운 문체와 벽에 새기는 문체, 하는 식의 소설 형식에 관한 문제 전체를 포함하는 것을 저 나름의 '스타일'이라고 부르고 싶습니다. 요컨대 소설의 '무엇을'에 대비되는 '어떻게' 쪽이 내가 말하는 '스타일'이 되는 거죠.(「소설의 미로와 부정성(否定性)」)

쿠라하시에게 집필의 중심은 '스타일'. 어떻게 쓰느냐, 즉 주제보다는 글쓰기 방법에 놓여 있었다.

쿠라하시는 "소설이란 '언어'에 의해 '반(反)세계'에 '형태'를 부여하는 마술이다. 문학은 이런저런 문제들을 묘사하는 것이 아니라, 그런 문제들을 이용하여 '반세계'의 존재를 표현하는 것이다"라고도(「소설의 미로와 부정성」) 말한다.

『성소녀』에서도 그러하듯이 현실 세계가 지닌 시간이나 공간, 혹은 인과관계 같은 구체적인 질서와는 별개의, 지극히 비현실적인 것들을 도입함으로써 그녀는 어디에도 없는 장소와 시간, 즉 그녀가 말하는 '반세계'를 구축하고 있으며 이는 일본의 남성 작가들이 주도해온 사소설(私小說)의 리얼리티와는 대극적인 세계이기도 하다.

오오에 켄자부로오와 쿠라하시 유미코

쿠라하시는 이른바 '제3의 신인(第三の新人)' 이후의 신세대 작가로서 이시하라 신따로오(石原慎太郎), 카이꼬오 타께시(開高健), 오오에 켄자부로오(大江健三郎) 등과 같은 그룹의 일원으로 받아들여졌고, 특히 히라노 켄이 그녀의 등단에 즈음하여 "토오꾜오 대학 재학 중인 오오에 켄자부로오를 발견했을 때만큼이나 흥분했다"라고 말한 후, 곧잘 오오에와 비교되곤 한다.

이들이 젊은 시절을 보낸 일본의 1960~70년대는, 미일 안보조약 반대운동 등으로 정치적 요구가 분출하던 역동적인 시기였던 한편, 1950년의 한국전쟁 특수를 기반 삼아 시작된 전후 경제부흥으로 고도성장기의 한복판이었다. 1964년의 토오꾜오 올림픽은 일본의 전후 부흥을 세계에 각인시키기에 충분했으며 이후 시민들의 정치적 요구는 경제적인 풍요로 급격하게 입막음되어가고 있었다. 무라까미 하루끼(村上春樹) 소설 속에 등장하는 세계 어디에나 있을 젊은이들의 상실감이나 냉소주의, 하류문화의 범람, 온갖 상품 브랜드로 범벅이 된 일상을 짐작케 하는 문장들을 이 작품은 이미 공유하고 있다.

『성소녀』에는 다음과 같은 문장이 있다.

> 내 뼈에 스며 있던 수치의 독성은, 이 공개에 의해 분해되어버렸

던 것이다. 그것은 이제 와서 보자면 삼인칭으로 이야기할 수 있는 하나의 사실에 불과했다. (…) 막상 남들 앞에 끄집어내고 보니 내 기대에 어긋나게도 온 세상을 얼어붙게 만들 위력을 떨치기는커녕, 곧바로 이해되고 무력화되고 너그러운 미소와 함께 압수당해버린 것이다.(161면)

이 가운데 '사실'이라는 단어는 실은, 당시 젊은이들 사이에 열광적으로 받여들여지던 요시모또 타까아끼(吉本隆明)의 시「폐인의 노래(廢人の歌)」를 염두에 둔 것이다.

이 시에서 요시모또는 "내가 진실을 입에 담으면 거의 전세계를 얼어붙게 만들 것이라는 망상 때문에, 나는 폐인이라고 한다"라고 노래하는데, 오오에 켄자부로오는『만엔원년의 풋볼(萬延元年のフットボール)』에서 이 '사실'을 이렇게 인용한다. "사실대로 말할까?" 이 '사실'은 그것을 입에 담는 순간, '살해되거나 미치거나 혹은 자살할 수밖에 없는', 그런 '사실'이다. 오오에의 작품 속에서는 주인공 미쯔사부로오의 동생 타까시가 지적 장애를 지닌 누이동생을 임신과 낙태로 몰아넣었고 결국 그녀를 자살하게 만들었다는 '사실'을 형 미쯔사부로오에게 고백한 후 스스로 목숨을 끊는다.

하지만 쿠라하시가 창조한 '반세계' 속에서, 누나와의 근친상간이라는 '사실' 따위는 이해의 범위 안에 있는 것이니, 굳이 살해되거나 미치거나 스스로 목숨을 끊는 비극은 일어나지 않는다.

그날밤, 나는 그녀 곁에 있었다. 침대 위에 기다랗게 몸을 눕히고 자고 있는 그녀는 하나의 식물처럼 보였다. (…) 어떻게든 나도 부드러운 수피를 두른 식물이 되어야 한다고 생각했고, 금속성 회전음을 내는 심장의 엔진을 정지시키고 폐와 기관지 대신 피부로 호흡하고자 했고, 다리와 팔을 바람에 휘날리는 포플러처럼 부드럽게 만들어 그녀를 끌어안고 있었다. 그녀의 입술 틈에 얼굴을 갖다대고 냄새를 맡고 절망의 독이 온몸에 퍼져버렸는지 어떤지를 조사했다. 점차 내 입술은 무미 무취한 입술위로 떨어져내려갔다. (…) 내 손은 나무줄기를 기어가는 개미와 같은 움직임으로 이 식물의 성을 더듬어 맞췄다. 그것은 분명 매혹적인 이슬을 머금은 식충식물의 함정을 닮아 있었음이 분명하다. 하지만 나는 이미 조심성도, 탐색의 정열도 잊은 채 그 안으로 들어갔다. 아무런 위험도 없었다. 나는 동물적으로 거칠게 소란을 떨지 않았고, 그녀 안에 접목된 또 하나의 식물로서 고요히 나와 그녀 사이에 흘러넘치며 서로에게 침투해갈 때를 느끼고 있었다. 해마다 하나씩 나이테를 늘려가는, 그 속도로 나는 그녀를 밀어젖혔고 동시에 또한 같은 리듬으로 파상(波狀)적인 조임을 받았다. 그것은 거의 동물의 감각을 넘어선 리듬, 식물적인, 너무나 긴 주기의 리듬이었다. (…) 그녀는 사라졌다. 그 팔과 다리의 '덩굴'이 어느샌가 점점 강해져 이제는 끔찍한 힘으로 나에게 엉겨붙은 채 죽은 식물로 변해 있었다.(154~56면)

섬세한 감성과 묘사의 힘, 작가의 특징이 드러나는 부분이다. 식물의 소통으로 묘사되는 성적 장면들, 이러한 묘사는 작품 전체에 몽환적인 비현실감을 강화하고 이런 부분이 오오에의 성, 폭력, 혹은 폭력적인 성에 관한 거칠고 메마른 묘사들과 극명하게 대비된다. 물론 쿠라하시가 '성'을 이렇게밖에 다룰 수 없던 까닭은, 세련되고 섬세한 문체와는 대조적으로 문제를 바라보는 의식은 전근대적이었기 때문이라고 말할 수도 있을 것이다.

오오에가 자신의 장애아 큰아들의 탄생과 이후의 악전고투를 그린 『개인적인 체험(個人的な體驗)』을 펴낸 것이 1964년. 끊임없이 '영혼의 줄칼질'을 당하는 듯하던 아들과의 공생은, 그에게 사회적 약자, 소외받는 자들에게 가닿는 예민한 더듬이를 갖게 만들었다. 『성소녀』가 간행된 1965년에 오오에는 『히로시마 노트(ヒロシマ ノート)』를 펴내어 히로시마 원폭의 참상과 절망 속에서도 인간적 존엄을 잃지 않고 비극을 살아내는 인간들을 그려냄으로써 자신의 문학자로서의 위치를 명확히 함과 동시에, 전후 일본에 대한 비판을 시작하고 있었다.

두 작가는 모두 1935년생으로 1945년 일본의 패전을 똑같은 열 살짜리 아이로 겪었으나 오오에가 끊임없이 전쟁 전후를 이야기하는 것과는 달리, 쿠라하시의 작품 속엔 그 흔적이나 그림자조차 남아 있지 않으니, 이 여성 작가가 현실을 대하는 거리감은 특이하다. 이는 1960년대에 이십대를 보낸 전후세대 작가들이 학생운동에 대해 지니고 있던 거리에도 그대로 중첩된다.

『성소녀』는 1960년대 '안보'를 시대 배경으로 삼아 '나'라는 아나키스트한 지적 젊은이에 의해 이야기가 전개되지만 정작 사회에 대한 관심은 거의 보이지 않고, 시대적 상황은 젊은이들의 상실감이나 허무감, 냉소적 분위기를 위한 배경에 지나지 않는다. 어쩌면 그녀는 당시의 남성 작가들이 다루고 있던 혁명을 비웃고 싶었던 듯도 한다.

> 난 한때 코뮤니스트였지만 가난뱅이의 원한 때문에 코뮤니스트가 된 건 아니라고 생각하고 있었어. (…) 하지만 지금 와 생각해보면 이 세계의 멸망을 바라는 인간의 원한과 증오에는 역시 가난뱅이의 비열함이 스며들어 있는 거야. 이건 존재론적인 원한인가, 존재적인 원한인가? 유감스럽게도 내 경우는 아마 존재적이지. 난 자신의 존재적인 비열함 속에서 몸부림치던 것에 불과했던 거겠지.(74~75면)

거꾸로 오오에 켄자부로오는 이런 시각을 지니고 있었다.

그의 단편소설 「쎄븐틴(セヴンティーン)」과 「정치 소년 죽다(政治少年死す)」는, 1960년의 사회당 위원장 아사누마 살해 사건에 충격을 받아 쓴 것이다. 선거 유세 중이던 그를 날 길이 35센티미터의 단도로 살해한 대학 일학년 야마구찌를 주인공으로 삼아 쓴 이 작품 속 '나'는, 열일곱살 고등학생으로 자신의 생일을 기억해주는 것은 자위대 병원에 근무하는 누나뿐이며 즐거움이라고는 '자독' 밖에 없는 고독한 청소년이다. 천황의 사진 앞에서 몇시간이고 지복에 찬 황홀한 표정으로 앉아 있던 이 소년이 우익 활동에 가담하

면서 자신의 삶의 의미를 발견하고 마침내 천황과 나라를 위해 사회당 위원장을 살해하기에 이른다. 그가 '칠생보국(七生報国)'이라는 글자를 유치장 벽에 새기고 목매어 자살하기 전날밤, 아동 성추행으로 잡혀 들어와 있던 옆방 죄수는 그가 성적 극치감으로 쏟아내는 신음소리를 들었다고 증언한다. '정치적'이라 여겨지던 우익의 행위가 실은 지극히 '성적(性的)'인 것이었다고 폭로함으로써, 오오에는 이후, 야마구찌의 행위를 영웅시하던 우익으로부터 살해위협에 시달리게 된다. 서로 다른 이념을 지닌 젊은 두 작가가 맞은편을 바라보는 시선은 이렇게 냉랭했다.

'옹뜨'(honte)

『성소녀』라는 작품의 또 하나 특징은 자주 얼굴을 내미는, 특히 주인공 K의 입을 빌린 작가의 음성일 것이다.

> 어느새 나는 이류 소설가풍 문체를 획득했던 모양이다. 그러나 지금 내가 쓰고 있는 것이 그럴듯한 소설이라는 것으로 둔갑할지 어떨지 나는 모른다. (…) 실제로 우리 세대에서 보자면 호오에이(宝永) 4년의 후지 산 폭발보다 더 먼 옛날 전설처럼만 여겨지는 '육전협' 이후, 기숙사 같은 데서는 자신의 배설물이 떠다니는 감상의 시궁창을 헤쳐 그 냄새를 맡아가며 소설을 쓰고 있는 듯한 놈들이 많았다고 하

고, '안보' 이후엔 혁명놀이에서 예술놀이로 옮아간 '아방가르드 원숭이'가 눈에 띄곤 했다. '육전협' 시대의 할아범을 보면 그 젖은 걸레 같은 자의식을 꽉 짜주고 싶어지지만 '안중파' 놈들은 이것저것 할 것 없이 우주 로켓 같은 걸로 쏘아올려 행방불명으로 만들어버린 모양이다. 어쨌든 나는 이런 녀석들을 경멸하고 있던 덕분에 자기구제를 꾀하여 소설을 쓰면서 스스로 취한다고 하는 오나니즘의 악습에 물들일은 없었던 것이다. 하지만 이렇게 쓰기 시작한 이상 어디까지 헤매게 될지도 모를 지옥으로의 여행을 떠난 것이라고 각오를 할 필요는 있으리라.(140~41면)

3시쯤까지 쓰느라 흥분한 채로 잠들어서 아침까지 머릿속을 게들이 줄지어 기어다니고 있었다. 어떻게든 그것들을 원고지 위로 쫓아내어 한마리씩 사각형 용기 안에 가두려 하지만 제대로 안되어 괴롭다. (…) 아마도 소설이라는 괴물을 육성시키는 기술은 이것에 시간이라는 먹이를 먹이는 것 말곤 없을 듯하다. 다시 말해서 지금부터 나는 살아 있는 시간 동안 이 괴물을 기르고, 마지막엔 바로 내가 소설로 둔갑해버리는 것. 그렇게 마음을 먹었다면 전속력으로 쓸 뿐이다.(141~42면)

위의 문장에는 당시의 이른바 '주류'(남성) 작가들에 대한 비판과 야유가 드러난다. 동시에 창작이라는, 절망적이고 고통스러운 작업을 계속하기로 마음먹은 작가의 다짐과 각오가 보이기도 한다.

이 작품 속에서 주인공 K는, 비자를 얻기 위한 '미대'와의 줄다리기에서 자신의 정체성을 물을 수밖에 없었다. 테러리스트, 코뮤니스트, 아나키스트? 이것은 그 세대 일본 젊은이였기에 가능한 질문이었다. 결국 자신의 정체성에 가장 큰 영향을 미친 것은 '안보(安保)'였다는 해석 또한 가능할 것이다. 하지만 그녀는 당시의 변혁운동에 참여하거나, 혹은 자신의 사생활을 있는 그대로 적극적으로 드러내는 작가들이 밑바닥에 공유하고 있는 일종의 자신만만한 나르시시즘에 대한 거부반응 역시 뚜렷하게 보여주고 있다.

일본 문학의 사소설 전통, 타야마 카따이(田山花袋)의 『이불(蒲団)』 이후 작가의 일상을 있는 그대로 그리는 것이 자연주의이며, 진정한 리얼리즘이라는 오해가 만들어낸 문학의 흐름 속에서 강화되어온 남성 자아의 나르시시즘. (심지어 오오에 켄자부로오조차 때로는 '평생 동안 제 이야기만 늘어놓는다'는 비판을 받곤 한다.) 시마자끼 토오손(島崎藤村), 다자이 오사무(太宰治), 말년의 아꾸따가와 류우노스께(芥川龍之介)와 무라까미 하루끼까지.

그들에게 쿠라하시는, 그렇게 끊임없이 자신의 이야기를 늘어놓는 것에 '옹뜨'를 느끼지 않느냐고, 자의식 대신 상상력을 발휘해 보라고 말하는 듯도 하다.

이 견고한 남성 작가들의 역사 속에서 쿠라하시 유미꼬는 제대로 평가받았던 것일까?

2005년, 쿠라하시 유미꼬는 69세로 세상을 떠났으나 여전히 '전

위적'이라고 부를 만한, 일본 문학 역사에서 흔치 않은 작가 중 하나이다.

서은혜(전주대 일문학과 교수)

작가연보

1935년 10월 10일, 코오찌 현의 치과 의사인 쿠라하시 토시로오(倉橋俊郞)의 다섯 자녀 가운데 장녀로 태어남. 가정 환경은 유복했고 서양 문화에 대한 친근감도 자연스럽게 길러짐.

1944년 아버지가 2차대전의 최종 소집병으로 만주에 출정.

1948년 사립 토사 중학교에 입학. 이후 토사 고등학교 시절까지 문학전집에 나올 만한 일본 소설은 대부분 읽었다고 함.

1954년 토사 고등학교 졸업. 아버지의 뜻대로 정신과 의사가 되기 위해 의학부에 지원했으나, 실패함. 쿄오또 여자대학 국문학과에 재적하면서 재수하여 의학부에 재도전했으나(1955년) 다시 실패하고 니혼 여자대학 위생단기대학 치과위생코스에 입학.

1956년 단기대학을 졸업하고 치과위생사 국가시험에 합격. 가족들은 그녀가 귀향하여 부친의 조수로 근무하기를 기대했으나 메이지 대학 문학부 불문학과에 입학.

1960년 『파르타이(パルタイ)』로 메이지 대학 총장상 수상. 이후 카프카, 까뮈, 싸르트르 등 실존주의 문학을 비롯한 위시한 유럽 현대문학의 영향을 강하게 받은 중단편을 발표.

1962년 부친의 갑작스러운 죽음으로 대학원을 중퇴하고 귀향. 이후 몇년간 정신적 혼미가 이어짐. 그간의 문학 활동으로 타무라 토시꼬상을 수상했으나 '소설을 쓰는 것에 대한 거절 반응'이 일어남.

1964년 지인의 소개로 NHK 코오찌 지국장 쿠마가이 토미히로오(熊谷富裕)와 결혼, 코오찌 시에서 생활.

1965년 7월부터 고혈압과 소화기 장애 등으로 자주 혼절함. 정밀검사를 받았으나 원인 불명. 9월 『성소녀(聖少女)』 출간.

1966년 일년간 풀브라이트 장학금을 받아 홀로 도미하여, 아이오와 주립대학 입학. 9월, 남편 역시 같은 대학 필름 워크숍으로 유학. 정신적 안정과 건강을 회복.

1968년 장녀 마도까 출생. '때때로 노오(能)를 보고 희랍 비극을 읽다.' 노오와 희랍 비극은 작품에도 영향을 끼침.

1969년 『스미야끼스트 Q의 모험(スミヤキストQの冒険)』을 완성. 1970년 '안보'를 앞두고 '혁명 소설'의 패러디로서 반향을 일으켰고, 일부 독자는 혁명운동을 비웃은 '반동'적인 '반혁명 소설'이라는 딱지를 붙임.

1971년 차녀 사야까 출생. 『꿈의 뜬다리(夢の浮橋)』 출간. 이후 『꿈의 뜬다리』 속 등장인물을 이용한 연작을 장기간에 걸쳐 집필.

1972년 가족과 함께 뽀르뚜갈에 감.

1974년 뽀르뚜갈에서 꾸데따 발발로 귀국.

1975년 『쿠라하시 유미꼬 전작품(倉橋由美子全作品)』(전8권)이 신쪼오샤(新潮社)에서 발간됨. 각권에 작가해설, 작품 노트 등을 씀.

1977년 이후 번역 작품과 에세이집 출간.

1979년 10년 만의 장편소설 『성안의 성(城の中の城)』을 『신쪼오(新潮)』에 연재하기 시작.

1980년 영국 여행.

1984년 『어른을 위한 잔혹동화(大人のための残酷童話)』 출간. 스테디셀러가 됨.

1986년 『아마논국 여행기(アマノン国往還記)』로 이즈미 쿄오까 문학상 수상.

1987년 라디오 드라마로 씌어진 『포뽀이(ポポイ)』 출간.

1992년 '왼쪽 귀에 자신의 심장박동이 명료하게 울리는 기괴한 증상'에 시달리며 온갖 검사를 받았으나 원인 불명.

1993년 체코 프라하 방문.

1996년 소설 『몽환 잔치(夢幻の宴)』 출간.

2005년 6월 10일, 확장형 심근경색으로 서거. 번역 작품인 쌩떽쥐뻬리 『신역 어린 왕자(新訳 星の王子さま)』가 유작으로 남음.

발간사

고전의 새로운 기준, 창비세계문학

오늘날 우리는 인간의 존엄과 개성이 매몰되어가는 시대를 살고 있다. 물질만능과 승자독식을 강요하는 자본주의가 전지구적으로 확산되면서 현대사회는 더 황폐해지고 삶의 질은 크게 훼손되었다. 경제성장만이 최고의 선으로 인정되고 상업주의에 물든 문화소비가 삶을 지배할수록 문학은 점점 더 변방으로 밀려나고 있다. 삶의 본질을 성찰하는 문학의 자리가 위축되는 세계에서는 가진 자와 못 가진 자 할 것 없이 모두가 불행할 수밖에 없다.

이 시대야말로 인간답게 산다는 것의 의미가 무엇인지 근본적인 화두를 다시 던지고 사유의 모험을 떠나야 할 때다. 우리는 그 여정에 반드시 필요한 벗과 스승이 다름 아닌 세계문학의 고전이라는 점을 강조한다. 고전에는 다양한 전통과 문화를 쌓아올린 공동체의 경험이 녹아들어 있고, 세계와 존재에 대한 탁월한 개인들의 치열한 탐색이 기록되어 있으며, 새로운 세상을 꿈꾸는 아름다운 도전과 눈물이 아로새겨 있기 때문이다. 이 무궁무진한 상상력의 보고이자 살아 있는 문화유산을 되새길 때만 개인의 일상에서 참다운 인간적 가치를 실현하고 근대적 삶의 의미와 한계를 성찰하는 지혜를 얻을 수 있을 것이다.

'창비세계문학'은 이러한 문제의식에서 출발한다. 세계문학의 참의미를 되새겨 '지금 여기'의 관점으로 우리의 정전을 재구성해야 할 필요성이 그 어느 때보다 절실하다. '정전'이란 본디 고정된 목록으로 존재하는 것이 아니라 그때그때 주어진 처소에서 새롭게 재구성됨으로써 생명을 이어가는 것이다. 우리는 먼저 전세계 문학들의 다양성과 차이를 존중하면서 국가와 민족, 언어의 경계를 넘어 보편적 가치에 기여할 수 있는 가능성에 주목하고자 한다. 근대를 깊이 성찰한 서양문학뿐 아니라 아시아와 라틴아메리카, 중동과 아프리카 등 비서구권 문학의 성취를 발굴하고 재평가하는 것 역시 세계문학의 지형도를 다시 그리려는 창비의 필수적인 작업이 될 것이다.

여러 전집들이 나와 있는 세계문학 시장에서 '창비세계문학'은 세계문학 독서의 새로운 기준이 되고자 한다. 참신하고 폭넓으면서도 엄정한 기획, 원작의 의도와 문체를 살려내는 적확하고 충실한 번역, 그리고 완성도 높은 책의 품질이 그 기초이다. 독서시장을 왜곡하는 값싼 유행과 상업주의에 맞서 문학정신을 굳건히 세우며, 안팎의 조언과 비판에 귀 기울이고 독자들과 꾸준히 소통하면서 진정 이 시대가 요구하는 세계문학이 무엇인지 되묻고 갱신해 나갈 것이다.

1966년 계간 『창작과비평』을 창간한 이래 한국문학을 풍성하게 하고 민족문학과 세계문학 담론을 주도해온 창비가 오직 좋은 책으로 독자와 함께해왔듯, '창비세계문학' 역시 그러한 항심을 지켜 나갈 것이다. '창비세계문학'이 다른 시공간에서 우리와 닮은 삶을 만나게 해주고, 가보지 못한 길을 걷게 하며, 그 길 끝에서 새로운 길을 열어주기를 소망한다. 또한 무한경쟁에 내몰린 젊은이와 청소년들에게 삶의 소중함과 기쁨을 일깨워주기를 바란다. 목록을 쌓아갈수록 '창비세계문학'이 독자들의 사랑으로 무르익고 그 감동이 세대를 넘나들며 이어진다면 더없는 보람이겠다.

2012년 가을

창비세계문학 기획위원회

김현균 서은혜 석영중 이욱연 임홍배 정혜용 한기욱